Annika Bühnemann

Achtung: Braut!

Annika Bühnemann

Achtung: Braut!

Roman

Für weitere Informationen besuchen Sie die Romanseite
www.achtung-braut.de

Informationen über die Autorin finden Sie hier:
www.annikabuehnemann.de

Originalausgabe, Auflage 1

Copyright © 2015 by Annika Bühnemann

Eine E-Book-Version erschien bei
der Verlagsgruppe DroemerKnaur.

Annika Bühnemann
c/o Papyrus Autorenclub
Pettenkoferstr. 16 – 18
10247 Berlin

Herstellung und Verlag:
BoD - Books on Demand, Norderstedt
ISBN-13: 9783738643985

Für alle heiratswütigen Brautzillas

Kapitel 1
-Emma-

Noch 398 Tage

Willkommen im Hochzeitsforum!

Emma: *Hallo Mitbräute! Auch wenn ich mein Traumkleid noch nicht habe, drängt sich mir eine Frage auf: Angenommen, mein Kleid ist elfenbeinfarben, aber die Tischdecken im Festsaal sind weiß. Sieht mein Kleid dann nicht irgendwie vergilbt aus, wenn ich zwischen den Tischen stehe?*

»Bist du etwa schon wieder in diesem Forum?« Daniel setzte sich neben mich auf die Couch. »Du hast ja sogar noch deinen Bademantel an.«

»Es ist gerade erst kurz vor zehn. Mitten in der Nacht also.« Ich schickte meinen eben verfassten Beitrag ab.

»Was machst du nur immer in diesem Forum?« Ich gab meinem Verlobten einen flüchtigen Kuss. Er roch nach meinem Lieblings-Aftershave. Wie konnte er nur so früh am Morgen schon geduscht und gestylt sein? »Ich informiere mich. So eine Hochzeit plant sich schließlich nicht von selbst.«

»So, so. Weißt du, ich habe auch etwas geplant.«

Er rückte näher an mich heran, schob meinen Bademantel zur Seite und hauchte einen sanften Kuss auf meinen Hals. Sofort zog sich etwas in meinem Bauch zusammen, als ich seinen Duft einatmete. Sein Dreitagebart kitzelte an meinem Hals, und er stieß mit der Brille gegen mein Kinn. Ich stellte den Laptop zur Seite und küsste zärtlich Daniels weiche Lippen. Es war, als würde mich eine wohlige Wärme erfüllen. Ich umfasste seinen Nacken und zog ihn noch weiter zu mir. Wenn sein Körper mir so nah war, konnte ich vollkommen entspannen und mich fallen lassen. Er blickte mir tief in die Augen – wieder dieses Hüpfen in meinem Bauch und eine spürbare Lust weiter unten. Ich schlüpfte mit meiner Hand unter Daniels Hemd und streichelte ihm über die Brust.

»Meine Eltern kommen gleich zu Besuch«, presste Daniel zwischen zwei innigen Küssen hervor.

Ich erstarrte. Es war, als habe jemand plötzlich einen Eimer eiskalten Wassers über mir entleert.

»Was?«

Ich drückte ihn von mir weg. Der Zeitpunkt konnte kaum schlechter sein, sowohl für den Besuch als auch für die Ankündigung.

»Du weißt doch, wie sie reagieren, wenn ich hier im Bademantel sitze!«

Daniel seufzte, während er sich mit einer Hand durch die Haare strich. Unwillkürlich musste ich innerlich grinsen, denn das tat er immer, wenn er unter Stress stand.

»Ich dachte, ich hätte es dir gesagt«, nuschelte er. »Ich habe sie eingeladen, um ihnen von unserer Verlobung zu erzählen.«

Typisch für ihn, mir nichts davon zu sagen.

»Kann man nicht mehr ändern.« Ich zuckte mit den Schultern und stand auf. Wenn der Drache kam, musste ich gerüstet sein. »Du kannst ja schon mal Kaffee kochen. Ich ziehe mich um und schminke mich. Aber nächstes Mal sagst du früher Bescheid.«

Ich rannte aus dem Wohnzimmer den schmalen Flur entlang zum kleinsten Bad der Welt. Es hatten gerade ein Waschbecken, eine Toilette und immerhin eine Badewanne Platz. Vorsichtig positionierte ich mich zwischen Badewanne und Waschbecken, die sich genau gegenüberstanden.

Duschen war nicht mehr zu schaffen, also sprühte ich mir Trockenshampoo in die Haare. Ich raffte meine widerspenstigen braunen Locken zu einem hohen Zopf und ließ zwei Strähnen heraushängen. Ja, das sah schon viel besser aus.

Es klingelte gerade in dem Augenblick, als ich mir die Wimpern tuschte. Ich zuckte zusammen. An die schrille Klingel würde ich mich wohl nie gewöhnen.

»Mist, Mist, Mist!«

Ich bemühte mich bei den Waschbäraugen um Schadensbegrenzung. Petras schneidende Stimme erfüllte die ganze Wohnung. Wie gerne hätte ich mir jetzt eine Zigarette gegönnt, bevor ich meine zukünftigen Schwiegereltern sehen musste! Aber dafür war jetzt keine Zeit. Lieblingsdroge Nummer eins musste warten.

Leise schlich ich den Flur entlang, vorbei am Wohnzimmer, direkt ins Schlafzimmer. Glücklicherweise hatte ich die Jeans am Vortag schon gebügelt, also stieg ich in sie hinein und fischte meine weiße Bluse aus dem Schrank. Ein bisschen Unschuld nach außen hin konnte nicht schaden.

»Hallo ihr beiden, schön, dass ihr da seid!« Es war meine zuckersüßeste Stimme. Ich gab Petra und Olaf die Hand, die bereits am Esszimmertisch saßen.

Jedes Mal, wenn ich in Petras Augen blickte, bekam ich ein bedrückendes Gefühl in der Magengegend. Wie konnten zwei Augen nur so durchdringend sein? Als ob sie direkt in meine tiefsten Seelenabgründe blicken konnten. Die kantigen Wangenknochen und das große Gebiss machten zudem keine Schönheit aus ihr. Daniels Vater Olaf hingegen hatte nur ein herausstechendes Merkmal: einen riesigen Heiner-Brand-Gedächtnisschnäuzer.

»Leider können wir euch kein Frühstück anbieten.« Ich goss Petra und Olaf Kaffee ein. Daniel suchte ein paar Kekse zusammen und stellte sie auf den Tisch.

»Das hatten wir auch nicht erwartet.« Olaf trank einen Schluck Kaffee und leckte sich anschließend die Lippen. Wie gut, dass wir keinen Kuchen hatten, ich musste nämlich immer auf die Krümel in seinem Bart starren. Kaffee sah man zum Glück nicht.

»Emma, dir klebt übrigens noch Zahnpasta im Gesicht«, mischte sich Petra ein.

Reizend wie immer, die beiden. Ich wischte mir über den Mund.

»Also *wir* sind schon um sieben Uhr aufgestanden, waren auf dem Markt, haben Unkraut gejätet und wären eigentlich jetzt einkaufen gefahren, wenn Daniel uns nicht eingeladen hätte«, fuhr Petra fort. Sie nahm sich einen der Kekse und begutachtete ihn mit schiefem Blick.. Ich sah unauffällig auf die Uhr und seufzte innerlich.

Meinetwegen konnten sie gerne wieder gehen.

»Wie läuft es auf der Arbeit, Daniel?«, fragte Olaf, bevor ich mich dazu entschließen konnte, etwas auf Petras Aussage zu erwidern.

»Alles wie immer. Wir haben ein neues E-Mail-System installiert, daher muss ich im Moment viele Überstunden machen, um alles zum Laufen zu bringen. Aber ehrlich gesagt habe ich euch nicht eingeladen, um über meine Arbeit zu sprechen. Wir wollen euch etwas mitteilen.« Daniel griff nach meiner Hand.

Plötzlich wollte ich einen Rückzieher machen. Die ganzen letzten Tage hatte ich Daniel in den Ohren gelegen, die Verlobung endlich öffentlich zu machen, aber jetzt hätte ich mich am liebsten unter der Bettdecke verkrochen. Ich rechnete mit dem Schlimmsten. Konnten wir nicht erst ein bisschen Small Talk betreiben, bevor Daniel die Bombe platzen ließ?

»Emma und ich haben uns verlobt.«

Die schockierte Stille war noch schwerer zu ertragen, als die Anklagen, die ich erwartet hatte. Petras Gesichtsfarbe wechselte von einem sonnigen Zartrosa zu einem ungesunden Kalkweiß. Sie schien nicht mehr zu atmen. Stattdessen starrte sie auf unsere Hände, als wären sie ein widerliches Insekt.

»Für Scherze ist es jetzt nicht der richtige Zeitpunkt, Daniel«, sagte Olaf.

»Das ist kein Scherz, Papa. Wir heiraten nächstes Jahr am 15. August. Den Termin müssen wir nur noch fest reservieren.«

»Aber du wolltest doch immer Sophie heiraten«, krächzte Petra.

»Nein, *ihr* wolltet, dass ich Sophie heirate. Wann akzeptiert ihr endlich, dass wir uns getrennt haben? Das ist schon zwei Jahre her!«

Am leichten Beben in seiner Stimme erkannte ich, dass Daniel wütend wurde. Dabei war er normalerweise die Ruhe in Person. Ich konnte es ihm nicht verdenken. Ja, meinetwegen hatte Daniel die *Heilige Sophie* verlassen, aber das hätte er auch getan, wenn er jemand anderem begegnet wäre.

»Wird schwer, ein Kleid in ihrer Größe zu finden«, meinte Petra abschätzig. Sie beäugte mich.

»So ein Unsinn.« Daniel strich mir über den Rücken. »Ihr tut gerade so, als würde sie hundert Kilo wiegen.«

War ich soeben unsichtbar geworden oder warum sprachen alle über mich, als säße ich nicht vor ihnen? Petra schwieg. Olaf starrte auf seinen Kaffee und nahm geräuschvoll ein Schlückchen. Ich hatte mich selten so unwohl in meiner Haut gefühlt.

»Ich weiß nicht, was ich dazu noch sagen soll«, unterbrach Petra die entstandene Stille. »Ich glaube, wir sollten jetzt besser wieder gehen. Offensichtlich wurden wir ja nur eingeladen, damit ihr von dieser Hochzeit berichten könnt.«

»Mama, bitte.« Daniel folgte seiner Mutter, die die Wohnung verlassen wollte. Olaf schlürfte den Rest des Kaffees aus und stand ebenfalls auf.

Ich blieb sitzen.

Jedes Mal war es das gleiche Theater mit Daniels Eltern. Ich goss mir einen Kaffee ein und lauschte den Vorwürfen, die Petra über Daniel ausschüttete. Wo hatte ich noch meine Zigaretten hingelegt?

»Bitte, Mama, jetzt sei doch nicht so!«

»Wie bin ich denn?«, hörte ich Petra krächzen. »Du lädst deinen Vater und mich zum Frühstück ein, ohne dass es Frühstück gibt ...«

»Ich habe euch nicht ...«

»... und dann überrumpelst du uns auch noch mit so einer Nachricht. Herrgott, wahrscheinlich nimmt sie auch noch deinen Namen an!«

Selbst wenn ich es nicht ohnehin gewollt hätte: Nach diesem Kommentar hätte ich schon rein aus Prinzip Daniels Nachnamen angenommen, nur um Petra zu ärgern. Daniel verabschiedete seine Eltern noch flüchtig, dann fiel die Tür krachend ins Schloss. Daniel trottete zurück ins Wohnzimmer und ließ sich seufzend neben mich auf einen Stuhl fallen.

»Werden sie sich jemals ändern?« Ich sortierte die Kekse wieder in ihre Packungen.

Daniel schüttelte den Kopf. »Nope. Niemals.«

»Gut. Sonst wäre unser Leben ganz schön langweilig.«

Kapitel 2

»Tina!«

Ich winkte dem Blondschopf zu, der mit großen Schritten den Schlossplatz überquerte. Wir umarmten uns, als hätten wir uns wochenlang nicht gesehen.

»Schick siehst du aus«, sagte ich anerkennend.

Tina war einen halben Kopf größer als ich, hatte einen blonden Kurzhaarschnitt und trug heute eine offensichtlich brandneue Lederjacke zu einem luftigen Sommerkleid. Mal wieder beneidete ich sie um ihre Traummaße und fühlte mich gleich fünf Kilo dicker.

»Zum Glück hast du mich noch angerufen«, meinte sie, »ich hätte nämlich vor lauter Langeweile beinahe angefangen, mein Referat für die Uni vorzubereiten. Wo müssen wir hin?«

Das Oldenburger Schloss, in dem wir unsere Hochzeit feiern wollten, war mit seiner gelben Mauer, dem Glockenturm und den verschnörkelten Fensterrahmen nicht zu übersehen. Einige Jugendliche versuchten sich auf dem großen Schlossplatz an Skateboard-Tricks, während Passanten teils eilig, teils gemächlich vorüberliefen.

Ich drückte die kalte Eisenklinke am Verwaltungseingang herunter und wir traten ein.

»Wann sagt ihr es eigentlich deiner Mutter?«, fragte Tina.

Ich zuckte mit den Schultern. »Heute Abend,

denke ich. Wenn sie es weiß, dann kann ich endlich konkret zu planen anfangen. Aber du kennst sie, sie wird überhaupt nicht begeistert sein.« Meine Stimme hallte durch den Flur.

»Wahrscheinlich nicht. Aber schlimmer als der Drache kann sie nicht sein, oder?«

»Hör bloß auf. Sie hätte mir am liebsten den Kopf abgerissen. Keine Ahnung, was ich ihr getan habe, dass sie mich so hasst.«

»Ist doch klar, du bist eben nicht Sophie.«

»Du doch auch nicht«, warf ich ein, »und trotzdem mag sie dich lieber als mich.«

Eine Tafel zeigte uns den Weg zum Hauptverwaltungsbüro. Ich klopfte an eine unscheinbare Holztür, hörte aber keine Stimme von drinnen.

»Vielleicht mag sie mich mehr, weil Markus in keiner Beziehung war, als wir zusammengekommen sind. Oder weil Markus der Jüngere ist. Daniel ist eben der Ältere: Er soll eine tolle Arbeit haben, eine passende Frau, ein gutes Einkommen, ein Haus und so weiter. Kauft euch am besten jetzt schon einen Hund.«

»Sicher nicht, viel zu dreckig. Und die Haare hast du auch überall liegen. Nein, danke.«

Ich klopfte erneut.

»Läuft es bei dir und Markus mittlerweile besser?«

»Nicht wirklich«, gab Tina zu. »Keine Ahnung, woran es liegt, aber wir reden in letzter Zeit kaum noch miteinander. Er ist auch viel unterwegs. Irgendwie ist gerade der Wurm drin. Plötzlich meint er, er sei zu dick und müsse mehr Sport machen, und er arbeitet ständig länger.«

»Na ja, der Schlankeste ist er wirklich nicht.

Nicht, dass ich da besser dran wäre, aber Markus ist schon kräftig gebaut.«

»Ja, aber das liebe ich ja an ihm. Er ist so ein richtig toller Knuddelbär«, grinste Tina.

»Lass ihn das bloß nicht hören.«

Tina und Markus waren ein halbes Jahr länger zusammen als Daniel und ich und passten meiner Meinung nach perfekt zueinander. Gerade weil wir uns dieselben Schwiegermonster teilten, fand ich prima, dass die beiden zusammen waren. Seit sie in der dritten Klasse neben mich gesetzt wurde, weil sie in der hinteren Reihe immer nur gestört hatte, waren wir unzertrennlich.

»Mensch, das tut mir echt leid. Ist bestimmt nicht so einfach, sich die ganze Zeit mit meinen Hochzeitsplänen auseinanderzusetzen, wenn man gerade Probleme hat.«

Tina setzte eine Leidensmiene auf und jammerte mit übertrieben schniefendem Ton: »Ja, ich habe es echt nicht leicht! Ich armes, armes Ding. Vielleicht sollte ich dir lieber doch nicht helfen.«

Eine Stimme bat uns herein. Tina kicherte noch, als wir eintraten. Hinter einem Schreibtisch saß eine Dame mittleren Alters. Ihr Namensschild wies sie als Magda Ehlers aus.

»Guten Tag«, begrüßte ich sie. »Mein Verlobter und ich möchten nächstes Jahr hier im Schloss heiraten.«

»Wir machen keine Reservierungen am Samstag«, entgegnete Frau Ehlers gelangweilt. Ich dachte, ich hätte mich verhört.

»Das ist bestimmt nur ein Klick für Sie.«

»Ich bin hier nur die Vertretung. Keine Reservierungen am Samstag.«

»Bitte, Frau Ehlers …«

Ein Telefonklingeln unterbrach mich. Frau Ehlers nahm ab. Sie sprach nur wenige Worte mit dem Anrufer und notierte sich zwei Mal etwas auf einem Zettel, den sie zu den übrigen auf ihren Tisch legte. Ich betrachtete den Schreibtisch. Die Tastatur ihres Computers stand auf einer mit Kaffeeflecken übersäten Papierunterlage. Ein Glas mit einem Rest Orangensaft stand neben einem zweiten Glas, dessen Inhalt bereits angetrocknet war. Wie ekelig! Ich verstand nicht, wie man in so einem Schweinestall arbeiten konnte. Am liebsten hätte ich Frau Ehlers auf ihrem Stuhl zur Seite geschoben und den Tisch aufgeräumt.

»Also schön, ich trage Sie ein.« Statt mich anzusehen, wandte sich Frau Ehlers gelangweilt ihrem Monitor zu. »Wann soll es denn soweit sein?«

»Am 15. August nächstes Jahr.«

»Eine feste Anmeldung können wir erst sechs Monate vor der Trauung vornehmen. Aber ich kann den Termin für Sie reservieren.«

»Danke, das wäre sehr …«

»Eigentlich machen wir das ja nicht.« Frau Ehlers schielte mich an. Mit einer neuen Brille und ohne diese grässlichen Ringellöckchen hätte sie vielleicht sogar hübsch ausgesehen. Ich zwang mein lieblichstes Lächeln auf meine Lippen. Dann blickte sie wieder auf den Monitor. »Name?«

»Emma Sperling und Daniel Breitenbach.«

»Nur Feier oder auch die Trauung?«

»Ähm.« Ich schluckte. Eigentlich wollte ich unbedingt kirchlich heiraten und anschließend hier im Schloss feiern, aber Daniel hatte angedeutet, dass er davon nicht begeistert war.

»Schreiben Sie die Trauung bitte in Klammern, da muss ich noch Rücksprache halten.«

»Und das war der 15. August nächstes Jahr?«

Ich nickte.

Frau Ehlers tippte wild auf der Tastatur herum. Tina warf mir einen fragenden Blick zu, aber ich zuckte nur unauffällig mit den Schultern. Keine Ahnung, was sie so lange tippen musste.

»So.« Frau Ehlers faltete die Hände und sah mich an, als habe sie mir eine Frage gestellt. Leider wusste ich die Antwort nicht.

»Das ist jetzt reserviert?«, hakte ich nach.

»Jawohl. Nächstes Jahr.«

»Können Sie mir vielleicht etwas Schriftliches geben?«

Frau Ehlers sah gekränkt aus. Sie kritzelte mit einem Kugelschreiber auf einem der Zettel herum, drückte ihn mir in die Hand und stand gleichzeitig auf.

»Melden Sie sich nächstes Jahr noch einmal, um sich offiziell anzumelden. Beim Standesamt können Sie sechs Monate vorher das Aufgebot bestellen. Schönen Tag noch.«

Irritiert standen Tina und ich auf. Als wir die Tür geschlossen hatten, brach Tina in Lachen aus.

»Na, wenn die die Trauung durchführt, wird das ein Mordsspaß!«

»Witzig. Echt witzig.« Ich hoffte inständig, dass diese Frau keine Standesbeamtin war, die heute aushalf. Während wir zum Eingang schlenderten, faltete ich den Zettel auseinander. »Das ist einfach ein Schmierzettel, auf dem *15. August* steht.«

»Äußerst aufschlussreich.« Tina klaute den

Zettel aus meiner Hand und betrachtete ihn im Gehen. »Sicherlich meinte sie es nur gut und wollte, dass du den Termin nicht vergisst.«

»Ja, genau.« Ich grinste.

Wahrscheinlich hatte die gute Frau Ehlers einfach keine Lust gehabt, den Drucker einzuschalten. »Ach, egal! Hauptsache, ich heirate nächstes Jahr den tollsten Mann der Welt und habe die beste Trauzeugin des Universums an meiner Seite.«

Tina gab mir den Zettel wieder. »Oh, die hat abgesagt. Du musst leider mit mir vorlieb nehmen.«

Ich hielt ihr die Tür auf, sie machte einen übertriebenen Knicks und tänzelte hinaus. Man hätte meinen können, dass *sie* soeben einen Hochzeitstermin reserviert hatte.

»Pizza oder shoppen?« Tina zeigte zuerst in die eine, dann in die andere Richtung.

Ich schirmte meine Augen gegen die Sonne ab. »Ich habe keinen Hunger. Lass uns shoppen gehen.«

»Du willst doch nur abnehmen für die Hochzeit.«

»Na gut, erwischt.« Ich musste grinsen. »Wenn das mal kein Grund ist, endlich ein paar Kilos loszuwerden.«

»Haben sie dir das in diesem Forum erzählt?« Tina ging bereits ein paar Schritte voraus. In ihrem ganzen Leben hatte sie noch keine Diät machen müssen. Was war die Welt doch ungerecht!

»Nein, haben sie nicht. Aber wo du gerade davon sprichst. Im Forum gibt es eine Gruppe von Bräuten, die sich gegenseitig ermutigen, abzunehmen und am Ball zu bleiben. Das ist echt hilfreich! Außerdem habe ich mir eine Checkliste aus dem Forum ausgedruckt, woran man alles denken muss, wenn man eine Hochzeit plant. Ich habe sie noch um ein paar Posten erweitert. Sollen wir die mal durchgehen?«

»Hast du die etwa mit?«

Vielsagend grinsend holte ich acht Din-A4-Seiten aus meiner Tasche.

***

Daniel

Der Name »Sperling« war auf Kreppband geschrieben und auf die Klingel geklebt worden. Emma spielte nervös an ihrem Verlobungsring herum, statt auf den Knopf zu drücken.

»Ich kann das nicht.«

»Doch, da müssen wir jetzt durch. Sei kein Frosch.« Daniel drückte für Emma auf die Klingel.

Sabine, Emmas Mutter, wohnte im dritten Stock eines Mehrfamilienhauses in Oldenburg. Vor der Wohnungstür lag eine alte Fußmatte mit den kaum mehr lesbaren Worten »Welcome home«. Sabine stand bereits in der Tür.

Heute hatte sie ihre signalroten Strubbelhaare mit einem Tuch gebändigt. Eine braune Hose, die eher einem Zelt glich, aber an den Knöcheln wieder eng zusammenlief, verschwand unter der grünen Toga. Oder wie hießen diese langen Oberteile noch?

»Schön, euch endlich mal wiederzusehen!« Sabine umarmte ihre Tochter so fest, dass Emmas

Gesicht einige Sekunden lang in dem riesigen Baumwollschal verschwand, den Sabine sich locker um den Hals gebunden hatte. Schnell löste sie sich wieder aus der Umarmung.

»Hallo, Sabine«, antwortete Emma. Daniel hatte es anfangs sehr gewundert, dass sie ihre Mutter beim Vornamen nannte, aber Sabine hatte wohl schon darauf bestanden, als Emma gerade Sprechen lernte.

»Willkommen, ihr Süßen! Gehen wir ins Wohnzimmer. Wollt ihr Tee?« Sabine schloss die Tür und scheuchte die beiden hinein.

Wohnzimmer war nicht das Wort, das Emma für diesen Raum benutzte. Chaosraum, Rumpelkammer oder »Raum, der aussieht als hättest du mit deinen Studi-Jungs da gewütet«, waren Beschreibungen, die Emma vorzog. Überall standen halb ausgepackte Kartons herum, obwohl Sabines Umzug in diese Wohnung schon fast drei Monate zurücklag. Ein Pullover und ein weiterer Schal hingen achtlos hingeworfen über Stühlen, und dort, wo man eine Küche erwartete, war nur eine nackte Wand mit Wasseranschlüssen und Leitungen. Daniel war es egal, wie die Wohnung aussah, schließlich musste er nicht darin wohnen. Emma schien sich aber wie immer unwohl zu fühlen. Sie starrte auf die nackte Wand.

»Die Küche kommt bald.« Sabine deutete ihren Blick richtig. »Aber ich habe hier einen Zweiplattenkocher und einen Wasserkocher. Also, Tee? Ingwertee, grünen Tee und Ayurveda-Tee kann ich anbieten.«

Keinen Kaffee. Natürlich nicht, bei Sabine gab es nie Kaffee. Emma seufzte laut, was Daniel wiederum zum Lachen brachte. Ohne ihren Kaffee konnte man mit Emma nichts anfangen.

»Ich nehme ein Wasser.« Daniel konnte Tee nicht ausstehen, aber das würde er Sabine nie ins Gesicht sagen.

»Grüner Tee klingt gut«, sagte Emma, obwohl alle wussten, dass sie log.

Sie setzten sich auf das Sofa, während sie Sabine dabei beobachten konnten, wie sie das Teewasser aufsetzte und Daniel ein Wasserglas vor die Nase stellte.

»Und, was gibt's Neues?«, fragte sie, als sie den Wasserkocher einschaltete.

»Daniel und ich heiraten nächstes Jahr.«

Alarmiert drehte Sabine sich um. »Bist du schwanger?«

»Mensch, du klingst gerade so, als hätte ich dir gebeichtet, polizeilich gesucht zu werden und Asyl in Neukaledonien beantragt zu haben. Nein, ich bin nicht schwanger. Manche Menschen heiraten auch einfach aus Liebe.«

»Ach!« Sabine fuchtelte mit ihren dürren Fingern in der Luft herum, als verscheuche sie einen Schwarm Fliegen. »Liebe ist nichts als Illusion, Emma. Ich dachte, das hättest du endlich gelernt. Nichts für ungut, Daniel.«

Er schüttelte den Kopf und wollte etwas erwidern, aber Emma kam ihm zuvor.

»Nur weil du nicht zu Liebe fähig bist, heißt das nicht, dass ich es auch nicht bin!« Warum endeten diese Besuche eigentlich jedes Mal im Streit?

»Jetzt beruhigen wir uns mal wieder und atmen tief durch«, mischte Daniel sich ein.

Emma schluckte die Wut herunter, und auch

ihre Mutter beruhigte sich zusehends. Sabine seufzte, als könne sie damit all ihr Unverständnis aus sich herausfließen lassen. Es hätte ihn nicht gewundert, wenn sie eine schnelle Meditation eingelegt hätte, um ihre innere Mitte wiederzufinden.

»Es tut mir leid.« Sie streckte eine Hand nach Emmas Arm aus und streichelte ihn. »Ich weiß, dass es immer dein Traum war, eine pompöse Prinzessinnenhochzeit zu haben, Emma. Und ihr seid ein wirklich tolles Paar, ihr beide. Es kommt für mich jetzt nur so überraschend. Ihr seid doch erst zwei Jahre zusammen. Es ist, als hättest du mir Daniel erst gestern vorgestellt.«

Er grinste bei diesen Worten. Wenn es ihm schlecht ging, dachte er gerne an seine erste Begegnung mit Emma auf Sophies Geburtstagsfeier zurück.

»Das war schon ein ganz besonderer Abend, oder? Der Geburtstag?«

Emmas Blick wurde weich. »Oh ja. Ich bin so froh, dass Tina mich damals mitgeschleppt hat, weil Markus nicht konnte. Dabei kannte ich ja echt niemanden.«

»Was dich nicht daran gehindert hat, den Co-Gastgeber anzuflirten.«

»Komm, ich wusste nicht, dass du der Freund vom Geburtstagskind bist! Tina hatte gesagt, ich soll dich nach Getränken fragen, und das habe ich getan.«

Daniel konnte nicht anders, als hemmungslos zu grinsen. Um sich abzulenken, blickte er auf den Grund seines Glases, aber trotzdem tauchten die Erinnerungen an die Party wieder auf: Emma in ihrem blauen Sommerkleid mit diesem frechen Blick, den Wahnsinns-Locken und diesem Lächeln, das ihm sofort weiche Knie beschert hatte. Dabei hatte sie ihn wirklich nur gefragt, wo die Getränke waren. Zum Glück war Tina damals schon ein paar Monate mit Markus zusammen gewesen, sonst hätte er Emma nie kennengelernt.

»Du hättest mich einfach nicht ins Kino einladen sollen«, sagte Emma. »So was macht man nämlich nicht in einer Beziehung, sich mit anderen Frauen treffen. Hörst du, Sabine? Kleiner Beziehungstipp: Nicht mit anderen Männern treffen, wenn man in einer Beziehung ist.«

Sabine winkte beleidigt ab. Treue war nicht gerade eines ihrer Lebensprinzipien.

»Du musst mir zugutehalten, dass die Beziehung mit Sophie auch ohne dich schon am Ende war«, sagte er. »Wir hätten uns so oder so getrennt. Du warst einfach der Beschleuniger.«

»Oh, vielen Dank auch, mir hat noch nie jemand etwas so Romantisches gesagt!«, höhnte Emma.

Er trank einen weiteren Schluck Wasser und stellte das Glas auf dem Couchtisch ab. »So war das halt. Und es ist doch gut gegangen. Es sollte einfach so sein. Warum sollten wir also noch warten? Wir lieben uns, wir wohnen zusammen und wir kennen uns in- und auswendig. Wenn man seine Traumfrau gefunden hat, will man sie nicht so schnell wieder gehen lassen.« Emma schmolz bei seinen Worten förmlich dahin. Er liebte es, nur durch solche Sätze eine derartige Wirkung auf sie zu haben.

Sabine lächelte nun ebenfalls, auch wenn es kein ganz ehrliches Lächeln war. »Ihr passt gut zusammen, das sieht jedes blinde Huhn. Wann steigt die Fete denn?«

»Am 15. August nächstes Jahr. Das ist ein Samstag«, antwortete Emma.

»Das werde ich gleich in meinen Kalender eintragen.«

Emma lachte auf. »Als ob du einen hättest!«

Sabine grinste. »Erwischt. Aber das ist ja auch euer Jahrestag, oder? Dann kann ich mir das ja gut merken.«

Daniel war beeindruckt, dass sich Sabine tatsächlich ihren Jahrestag merken konnte, wo sie doch sonst so häufig in ihm unbekannten Sphären schwebte und alles vergaß.

Als das Wasser kochte, bereitete Sabine die beiden Tassen mit Tee zu.

»Deine Haare werden klasse aussehen, Emma. Die Locken sind dafür ja geradezu prädestiniert. Aber … dein Vater kommt nicht, oder?«

»Darüber habe ich noch nicht nachgedacht. Warum?«

»Weil ich dann nicht komme.«

Emma stöhnte auf. »Benimm dich wie eine Erwachsene, Sabine.«

Sabine warf ihr einen strafenden Blick zu.

»Sag du mir nicht, wie ich mich zu verhalten habe!«

»Okay, ich glaube, wir müssen leider los.« Daniel bemerkte, dass Emmas Adrenalinpegel zu steigen begann. Er hatte keine Lust auf einen Streit, also trank er sein Glas Wasser in drei Zügen aus und stand auf.

»Emma, du musst mich verstehen. Ich kann deinem Vater nicht unter die Augen treten.«

Es war fast sechsundzwanzig Jahre her, war das nicht genug Zeit, um über einen Menschen hinwegzukommen? Daniel hatte Sophie nach wenigen Wochen quasi vergessen.

»Ich hatte einen anstrengenden Tag, Sabine. Wir reden ein anderes Mal darüber.«

»Emma, sei doch nicht so.«

»Nein, sei *du* nicht so! Verdammt, ich heirate und du willst nicht dabei sein, wenn mein Vater kommt! Das muss man sich mal vorstellen!« Emma tippte sich gegen die Stirn und drückte die Klinke der Haustür herunter.

»Hochzeiten und so, das ist nichts für mich«, versuchte sich Sabine an einer Erklärung, aber Emma fiel ihr ins Wort.

»Für mich aber. Willst du nicht sehen, wie deine Tochter den Kirchgang entlang schreitet? Oder wie sie im Standesamt ihren Namen ablegt und einen neuen Lebensabschnitt antritt? Ich verstehe dich nicht.«

Wütend trat Emma aus der Tür, Daniel folgte ihr. »Bis bald, Sabine.«

»Aber eine Einladung gibt es noch, oder?«, rief Sabine ihnen hinterher.

»Ja, wenn du Glück hast, laden wir dich ein«, antwortete Emma.

***

»Du weißt doch, wie sie ist.«

Mit dem Fuß kippte Daniel den Hebel des Wasserhahns nach oben und ließ heißes Wasser nach. An der Stelle, an der das Wasser in die Badewanne lief, wurde es Emma zu heiß, also rückte sie, soweit es die enge Badewanne zuließ, zur Seite.

»Ja, ich weiß. Aber sie regt mich trotzdem jedes Mal wieder auf. Warum gönnt uns eigentlich niemand unser Glück?«

»Deine Mutter hat doch ganz gefasst reagiert.«

»Über deine Eltern brauche ich wohl kein Wort verlieren.«

»Sie sind nicht ganz einfach«, gab Daniel zu, »aber sie meinen es nur gut.«

»Merke ich nichts von.«

»Gib ihnen Zeit.«

Emma grummelte missmutig. »Sie hatten bereits zwei Jahre Zeit gehabt, sich an mich zu gewöhnen. Wie viele Jahre sollte ich denn noch den Mund halten? Deine Mutter wird mich nie mögen, und dein Vater ist für mich so undurchschaubar, dass ich nicht einmal sagen kann, ob er mich verachtet oder nicht. Was habe ich ihnen nur getan?«

»Du hast ihren Sohn dazu gebracht, die Traumschwiegertochter zu verlassen.« Obwohl Daniel versuchte, es lustig zu sagen, zog Emma die Unterlippe beleidigt nach unten. Er streichelte ihren Arm mit seinem Fuß. »Komm mal her.«

Sie rutschte auf ihn zu und holte sich einen Kuss ab. Er begann, ihre Schultern zu massieren.

»Eigentlich müssten meine Eltern auf Markus sauer sein.«

»Wieso?«

»Na ja, weil er sich in Tina verliebt hat. Und Tina hat mit dir zusammengewohnt. Hätten sich die beiden nicht ineinander verliebt, hätte Tina dich nicht mit auf die Party geschleppt, ergo hätten wir uns nicht kennengelernt und sie hätten jetzt kein Problem.«

»Bestechende Beweisführung, Holmes«, sagte sie.

Emma drehte sich um, sodass ihr Rücken ihm zugewandt war. Er schloss seine Arme um sie.

»Seit wann heiraten wir eigentlich kirchlich?« Er dachte an das Gespräch mit ihrer Mutter zurück.

»Ach, das habe ich nur so gesagt. Ich weiß, dass du da Probleme mit hast.«

»Und ich weiß, dass du das trotzdem willst.«

»Ach, Schatz, wir haben doch noch so viel Zeit, darüber zu reden. Lass es uns auf einen anderen Tag verschieben.« Bei diesen Worten drückte sich Emma gegen seine Brust und schmiegte sich an ihn.

»Was bin ich froh, dass wir Montag noch einen Tag Urlaub haben. Ich bin fix und fertig.«

»Ja, den können wir echt gebrauchen«, antwortete er. »Ich wollte trotzdem eine Runde joggen gehen. Kommst du mit?«

»Hm. Ich schlafe lieber.«

»Du alter Faulpelz.« Daniel hauchte einen Kuss auf ihre nasse Schulter. »Ich dachte, dein Ehrgeiz sei geweckt, damit du in ein schickes Kleid passt.«

»Pass auf, was du sagst.« Emma lehnte ihren Kopf an Daniels Schulter.

Sie hatte ihre Augen geschlossen. Er tat es ihr gleich und lauschte dem leisen Plätschern des Wassers.

»Ich liebe dich«, hauchte er ihr ins Ohr.

Kapitel 3

Noch 396 Tage

Am Montagmorgen jonglierte Daniel das volle Tablett auf einer Hand, während er mit der anderen die Tür zum Schlafzimmer öffnete. Emma saß im Schneidersitz auf dem Bett und starrte auf den Laptopbildschirm. Als sie aufsah und das Frühstück entdeckte, strahlte sie über das ganze Gesicht. Daniel musste ebenfalls grinsen. Immer, wenn Emma ihn so verliebt ansah, fühlte er sich glücklich.

»Du bist der Wahnsinn.«

»Danke, Engel.«

Daniel stellte das Tablett auf Emmas Schoß ab und setzte sich vorsichtig zu ihr. »Nach dem anstrengenden Wochenende brauchen wir doch ein bisschen Stärkung.«

Daniel warf einen flüchtigen Blick auf den Laptop, den Emma neben sich deponiert hatte. Schon wieder dieses Forum.

»Deine neue Lieblingsbeschäftigung, wie?«

»Sehr richtig. Aber dieses Forum ist einfach total toll! Ich habe zum Beispiel schon eine ganze Menge Links zu möglichen Fotografen empfohlen bekommen. Willst du mal sehen? Ich kann eine Diaschau laufen lassen.«

Warum nicht? Emma war so enthusiastisch, dass Daniel ihr ohnehin keinen Wunsch abschlagen konnte. Also stimmte er zu. Zwei Klicks später erfüllten Bilder den Bildschirm, die Daniel nicht von Fotos aus der Werbung unterscheiden konnte. Während er sein Brötchen aufschnitt, betrachtete er die Bilder. »Die kosten doch sicher ein Vermögen.«

»Japp.« Emma nickte. »Aber die Fotos und die Ringe sind im Grunde die einzigen Dinge, die uns von der Hochzeit wirklich bleiben.«

»Wie viel?«, fragte Daniel. Die Preise lagen sicherlich meilenweit über seinem angepeilten Budget.

»Du guckst dir doch immer mal wieder Bilder an, wirst in die Zeit zurückversetzt und erlebst die Hochzeit noch einmal.«

»Wie viel, Engel?«

»Schatz, man sollte wirklich nicht am falschen Ende sparen. Ein guter Fotograf ist mir unheimlich wichtig. Zweitausend.«

Daniel starrte sie an. »Ich hoffe, du meinst zweitausend Yen, denn sonst haben wir ein Problem.«

Auch wenn er diesen süßen Schmollmund liebte, den Emma jetzt zog, blieb er hart. Es gab ein begrenztes Budget, und er würde sicherlich keine zweitausend Euro für ein paar Fotos ausgeben.

»Vielleicht müssen wir ja nicht den ganzen Tag nehmen«, überlegte Emma. »Aber ein Shooting und dann Bilder von der Trauung wären doch sicher machbar, oder? Komm schon, Schatz. Tausend Euro, okay?«

Wenn er jetzt nachgab, würde Emma das in jeder anderen Situation ausnutzen, das wusste Daniel. Die Fotos waren ihr wichtig, und sie hatte ja auch recht, wenn sie sagte, dass die Fotos und die Ringe als einziges sichtbares Zeichen übrig blieben.

»Bitte!«, jammerte sie.

Auch tausend Euro waren viel Geld. Warum kostete das überhaupt so viel? Daniel kam eine Idee.

»Kompromissvorschlag«, antwortete er. »Der Fotograf ist okay für tausend Euro, aber wir geben an einer anderen Stelle weniger Geld aus, wo es uns nicht so wichtig ist.«

Emma grinste. »Danke, mein Schatz!«

Sie drückte ihre Lippen auf Daniels Mund und küsste ihn gefühlt siebenhundert Mal. Er freute sich, wenn er Emma glücklich machen konnte. Auch wenn sie manchmal kratzbürstig sein konnte, liebte Daniel jeden Zentimeter an ihr und ihrem Charakter.

Dann fiel ihm etwas ein. »Wie ich dich kenne, hast du den Fotografen doch bestimmt schon angeschrieben, ob er Zeit hat.«

Man konnte es ihren Augen ansehen: Er hatte ins Schwarze getroffen. Eine Sekunde lang hatte sie erschrocken geguckt, doch dann fing sie sich. Der schuldbewusste Blick, den sie jetzt aufsetzte, hatte auf Daniel keine Wirkung mehr. Es war immer das Gleiche: Wenn sie sich etwas in den Kopf setzte, bereitete sie alles vor und besprach im Nachhinein die Situation mit ihm. Anfangs hatte er das noch süß gefunden, irgendwann hatte es ihn genervt. Er hoffte noch immer, dass er sie mit der Zeit dazu bringen würde, sich zu ändern.

»Ja, und er hat sich den Termin schon notiert«, gab Emma zerknirscht zu. »Das Probeshooting können wir Anfang nächsten Jahres machen.«

»Probeshooting?« Was hatte sie sich nun wieder in den Kopf gesetzt?

»Das ist so üblich, habe ich gelesen. Damit gewöhnen wir uns an die Kamera, und der Fotograf kann einschätzen, was für Fotos zu uns passen. Die Fotos sind auch inklusive.«

Immerhin etwas! Während er sein Ei pellte, dachte er nach.

»Alles in Ordnung, Schatz?«

Daniel lächelte. Dass sie sich immer Sorgen machte, ob er negativ von ihr dachte, belustigte ihn. Sie war schon eine Nummer für sich. Alleine bei dem Gedanken, sie im Brautkleid auf sich zukommen zu sehen, beschleunigte sich sein Herzschlag.

»Ich werde vermutlich kein Wort rauskriegen, wenn ich das Treuegelübde aufsagen muss.«

Emmas Gesicht entspannte sich augenblicklich. Sie grinste. »Das wird mir genauso gehen. Lassen wir das Gelübde einfach weg.«

Obwohl Daniel noch nicht satt war, nahm Emma das Tablett weg und stellte es neben das Bett. Sie kuschelte sich an ihn und begann, seinen Hals zu küssen. »Du wirst der schönste Bräutigam sein, den die Welt je gesehen hat.«

»Dann passe ich ja zur schönsten Frau des Tages. Also, zu Tina meine ich.«

Er lachte laut auf, als Emma ihn spielerisch in die Schulter biss.

Nachdem Daniel und Emma das warme Bett verlassen hatten, telefonierte er mit seiner Mutter. Er wusste, dass sie sich nicht mehr melden würde, solange er nicht bei ihr angekrochen kam. Ein Teil von ihm hätte sie am liebsten schmoren lassen — Emma unterstützte diesen Teil mit großer Leidenschaft — aber Daniel wollte wieder Frieden schließen. Er kannte seine Mutter, und er hatte keine Lust, den Streit weiter auszuhalten.

»Hallo Mama, ich bin es.«

»Hallo, mein Schatz.« Seine Mutter klang distanziert.

»Es tut mir leid, dass ich euch gestern überrumpelt habe mit der Nachricht.«

»Überrumpelt ist genau das richtige Wort.« Ihre Stimme wurde wehleidig. »Ich habe mir immer gewünscht, dass du einmal Sophie heiraten würdest. Sie ist so eine gute Partie!«

»Mama, Sophie und ich passen nicht …«

»Ich will nur das Beste für dich, Daniel«, unterbrach sie ihn. Er hörte seinen Vater im Hintergrund »Wer ist dran?« rufen.

»Mama, Emma ist das Beste für mich.«

»Schade, dass deine Menschenkenntnis doch nicht so ausgeprägt ist, wie ich dachte.«

Daniel verspürte den unbändigen Drang, kommentarlos aufzulegen. Emma kam ins Zimmer und hielt ihm einen Stapel Zettel unter die Nase. Er sah irgendwas Blaues und Braunes, hatte jetzt aber keine Zeit dafür. Unwirsch machte er eine abwinkende Bewegung, woraufhin Emma mit beleidigter Miene den Raum wieder verließ.

»Dein Vater will dich sprechen.« Petras Stimme klang wieder kalt. Sie gab den Hörer weiter.

»Junge, jetzt hör mir mal zu«, begrüßte Olaf seinen Sohn. »Denk doch mal rational: Sophie wird verbeamtet, das heißt, sie hat einen sicheren Job. Wenn da mal Nachwuchs ansteht, kann sie einfach irgendwann wieder zurück in den Job.

Eure Arbeitsstätten liegen auf einem Weg, und Sophies Eltern gehen beide einer rechtschaffenen Arbeit nach, was man von Emmas Mutter wohl nicht gerade sagen kann.«

»Papa, das kannst du dir sparen. Emma ist diejenige, die ich heiraten will, und daran ändert ihr nichts. Wenn ihr mir also nur Vorwürfe machen wollt, dann lege ich jetzt auf.« Daniel ging rastlos im Kreis. Noch ein paar solcher Gespräche und er würde den Teppich durchgelaufen haben. Olaf grummelte etwas Unverständliches, dann war Petra wieder in der Leitung.

»Dein Vater hat recht«, begann sie, doch er unterbrach sie.

»Hör zu, Mama, Sophie und ich sind nur Freunde, klar? Ich heirate Emma, und ihr werdet euch damit abfinden müssen. Ich will kein Wort mehr darüber hören.«

»Gut«, antwortete Petra schnippisch, »dann hörst du eben nichts mehr von uns.«

»Du weißt, wie ich das meine«, lenkte Daniel ein. Natürlich wollte er den Kontakt zu seinen Eltern nicht abbrechen, aber es war doch nicht zu viel verlangt, über das Thema Hochzeit Stillschweigen zu vereinbaren.

»Seit du mit ihr zusammen bist, hast du dich total verändert, Daniel. Sie hat keinen guten Einfluss auf dich.«

In diesem Moment blickte er Emma an, die sich am Esszimmertisch über eine Auswahl Zettel gebeugt hatte. Eine Haarsträhne hatte sich aus ihrem Zopf gelöst und tanzte bei jeder Bewegung um ihr Gesicht. Ihre Augen starrten angestrengt auf ein Papier, dann kritzelte sie eine Notiz auf einen Collegeblock. Sie schüttelte leicht den

Kopf, sagte etwas zu sich selbst und radierte ihre Notiz wieder weg. Ja, Emma hatte ihn verändert: Er hatte gelernt, was Liebe bedeutet.

»Ich lege jetzt auf, Mama.« Ohne den Blick von Emma zu nehmen, legte Daniel auf.

»Was wolltest du eben?«, fragte er sie dann und nahm einen der Zettel in die Hand.

»Ein Vorschlag für unsere Hochzeitsfarben. Was erzählt deine Mutter?«

»Nichts Neues. Ich hatte keine Lust auf einen Streit und habe aufgelegt. Was sind Hochzeitsfarben?«

Das Telefon klingelte. Es wäre nicht das erste Mal, dass seine Mutter nach einem beendeten Gespräch erneut anrief. Daniel sah auf das Display: eine unbekannte Nummer.

»Breitenbach«, meldete er sich.

»Herr Breitenbach, schön, dass ich Sie erreiche. Mein Name ist Anneliese Hermann, ich bin die Leiterin des Oldenburger Schlosses. Es gibt da ein Problem.«

»Warten Sie bitte kurz, ich stelle Sie auf Lautsprecher, damit meine Verlobte zuhören kann.« Er drückte auf den Knopf mit dem Megafon. »Frau Hermann vom Oldenburger Schloss«, erklärte er dann. »Schießen Sie los, Frau Hermann.«

»Guten Tag, Frau Sperling«, begrüßte Frau Hermann nun auch Emma.

Sie grüßte zurück.

»Also, es gibt da eine Unstimmigkeit. Ich habe eine kryptische Nachricht von meiner Kollegin bekommen. Wenn ich das richtig entziffere, dann wurde Ihnen ein Termin am 15. August nächsten Jahres reserviert.«

»Ja, das stimmt.« Emma sah ihn nervös an, als müsste er wissen, worauf Frau Hermann hinauswollte.

»Nun, da ist meiner Kollegin wohl ein Fehler unterlaufen.« Die Dame am anderen Ende räusperte sich. »Unser Schloss wird im nächsten Jahr renoviert und ist im Sommer geschlossen.«

»Den ganzen Sommer?«, wiederholte Emma ungläubig. Ihre Panik war ansteckend.

»Die Umstände tun mir wirklich leid, Frau Sperling«, versicherte Frau Hermann. »Ich könnte Ihnen noch den 15. August in diesem Jahr anbieten, wenn es unbedingt der 15. August sein muss. Da ist ein Paar vor ein paar Tagen abgesprungen. Aber wenn Sie nicht gerade außerhalb der Saison heiraten wollen, kann ich Ihnen das Schloss nächstes Jahr leider nicht anbieten.«

»Das ist in vier Wochen!«, warf Daniel ein. Unmöglich.

»Ich weiß, das ist alles etwas kurzfristig.« Frau Hermann machte eine Pause, in der sie zu überlegen schien, ob es noch andere Möglichkeiten gab. »Es steht Ihnen natürlich frei, in einem anderen Lokal zu feiern. Bitte besprechen Sie die Situation in Ruhe und rufen Sie mich wieder an, wenn Sie eine Entscheidung getroffen haben. Es ist mir wirklich sehr peinlich, Ihnen solche Unannehmlichkeiten zu bereiten, aber meine Kollegin macht nur die Vertretung und da übersieht man schon einmal etwas. Ich würde mich jedenfalls über eine kurze Rückmeldung freuen!«

Daniel bedankte sich für den Anruf und verabschiedete sich.

»Wir können unmöglich in vier Wochen heiraten!«, begann er.

Emmas Augen füllten sich mit Tränen, aber Daniel sprach weiter. »Wir stehen doch noch am Anfang der Planung. Und bezahlen können wir das auch kaum jetzt schon.«

Er zählte alle Argumente auf, die ihm gegen eine Hochzeit in vier Wochen einfielen. Emma hörte geduldig zu. Ihre Stirn lag in Falten.

»Du hast ja recht«, sagte sie, »wenn ich meine Checkliste für die Hochzeit durchgehe, dann lassen sich viele Positionen davon nicht in vier Wochen umsetzen. Aber der Fünfzehnte ist unser Tag, Schatz! Das ist doch unser Jubiläum. Wir müssen einen Fünfzehnten nehmen.«

»Warum nehmen wir nicht einen anderen Monat? Oder lass uns woanders heiraten und feiern.« Daniel holte sein Handy hervor und öffnete mit wenigen wischenden Bewegungen seinen Kalender. Er suchte das nächste Jahr ab.

»Mist«, murmelte er.

Kein einziger 15. zwischen April und September fiel auf einen Freitag oder Samstag, außer der 15. August. Und er wollte definitiv nicht in Mantel und Mütze heiraten.

»Es gibt keinen anderen Termin, Engel. Dann müssen wir eben einen anderen Monat und einen anderen Tag nehmen. Im Juli ist es doch sicherlich auch schön, zu heiraten.«

»Ich will aber unbedingt am 15. August in diesem verdammten Schloss heiraten!«

Emma holte ihr eigenes Handy hervor und überprüfte ebenfalls die Monate im nächsten Jahr. Enttäuscht ließ sie es wieder sinken. Ihr Traum schien zu bröckeln, und Daniel kannte sie gut genug, um zu wissen, wie ihr das zusetzte.

»Ich weiß, Engel. Aber das schaffen wir in vier Wochen nicht.«

»Vier Wochen«, wiederholte sie.

»Das wird niemals funktionieren. Das ist irre, Engel. Ernsthaft.« Er kannte diesen irren, etwas geistesabwesenden Blick. Das war doch nicht ihr Ernst!

»Ja, irre knapp. Aber machbar.«

Emmas plötzliche Entschlossenheit rief ein seltsames Gefühl in Daniels Magengegend hervor.

»Der 15. ist unser Tag, Schatz.«

»Nein, Engel. Das machen wir nicht.«

»Wir werden uns immer an diesen Tag erinnern.«

»Ich sagte Nein.«

»Ich bin mir sicher, dass wir das mit einem gut durchdachten Plan und etwas Konsequenz schaffen können. Tina und Markus helfen uns dabei, und das Geld kriegen wir zusammen, wenn wir ein bisschen auf andere Dinge verzichten. Wir lassen uns doch nicht unsere Hochzeit versauen von so ein paar Renovierungsarbeiten!«

Hörte er ihr gar nicht zu? Er fuhr sich durch die Haare und dachte nach. »Ich mache da nicht mit, Engel. Das ist auch meine Hochzeit, und ich will nichts übers Knie brechen. Lass uns zuerst überlegen, ob wir woanders feiern können.«

Emma zog einen Schmollmund und beteuerte erneut, dass sie im Schloss heiraten wollte. Er schlug ihr vor, bis übernächstes Jahr zu warten.

»Nein, das ist viel zu spät. In vier Wochen oder gar nicht, Schatz! Ich plane auch alles, versprochen. Du brauchst dich um fast nichts kümmern.«

Daniel ahnte Schreckliches, resignierte aber.
»Das kann gar nicht gut gehen.«

***

»Markus? Hier ist Daniel. Du, wir heiraten doch schon in vier Wochen.«

»Verarschst du mich?« Markus klang verschlafen.

Daniel konnte sich lebhaft vorstellen, wie sein übergewichtiger Bruder mit zerzausten Haaren gerade erst aus dem viel zu kleinen Bett aufgestanden war.

»Nein, Mann, das Schloss hat für nächstes Jahr abgesagt und du kennst ja Emma.«

Emma, die neben Daniel saß, knuffte ihn unsanft in die Seite. Er revanchierte sich.

»Das ist echt knapp«, meinte sein Bruder nach ein paar Sekunden.

»Ja, das stimmt … Aber du hilfst uns doch, oder?«

»Klar, kriegen wir schon hin. Was haben Mama und Papa denn gesagt?«

»Die wissen nur von der Verlobung im Moment. Ich sage es ihnen später. Ist Tina da? Emma wollte sie noch sprechen.«

»Ja, sie sitzt hier neben mir. Ich gebe dich mal weiter. Bis dann!«

Daniel antwortete nicht, sondern reichte Emma gleich den Hörer. Womöglich hatte er gar nicht geschlafen. Jedenfalls nicht alleine.

»Tina, es gibt eine Planänderung: Wir heiraten schon dieses Jahr am 15. August. Wir brauchen einen Schlachtplan, damit wir alles schaffen.

39

Kannst du bitte für mich diese Woche einen Termin im Brautladen machen und beim Frisör anrufen? Dann kann ich parallel mit dem Fotografen sprechen, den ich ausgesucht habe. Vielleicht haben wir Glück und er hat noch Zeit.«

Wahnsinn, an was Emma schon alles dachte, ging es Daniel durch den Kopf. Offensichtlich war Tina nicht sehr angetan von der Idee, die Hochzeit vorzuverlegen, denn Emma brauchte noch einige Versuche, um Tina zu überzeugen. Schließlich schien sie aber einzuwilligen – was blieb ihr auch anderes übrig?

»Danke für deine Hilfe, Süße. Du hast was gut bei uns«, sagte Emma schließlich und legte auf. Dann sah sie Daniel mit diesem Blick an, der seinen Magen kribbeln ließ.

»In vier Wochen bin ich deine Frau.«

Warum konnten sie nicht einfach nur zum Standesamt gehen, ohne große Feier? Er unterdrückte ein Seufzen. Vier Wochen.

Kapitel 4
– Emma –

Noch 25 Tage

Am nächsten Tag lehnte ich mich auf der Arbeit in meinem Schreibtischstuhl zurück und nahm einen Schluck aus meiner Jumbo-Kaffeetasse. Der heiße Kaffee floss mir direkt in den Magen. Für einen kurzen Moment schloss ich genüsslich die Augen. Ich liebte den Geschmack von Kaffee. Dann stellte ich die Tasse wieder auf denselben Platz, von dem ich sie genommen hatte, direkt neben die Stifte. Das war der Kaffeetassenstammplatz. Die Stifte waren sortiert nach Kugelschreiber, Bleistift und Marker in einem dafür vorgesehenen Kasten geordnet, daneben lag ein Stapel Blankozettel für schnelle Notizen. Ich suchte aus dem Adressbuch meines Smartphones die Nummer des Fotografen heraus und ging auf »Anrufen«. Es tutete drei Mal.

»Fotografie Weiland.«

»Guten Morgen, hier ist Emma Sperling. Wir hatten bereits vor kurzem Kontakt wegen meiner Hochzeit nächstes Jahr, am 15. August.«

»Ja, ich erinnere mich.«

»Also, es gibt eine kleine Änderung. Wir mussten die Hochzeit vorverlegen.«

»Okay, lassen Sie mich mal schnell in meinen Terminplaner …«

»Auf den 15. August in diesem Jahr.«

Stille.

»Sie meinen in vier Wochen?«

»Ja, ich weiß, es ist … äh … kurzfristig«, räumte ich ein, »aber ich wollte fragen, ob wir Sie dafür vielleicht buchen könnten.«

»Unmöglich!« Herr Weiland lachte auf, während sich mein Magen verkrampfte. »Ich bin den ganzen Sommer über ausgebucht! Am 15. finden gleich zwei Hochzeiten statt. Nein, das geht auf keinen Fall, tut mir leid.«

Zwar hatte ich diese Antwort bereits befürchtet, aber ich war dennoch enttäuscht. »Ich weiß nicht, was wir tun sollen. Können Sie mir nicht jemanden empfehlen?«

Herr Weiland überlegte. »Ich schicke Ihnen ein paar Links von Leuten, die ich kenne, aber ich kann nicht sagen, ob einer davon so kurzfristig kann.«

»Vielen Dank.«

Ich wünschte Herrn Weiland eine gute Woche und legte dann auf. Traurig blickte ich noch auf das Display, als es schwarz wurde. Wer wusste, wann Herr Weiland ihr die Liste schicken würde. Es zählte jede Minute! Ich würde dort Hilfe suchen, wo man mich verstand.

Willkommen im Hochzeitsforum!

Emma: *Liebe Bräute, entgegen aller Planung heiraten mein Verlobter und ich bereits in vier Wochen. Ich brauche dringend einen guten (!) Fotografen im Raum Oldenburg/Bremen. Wer kann helfen? Bitte, lasst mich nicht hängen!*
Eure Emma

Natürlich musste ich den Mädels Zeit lassen, um

zu antworten, so schwer es mir fiel. Ich kramte in meiner Tasche und holte meine achtseitige Checkliste hervor. Es gab noch viel zu tun. Die Band, die ich für die abendliche Feier statt eines DJs favorisierte, hatte nur eine Webseite mit E-Mail-Adresse und keine Telefonnummer. Ich tippte eine schnelle Nachricht an die Mitglieder, ob sie in vier Wochen Zeit hätten, bei unserer Hochzeit zu spielen. Bevor ich auf »Abschicken« klicken konnte, unterbrach mich eine eingehende SMS von Tina.

Hallo Süße, Kleidtermin ist kommenden Samstag, um 9 Uhr, beim Frisör kannst du erst am Samstag vor der Hochzeit zu einem Probetermin. Den Hochzeitstag habe ich aber für dich sicherheitshalber schon festgemacht. Markus fragt, wann er mit Daniel Anzug kaufen soll. Samstagnachmittag bietet sich bei ihm an. Okay? Wir schaffen das schon. Kuss, Tina.

Erleichtert atmete ich auf. Auf echte Freunde war wirklich immer Verlass! Ich antwortete Tina, dass Daniel sich selbst um seinen Anzug kümmern sollte, und dankte ihr für ihre Hilfe. Dann schickte ich die Mail an die Band ab. Anschließend rief ich beim Standesamt an, informierte mich, welche Unterlagen für eine Trauung benötigt wurden und leitete alles in die Wege. Auch wenn ich es an anderen Tagen schade fand, mir mit niemandem das Büro zu teilen, war ich heute froh darüber. Ich hatte heute noch nicht eine einzige Aufgabe erledigt, die nichts mit der Hochzeit zu tun hatte. So kannte ich mich gar nicht. Ich rief das Postfach auf: Glücklicherweise waren keine dringlichen E-Mails gekommen. Aber als Quality Manager konnte ich nie vorhersehen, wie viel Arbeit im Laufe des Tages noch auf mich zukommen würde. Je schneller ich die Aufgaben der Checkliste abarbeiten konnte, desto schneller konnte ich meinem normalen Job wieder nachgehen.

Ich studierte die Checkliste. Der nächste Punkt hieß »Gästeliste erstellen«. Ungeachtet des Schuldgefühls meiner Chefin gegenüber öffnete ich eine leere Tabelle und begann zu schreiben:

Gästeliste
1. Sabine Sperling
2. Jens Dierks

Ich hielt inne. Meine Mutter wollte ich auf jeden Fall dabei haben, aber würde sie tatsächlich nicht kommen, wenn ich meinen Vater ebenfalls einlud? Wir hatten zwar keinen guten Kontakt zueinander, aber er war doch immer noch mein Vater! Ich rief Daniel an.

»Schatz, soll ich meinen Vater zur Hochzeit einladen?«

»Natürlich, er ist dein Vater!«

»Ich will nicht, dass meine Mutter zu Hause bleibt. Außerdem habe ich kein richtiges Verhältnis zu ihm. Er war nie für mich da, und ehrlich gesagt kann ich gut verstehen, dass meine Mutter ihn nicht sehen will. Immerhin ist er kurz nach meiner Geburt abgehauen.«

»Aber er hat den Kontakt zu dir gesucht, das musst du ihm lassen. In letzter Zeit war er doch wirklich interessiert an deinem Leben. Lade ihn ein und sprich noch mal mit deiner Mutter.«

Vielleicht war die Idee doch nicht so schlecht.

»Ach, na gut.« Was sollte schon passieren? Sabine würde sich so oder so aufregen. »Heute Abend können wir dann ja die Gästeliste besprechen. Ich habe übrigens noch eine andere Frage: Wie ist das jetzt mit einer kirchlichen Trauung?«

Wer träumte nicht davon, in einem bauschigen weißen Kleid den Gang einer alten Kapelle entlangzuschreiten, während die Orgel den Hochzeitsmarsch spielte?

»Wir sind beide ausgetreten, falls du das nicht mehr weißt.«

»Doch, weiß ich, aber überleg doch mal. Eine Hochzeit ohne Kirche? Das ist doch doof.«

Daniel seufzte und schwieg ein paar Sekunden. Es würde sicher schwer werden, einen Termin mit einem Pfarrer zu bekommen und innerhalb von drei Wochen glaubhaft zu versichern, dass man wieder zum Glauben gekommen sei.

»Ich finde das heuchlerisch, Engel. Einen Pfarrer anzulügen, um vor Gott getraut zu werden, ist mehr als fragwürdig. Lass uns lieber eine schöne Trauung im Schloss machen, ohne Kirche. Okay?«

»Hm.«

»Engel, komm schon.«

Seine Stimme hatte immer so ein süßes Schmollen, wenn er mich um etwas bat.

Ich gab mir einen Ruck. »Ach, manno. Es wäre so schön, den Gang entlangzugehen, weißt du? Wie im Film. Aber du hast recht.«

Bestimmt war eine Trauung im Schloss ein äquivalentes Erlebnis. Die hohen Decken, der prunkvolle Saal, alle Gäste, die sich zu mir umdrehen würden … ja, ich konnte mich dafür begeistern.

»Dann also keine Kirche. Das schreibe ich dann in die Einladungen auch mit rein. Ich mache übrigens gleich mal ein paar Prototypen dafür fertig.«

»Solltest du nicht arbeiten?«

Wieder einmal fühlte ich mich auf frischer Tat ertappt. Normalerweise war ich ein Arbeitstier, aber die Hochzeitsplanung war momentan wichtiger. Ich starrte auf meine Zigaretten. Eine kleine Raucherpause würde nicht schaden.

»Mache ich doch. Ich arbeite an einer Traumhochzeit.«

Daniels Grinsen konnte ich sogar durch das Telefon hören. »Dann verausgabe dich nicht so, okay? Wir sehen uns heute Abend. Ich liebe dich, Engel!«

»Ich dich auch.«

Eine Heerschar Tausendfüßler musste sich in meinem Magen verirrt haben, denn es kribbelte überall. Womit hatte ich nur so einen Traummann verdient? Mit einem glücklichen Lächeln auf den Lippen begann ich, die Gästeliste zu vervollständigen und den ersten Entwurf für die Einladungskarten zu erstellen.

Die milde Luft hüllte mich wie in ein Seidentuch, als ich um kurz nach sechs das *Modehaus U.* verließ und mich auf den zwanzigminütigen Heimweg machte. Daniels roter VW Golf parkte direkt vor dem Hauseingang. Ich schloss die Tür auf. Es roch nach Pizza. Ich folgte dem Geruch und fand Daniel in der Küche, wo er zwei Pizzen auf überdimensional großen Tellern drapierte.

»Heute darf es mal Fast Food sein«, begrüßte er mich grinsend.

Ich fand die Vorstellung, so viele Kalorien in mich reinzustopfen, wenn ich in drei Wochen heiraten wollte, genau so angenehm, wie eine Wurzelbehandlung ohne Betäubung.

»Das ist wirklich süß von dir, Schatz«, begann ich, »aber ich muss noch mindestens fünf Kilo abnehmen bis zur Hochzeit. Ich esse heute nichts.«

Sein Blick sprach Bände. »Warum willst du denn abnehmen? Ich liebe dich so, wie du bist.«

Ich seufzte. Ja, er liebte jedes Pfund an mir, aber jede Frau war doch glücklich, etwas weniger auf die Waage zu bringen, oder nicht? Gerade bei ihrer Hochzeit! Ein Mal im Leben wollte ich keine Größe zweiundvierzig mehr tragen, sondern eine Drei vorne stehen haben! Daniels Miene wurde säuerlich, als ich nicht antwortete. Beim Essen kannte er keine Gnade.

»Soll ich die Pizza jetzt wegschmeißen?«

»Nein ... Gib halt her.«

Er hätte die Pizza nie im Leben weggeworfen, dafür war er viel zu sparsam. Außerdem warf ich auch nie Essbares weg. Eine Pizza würde schon nicht so schlimme Auswirkungen haben. Dann würde ich eben morgen joggen gehen. Wir setzten uns an den Esszimmertisch.

»Willst du eigentlich echt alle Studis einladen? Das sind fünfzehn Leute, von denen ich nur mit Dreien wirklich was zu tun habe«, sagte Daniel.

Ich dachte kurz nach. »Aber es sind doch deine Kommilitonen von früher. Ich habe auch meine Mädels eingeladen.«

»Mit denen du auch nichts zu tun hast«, erinnerte er mich.

»Trotzdem. Der Hälfte der Mädels wird es eh zu kurzfristig sein. Dann lade ich halt für dich nur Alex, Timo und Lohmann ein. Haben die Freundinnen?«

»Also Alex hat auf keinen Fall eine. Ich würde Junker auch gerne einladen. Der hat seit ein paar Monaten eine Freundin.«

Ich merkte mir Daniels Aufzählung. Alex war ein Frauenheld, dem ich selbst kaum Sympathien abringen konnte, aber Daniel hatte sich seit dem ersten Semester prima mit ihm verstanden. Timo und Lohmann waren gute Freunde von ihm, mit Junker hatte er in letzter Zeit erst mehr zu tun gehabt. Warum nannten sich Männer untereinander eigentlich so selten beim Vornamen? Ich konnte doch schlecht »Junker« und »Lohmann« auf die Tischkarten und in die Einladungen schreiben.

»Übrigens: Warum ist Sophie eigentlich nicht auf der Liste?«, fragte Daniel dann.

»Welche Sophie?« Er würde wohl kaum die Sophie meinen, an die ich jetzt dachte.

»Du kennst doch nur eine.«

Mir blieb vor Überraschung ein Stück Pizza im Halse stecken. Ich hustete, Daniel klopfte mir sanft auf den Rücken. Nach Luft ringend hielt ich mich am Tisch fest.

»Nicht … dein … Ernst«, presste ich hervor. Sophie? Ich glaubte es nicht! Ich hustete noch drei Mal, wobei mir Tränen in die Augen schossen. Der Teigkloß rutschte schmerzhaft meinen Hals hinunter. Kurz vor meinem Magen hing er fest.

»Du willst nicht ernsthaft deine Exfreundin zu unserer Hochzeit einladen!« Es war keine Frage, sondern eine Feststellung.

»Sophie ist eine Freundin von mir.«

»Sophie ist deine Ex. Soll ich meine Exfreunde etwa auch einladen?«

Daniel schmunzelte. »So viele Plätze haben wir nicht.«

Pah! Manchmal konnte er wirklich gemein sein. Ich verschränkte die Arme vor der Brust. Ja, ich hatte eine Reihe Freunde gehabt, bevor ich auf den Richtigen getroffen bin, während er einzig und allein mit Sophie zusammen gewesen war. Aber das berechtigte ihn doch nicht dazu, sie zu ihrer Hochzeit einzuladen!

»Ich bleibe dabei: keine Sophie auf meiner Hochzeit!«

Daniel schüttelte leicht den Kopf, sagte aber nichts. Das weitere Essen verlief schweigend. Die Pizza schmeckte mir nicht. Ich verstand nicht, warum Daniel schmollte. Wer lud schon seine Ex zu seiner Hochzeit ein?

Ja, gut, mein Vater Jens hatte Sabine tatsächlich zu seiner Hochzeit eingeladen, aber sie hatte Anstand genug gehabt, nicht zu erscheinen.

Ich spülte die großen Teller sofort ab, nachdem wir das Essen beendet hatten, und stellte sie zu ihren Genossen in den Küchenschrank.

»Ich habe übrigens die Einladungsentwürfe gemacht.« Dieses Schweigen hielt ich nicht mehr aus.

Daniel sprang drauf an. »Zeig her.«

Zuerst wischte ich den Esszimmertisch ab, trocknete ihn mit dem Geschirrtuch nach und holte die Karten hervor, als nicht ein einziges

Krümelchen mehr auf dem Tisch zu sehen war. Die Klappkarten hatte ich im Internet designt und ausgedruckt.

»Man könnte sie mit Express bestellen und dann verschicken. Sollten wir aber heute noch machen, damit alles rechtzeitig ankommt.«

Daniel begutachtete die Karte. Ich beobachtete ihn, wie er das Papier zwischen den Fingern drehte, aufklappte, den Text las und die Karte wieder zuklappte.

»Hatten wir uns jetzt für Blau und Braun als Hochzeitsfarben entschieden?«

Na ja, ich hatte es entschieden.

»Das ist Türkis.«

Daniel war es sowieso egal, welche Farben wir nahmen. Ich druckste herum.

»Magst du die Farben nicht?«, fragte ich schließlich.

»Doch, ist schön. Ich würde aber den Text anders machen. Und dieses Foto hier ist doch echt … gruselig.«

Es war ein Foto von Daniel und mir aus dem letzten Jahr, als wir die Kirmes besucht hatten. Ein anderes hatte ich im Büro nicht zur Verfügung gehabt.

»Kann man ja noch ändern.«

»Gib mir mal einen Stift, bitte!«

Ich kam seinem Wunsch nach. Daniel strich in der Karte herum. Mit jedem Strich, den er machte, grummelte es in meinem Magen mehr. Dieses Mal war es kein Tausendfüßler, sondern ein Elefant, der rücksichtslos in mir herumtrampelte.

»Du kannst die Karte auch gerne umgestalten«, meinte ich nach einer Weile in meinem besten Sarkasmustonfall. Vor lauter Gekritzel konnte man kaum noch erkennen, was ich ursprünglich geschrieben hatte. Er ließ den Stift sinken und sah mich ernst an.

»Das ist doch ein Entwurf, oder nicht? Einen Entwurf kann man noch verändern. Du wolltest im Grunde nur, dass ich die Karte abnicke, wie sie ist, oder?«

»Ja«, gab ich zu.

Schließlich hatte ich den ganzen Tag daran gesessen, probiert, gedruckt, verworfen, wieder probiert. Am Ende war ich mit meinem Ergebnis äußerst zufrieden gewesen, und nun kam Daniel und zerstörte mein Tagwerk.

»Warum vertraust du mir eigentlich nicht?«, fragte Daniel.

»Wie bitte?«

»Ich meine wegen Sophie. Hast du wirklich Angst, dass ich dich mit ihr betrügen könnte? Anders kann ich mir nicht erklären, warum du sie so hasst. In Wirklichkeit ist Sophie nämlich eine wirklich liebe Person.«

»Ich hasse sie nicht. Es ist ein ungeschriebenes Gesetz, dass man seine Verflossene nicht zu seiner Hochzeit einlädt.«

Und wie ich sie hasste! Ihr schmales Engelsgesicht, die blonden Haare, ihre Barbie-Figur, einfach alles! Ich hatte Sophie bisher erst zwei Mal gesehen, aber in echt sah sie zugegebenermaßen noch hübscher aus, als auf den Fotos, die ich bei Facebook gestalkt hatte. Ich wollte mir nicht vorstellen, wie Daniel Sophie früher berührt hatte. Dass seine Hände Sophies Schultern massiert hatten, wie sie heute meine massierten. Wie seine Finger um ihre Brüste gekreist waren. Wie er mit ihr geschlafen hatte. Alleine der Gedanke daran fügte mir physische Schmerzen zu. Neben Sophie kam ich mir wie das hässliche Entlein vor.

»Hast du die Karte jetzt so, wie du sie willst?« Ich versuchte, das Thema wieder auf die Einladungen zu lenken.

»Ich habe nur Vorschläge, die wir mal durchgehen können.«

Leider musste ich Daniel zugutehalten, dass seine Änderungen wirklich sinnvoll waren. Am Ende des Abends hatten wir Einladungskarten, wie ich sie mir nicht besser hätte erträumen können.

»Was müssen wir denn noch alles machen?«, fragte er nach einer Weile. Ich überlegte, ob ich tatsächlich alle Punkte meiner Checkliste aufzählen sollte.

»Samstag gehe ich mit Tina Brautkleider anprobieren. Du könntest Markus mal fragen, ob er mit dir nach Anzügen gucken geht. Wir brauchen noch einen Konditor – ich wäre ja auf jeden Fall für Cukrászda.«

»Entschuldigung?«

»Cukrászda ist ein supertoller Konditor. Ein Gespräch mit dem Standesbeamten haben wir nächsten Dienstag. Die Band muss noch antworten, wir müssen uns um das Essen kümmern, ich muss Deko basteln … soll ich das wirklich alles aufzählen?«

Daniel sah aus, als habe er schon wieder vergessen, womit ich begonnen hatte. Er schüttelte den Kopf. »Sag mir einfach, was ich machen soll.«

»Nimm mich in den Arm und sag, dass du mich liebst«, grinste ich. Er erfüllte mir diesen Wunsch.

Kapitel 5
-Daniel-

Noch 16 Tage

Fünf vor halb eins. Die silberne Armbanduhr tickte leise vor sich hin, als Daniel draufblickte. Emma hatte sie ihm zum Geburtstag geschenkt, in der Hoffnung, seinen Geschmack getroffen zu haben. Hätte sie wissen können, dass er silberne Uhren nicht so mochte wie die mit Lederarmband? Wahrscheinlich nicht, er hatte seine alte Armbanduhr nie getragen. Aber Emma hatte sich solche Mühe gegeben, ein passendes Geschenk zu finden, dass er diese Uhr lieben gelernt hatte. Mittlerweile trug er sie sehr gerne.

»Kommst du?« Christian stand in der Tür und linste in Daniels Büro.

»Ich gehe heute mit Emma essen«, antwortete er.

»Wenn du meinst. Aber es gibt heute Hamburger.«

Fast hätte Daniel sich überreden lassen. Doch er wollte Emma heute überraschen und sie zum Mittagessen entführen, also blieb er standhaft. »Trotzdem. Guten Hunger!«

Christian nickte und ging. Daniel beschloss, sich nun ebenfalls auf den Weg zu machen. Er meldete sich vom System ab, griff nach seinen Schlüsseln und war wenige Minuten später bereits auf der Stadtautobahn.

Melli, die Empfangsdame beim *Modehaus U.*, erklärte Daniel wenig später, dass Emma noch in ihrem Büro sein musste, da sie noch nicht zum Rauchen an ihr vorbeigegangen sei. Er machte sich auf den Weg.

Sie saß mit dem Rücken zur Tür in ihrem Schreibtischstuhl, den Blick aus dem Fenster gerichtet, und sprach. Es dauerte zwei Sekunden, bis Daniel begriff, dass sie telefonierte.

»Eine Woche vor der Hochzeit ist zwar knapp, aber da kann man nichts machen. Dann trage ich mir das Shooting für den 8. August ein.«

Daniel räusperte sich, woraufhin Emma zusammenzuckte und sich umdrehte. Sie grinste. Es war dieses schelmische, freche Zeigen aller Zähne, das einem gleich gute Laune machte. Schnell schrieb sie etwas auf, verabschiedete die Person am anderen Ende der Leitung und legte auf.

»Was machst du denn hier?«, fragte sie Daniel dann überrascht.

»Ich wollte dich zum Essen einladen. Wehe, du hast schon gegessen.«

»Ehrlich gesagt sterbe ich vor Hunger, aber ich wollte nur einen Salat essen. Nächste Woche Freitag haben wir jetzt einen Shooting-Termin mit einem neuen Fotografen namens Tom.«

»Aha.« Daniel hatte den Termin schon wieder vergessen. Er fragte sich, warum man überhaupt ein Probeshooting machen musste, sagte aber nichts.

»Italienisch?«, fragte er stattdessen.

Emma nickte. »Aber nur einen Salat.«

In der Nähe gab es zwei Italiener. Daniel steuerte

Sasso an, wo sie regelmäßig zum Mittagessen einkehrten, wenn er Emma in der Firma besuchte.

»Ich habe vorhin übrigens meinen Vater angerufen und ihn eingeladen.« Emma sah in die Karte, obwohl Daniel schon wusste, was sie bestellen würde. Sie bestellte immer das Gleiche: Pizza Margherita, die kleinste Größe. Sie konnte Pizza nicht widerstehen. Salat, von wegen!

»Was sagt er?«

»Er schien sich wirklich zu freuen. Ich hatte auch nicht den Eindruck, dass es für ihn ein Problem wäre, wenn Sabine dabei ist. Natürlich hat es ihn ganz schön erschrocken, dass es so kurzfristig ist, und er hat auch gleich gefragt, ob ich schwanger bin. Als ob das Voraussetzung für eine Hochzeit wäre.«

Der Kellner kam an ihren Tisch und nahm ihre Bestellung auf. Daniel bestellte einen Nudelauflauf. Emma bestellte genau wie vorhergesehen ihre Pizza. Unwillkürlich musste er grinsen, ließ sich aber nichts anmerken. Wie wollte sie abnehmen, wenn sie Pizza nicht widerstehen konnte? Emma fuhr fort. »Ich glaube, ich werde mal mit Sabine sprechen. Ich meine, ihre einzige Tochter heiratet, da kann man doch nicht so kindisch sein und nicht kommen wollen, weil der Ex da ist.«

»Sie hat ihm eben noch nicht verziehen.« Daniel nahm Emmas Hand.

»Sie soll ihn einfach tolerieren. Übrigens habe ich nicht nur meinen Vater heute angerufen.«

»Sondern?«

»Alle.«

Er zog die Augenbrauen zusammen. »Wie, alle?«

»Na, alle Gäste. Eigentlich müssten die Karten schon angekommen sein, aber es hatten sich noch nicht alle zurückgemeldet. Deine Tante Cordula hat übrigens abgesagt, die sind wohl im Urlaub mit den Kindern. Irgendwie war die ganz schön sauer, weil wir es so kurzfristig machen.«

»Also, das kann ich ja gar nicht nachvollziehen«, meinte Daniel spöttisch, »die müssen sich doch sofort freinehmen können, wenn wir spontan beschließen, ein Jahr früher zu heiraten.«

Emma zeigte keine Regung. »Ich finde es trotzdem nervig. Hast du mit Markus gesprochen, wann ihr den Anzug kaufen geht?«

»Noch nicht.«

»Und wann gedenkst du, das zu tun? Wir haben nur noch zwei Wochen, Schatz.«

»Wir haben genug Zeit.«

»Wann rufst du den Konditor an? Wann suchen wir Ringe aus? Wann besprechen wir das Essen? Das müsste alles schon fertig sein.« Emmas Stimme wurde angespannt. Plötzlich sah sie älter aus als sonst. Irgendwie geschafft.

»Das kriegt man in zwei Wochen doch wohl hin. Eigentlich sind es ja sogar zwei Wochen und zwei Tage.« Daniel wollte Emma beruhigen. Wenn sie sich noch mehr aufregte, würde sie bald schlecht schlafen und unausstehlich werden. Emma zog ihre Hand weg.

»Ich meine das ernst, Schatz. Das waren jetzt nur ein paar Punkte, die dich etwas angehen. Ich habe noch ganz andere Sachen im Kopf. Du solltest lediglich einen Termin mit Markus ausmachen, warum hast du das nicht gemacht?«

»Engel ...«

»Nein! Ehrlich, ich finde das nicht lustig. Ich

rackere mich wie eine Irre ab, um eine tolle Hochzeit auf die Beine zu stellen und du sitzt herum und drehst Däumchen!« Ihre Stimme wurde lauter und fühlte sich an wie ein schneidendes Schwert. »Die Hälfte der Zeit ist schon rum!«

»Es ist ja nicht so, dass ich nichts mache«, wandte Daniel ein. Schließlich hielt er Emma den Rücken frei und hatte mit ihr die Einladungen erstellt. Er hörte ihr zu, sah sich ihre verschiedenen Vorschläge zu Dingen an, die kein Mensch brauchte, und versuchte, Emmas Wünsche zu erfüllen.

»Doch, du machst nichts! Was hast du denn bis jetzt für die Hochzeit getan?«

»Die Einladungen.«

»Du hast das, was ich vorbereitet habe, durchgeguckt. Ich meine, was hast du ganz alleine aus eigenem Antrieb gemacht? Manchmal habe ich das Gefühl, dass dir die Hochzeit gar nicht so wichtig ist wie mir.«

»Du spinnst ja.« Jetzt war es an ihm, sauer zu werden. Sie mochte vielleicht recht damit haben, dass er nicht so viel tat wie sie, was die konkrete Planung betraf. Aber die Hochzeit war ihm wichtig! Natürlich wollte er sie heiraten. Hätte er sonst um ihre Hand angehalten?

»Ich spinne?« Ihre Stimme hatte diesen pieksigen Ton angenommen, und sie sprach so laut, dass die Tischnachbarn in Ruhe zuhören konnten.

Der Kellner kam mit den Getränken.

»Por la Signora«, sagte er freundlich, während er ein Glas Wasser vor Emma stellte.

»Sie brauchen meine Pizza doch nicht backen. Ich gehe«, antwortete Emma schnippisch. Sie stand auf und rauschte an dem verdutzt dreinblickenden Kellner vorbei auf die Straße. Daniel folgte ihr.

»Warte mal!«

Entgegen seiner Erwartung hielt Emma tatsächlich an. Er erreichte sie mit zwei Schritten. »Was sollte das da gerade? So bist du doch sonst nicht!«

»Du regst mich einfach total auf, Schatz! Ich habe keinen Hunger mehr. Wir sehen uns heute Abend.«

»Ich bin heute bei meinen Eltern, ihr Grillfest vorbereiten.«

»Was? Wann wolltest du mir das erzählen?«

»Bei unserem Mittagessen, das wir gerade gemeinsam genießen wollten!« Er verzweifelte langsam, aber sicher. »Jetzt krieg dich mal wieder ein.«

»Ich gehe jetzt. Ich muss im Gegensatz zu dir eine Hochzeit planen.«

»Dann geh doch«, meinte Daniel patzig.

Er hatte keine Lust, sich weiter mit ihr auseinanderzusetzen, wenn sie so schlechte Laune hatte. Vielleicht hatte ihr das Gespräch mit ihrem Vater doch mehr zugesetzt, als sie zugeben wollte. Es musste für sie, die schon als Kind von einer hollywoodreifen Traumhochzeit geschwärmt hatte, schwer sein, nicht von ihrem Vater hereingeführt zu werden. Oder vielleicht wollte sie sich doch von ihm nach vorne führen lassen, hatte aber ein schlechtes Gewissen ihrer Mutter gegenüber.

Daniel sah Emma nach, als sie den Weg zu ihrer Arbeit alleine zurückging. Er ging ins Restaurant und ließ sich das Essen einpacken. Bevor er später zu seinen Eltern fuhr, würde er noch zu Hause vorbeischauen und ihr die Pizza hinstellen. Kalorien hin oder her.

***

Als Daniel bei seinen Eltern klingelte, hörte er Stimmen aus dem Garten dröhnen. Daniel folgte den Stimmen, statt auf Einlass zu warten, und öffnete das kleine Gartentor, das zum hinteren Teil des Grundstücks führte. Petra kam ihm entgegengelaufen und umarmte ihren Sohn zur Begrüßung.

»Ich dachte doch, ich hätte die Klingel gehört. Schön, dass du da bist, mein Schatz.«

»Wollt ihr die ganze Nachbarschaft einladen?« Er beäugte die Biertischgarnituren, die an der Hauswand direkt neben zwei riesigen Fässern lehnten. Olaf stand auf einer kleinen Leiter und brachte eine Girlande über dem Wohnzimmerfenster an. Auf der Terrasse fegte jemand den Dreck zur Seite.

»Sophie?«

Sophie hielt inne und blickte Daniel lächelnd an. Er kannte sie gut genug, um zu sehen, dass sie sich nicht sehr wohlfühlte.

»Hi, Daniel.«

»Was machst du hier?«

»Wir haben die liebe Sophie heute eingeladen, damit hast du doch sicher kein Problem«, schaltete sich Petra ein.

»Warum?« Daniel ahnte, dass Sophie nur eingeladen worden war, weil er selbst zugesagt hatte.

Petra drückte Daniel ein Kehrblech und einen Handfeger in die Hand. »Statt Fragen zu stellen, kannst du dich lieber nützlich machen.«

Sie selbst nahm einen Lappen aus einem bereitstehenden Eimer und wischte den Terrassentisch ab.

»Wie geht es dir denn?«, fragte er Sophie und begann, den Dreck auf das Kehrblech zu fegen. Er hatte sie schon seit Monaten nicht mehr gesehen. »Was machst du so?«

Sophie schob eine dicke blonde Strähne wieder hinter ihr Ohr, wo sie hergekommen war. Petra antwortete für sie. »Sophie hat gerade ihr Studium abgeschlossen. Mit 1,0.«

Sophie errötete leicht und machte eine wegwerfende Handbewegung. »Ach, das ist nicht der Rede wert. Ich bewerbe mich jetzt für das Referendariat.«

»Lehrer ist ein sehr anständiger Beruf«, sagte Olaf. Er nickte dabei, als würde das seiner Aussage noch mehr Gewicht geben. Dann stieg er von der Leiter herunter und betrachtete sein Werk.

»Petra, wo ist die zweite Girlande?«

»Im Schuppen, natürlich.« Petra hörte auf, den Tisch zu wischen. »Du meinst doch die grüne, oder?«

»Die grüne? Wolltest du nicht noch eine zweite rote kaufen? Ich hatte dir extra gesagt, dass wir dieses Jahr rot nehmen.«

Verlegen wischte Petra abwesend wieder den Tisch und sagte nichts.

Olaf schnaubte verächtlich. »Die grüne ist potthässlich.« Leise nuschelte er in seinen riesigen Schnauzbart: »Alles muss man selber machen.«

Petra hörte es nicht, oder tat zumindest so,

holte die grüne Girlande aus dem Schuppen und gab sie Olaf.

»Die hänge ich nicht auf.« Er sah auf die Uhr. »Jetzt ist es zu spät, noch eine neue zu kaufen. Klasse, Petra. Dann weißt du ja, was du gleich morgen früh zu tun hast.«

Spätestens jetzt bereute Daniel seine Entscheidung, die Einladung angenommen zu haben.

»Du heiratest, hat Markus mir erzählt?«, versuchte Sophie einen Themenwechsel.

»Ja, wir wollten erst nächstes Jahr heiraten, aber …« Daniel hatte seinen Eltern noch nicht von den geänderten Plänen berichtet. »Jetzt heiraten wir doch schon in zwei Wochen.«

»In zwei Wochen?« Petra warf ihren Lappen entrüstet auf den Tisch und starrte Daniel an. »Ihr seid wirklich völlig übergeschnappt!«

»In zwei Wochen und zwei Tagen«, sagte Daniel zu Sophie, als hätte er seine Mutter nicht gehört.

»Wow, das ist ja schon bald!«, antwortete Sophie freudig. »Warum jetzt doch so schnell?«

»Wenn Emma schwanger ist, kriege ich eine Herzattacke!«, rief Petra und fasst sich sogleich ans Herz.

»Quatsch.«

Daniel erzählte von dem Telefonanruf aus dem Schloss und Emmas Vorsatz, eine aufsehenerregende Hochzeit in vier Wochen auf die Beine zu stellen.

»Wahnsinn, wie du das so mitmachst«, grinste Sophie. »Muss wohl Liebe sein, hm?«

»Das ist völlig irre«, mischte sich Olaf ein und trat die grüne Girlande mit Füßen. »Mir kann ja egal sein, was du mit deinem Leben anfängst, aber lass dir eines gesagt sein: Ihr heiratet viel zu früh.«

»So wie ihr, meinst du?« Es begann wieder, in Daniel zu brodeln.

»Pass auf, wie du mit deinem Vater sprichst!« Petra erholte sich von ihrem Schock. »Diese Frau setzt dir nicht nur einen Floh ins Ohr, unbedingt heiraten zu müssen, sie hat auch einen schlechten Einfluss auf dich. Mit Sophie …«

»Ich kann es nicht mehr hören! Sophie und ich werden nie wieder zusammen sein, kapiert ihr das nicht?« Daniel warf das Kehrblech auf die Terrasse. Das Scheppern hallte in seinen Ohren nach. »Sag du doch auch mal was dazu!«

»Er hat recht, Petra.« Sophie sprach gewohnt ruhig, ganz anders als Emma in dieser Situation gesprochen hätte. »Unsere Beziehung hat nicht funktioniert und würde auch in Zukunft nicht funktionieren. Wenn ihr mich nur eingeladen habt, um mich wieder mit Daniel zu verkuppeln, muss ich euch enttäuschen.«

Sie lehnte ihren Besen gegen die Hauswand. »Daniel ist ein toller Kerl, keine Frage, aber wir lieben uns nicht mehr. Ich habe ihn noch nie glücklicher gesehen, als in den letzten zwei Jahren. Ich möchte nicht unhöflich sein, aber ich werde jetzt gehen. Es hat keinen Sinn, hier zu sein, wenn ihr nur ein Ziel habt … Sophie warf Daniel einen Blick zu, dann ging sie zum Gartentor.

»Sophie, so war das doch nicht gemeint!« Petra lief hinter Sophie her.

»Ich verstehe es nicht«, stöhnte Daniel. Er blickte seinen Vater durchdringend an. »Wo ist euer Problem? Ihr habt Emma nie eine Chance gegeben.«

»Deine Mutter will nur dein Bestes.«

»Emma ist das Beste für mich!«

»Das sehen wir anders. Sie ist unhöflich, frech und vorlaut.«

»Unsinn. Ihr kennt sie überhaupt nicht.« Er ging zum Gartentor. Olaf rührte sich keinen Zentimeter. Bevor Daniel aber den Garten verlassen konnte, hielt Petra ihn auf. Sie war gerade wieder auf dem Weg zur Terrasse gewesen.

»Willst du etwa auch gehen?«

»Wir sollten mal in Ruhe reden, Mama.« Er musste ein wenig nach unten schauen, um seiner Mutter ins Gesicht sehen zu können. Sie hatte mehr Falten als früher und sah müde aus. Ihre Haare lagen irgendwie platt an ihrem Kopf. Wann war sie nur so alt geworden?

»Es gibt nichts zu reden.«

»Denkst du etwa auch, dass Emma frech und unhöflich ist?«

Petra schnaubte. »Sie ist nicht wie Sophie.«

»Und das ist gut so!«, rief Daniel. Er war schon lange nicht mehr so sauer auf seine Eltern gewesen wie heute.

»Ich will Sophie nicht, ich will Emma! Sie macht mich glücklich, versteht ihr das nicht?«

»Wir haben mehr Lebenserfahrung, Daniel«, warf seine Mutter ein, »vertraue uns. Du tanzt nach ihrer Pfeife, und das kann ich nicht unterstützen. Mein Leben lang habe ich alles getan, damit meine Kinder es einmal besser haben als ich, und was macht ihr? Schmeißt alles weg.«

Daniel hatte keine Lust, sich weiter mit seiner Mutter auseinanderzusetzen.

»Zwingt mich bitte nicht, mich zwischen Emma und euch zu entscheiden. Ich hoffe, ihr kommt zu unserer Hochzeit, das wäre mir nämlich sehr wichtig. Ansonsten könnt ihr euch eure Bemühungen sparen.«

Er wartete nicht ab, was seine Eltern erwidern würden, sondern ging schnurstracks zu seinem Auto und fuhr los.

***

Emma war bereits zu Hause, als Daniel in die Wohnung trat. Er hatte kaum zwei Schritte in den Flur gesetzt, da kam sie um die Ecke geschlichen. Da sie ihre Jogginghose und einen Schlabberpulli trug, der schon bessere Tage gesehen hatte, war sie offensichtlich in Kuschelstimmung. Meistens, wenn Emma sich schlecht fühlte, zog sie sich besonders gemütliche Kleidung an und wollte den ganzen Abend in den Arm genommen werden.

»Na, Engel.«

»Es tut mir so leid, mein Schatz!«

Emma breitete die Arme aus und umarmte Daniel innig. Es fühlte sich an, als wolle sie in ihn hineinkriechen.

»Bieba dei el?«, nuschelte sie in sein Hemd.

»Bitte?«

Emma hob den Kopf höher und schaute in Daniels Augen. Hatte sie geweint?

»Wie war es bei deinen Eltern?«, wiederholte sie nun deutlich.

»Du kannst dir nicht vorstellen, wen sie eingeladen haben.« Daniel befreite sich aus Emmas

Umklammerung, zog seine Schuhe aus und ging ins Wohnzimmer. Emma folgte ihm schlurfend.

»Wen?«

Daniel drückte den Knopf der Kaffeemaschine, die daraufhin surrend das Wasser erhitzte.

»Du auch einen Kaffee?«

Emma nickte. »Aber koffeinfrei, sonst kann ich nachher nicht schlafen.«

»Sie haben Sophie eingeladen«, berichtete er.

Schon als er diesen Satz sagte, merkte er die Wut in sich aufflammen. Er hatte für vieles, was seine Eltern sagten, Verständnis und versuchte stets, ein Gleichgewicht der Interessen herzustellen, aber dieses Mal waren sie zu weit gegangen.

»Sophie?«

»Sie wollten uns offensichtlich verkuppeln.«

»Das kann doch wohl nicht wahr sein! Schämen die sich eigentlich für gar nichts?« Emma lief im Zimmer auf und ab und begann einen Monolog, während Daniel den Kaffee zubereitete. Er hörte nur halb hin.

»Was denen einfällt, sich so einzumischen … wirklich, denen hättest du die Meinung sagen sollen! Und Sophie … bestimmt war sie schon ganz erpicht darauf, dich wiederzukriegen … aber nicht mit mir, das lasse ich mir doch nicht bieten!«

Daniel stellte den Kaffee auf den Esszimmertisch und nahm Platz. Emma setzte sich zu ihm.

»Ich habe ihnen gesagt, dass uns nichts auseinanderbringen wird und sie mich nicht zwingen sollen, eine Entscheidung zwischen dir und ihnen zu fällen.«

Emmas Blick wurde augenblicklich weicher.

Sie griff nach Daniels Hand. Ihre Hände waren so weich und warm, dass er hoffte, sie würde ihn nie wieder loslassen. Bestimmt bekommt sie bald ihre Tage, schoss es ihm durch den Kopf. Diese Launenhaftigkeit war kaum auszuhalten.

»Das war wirklich toll von dir. Hast du sie mal gefragt, warum sie mich so hassen?«

»Ich habe eine Theorie«, antwortete Daniel. »Ich denke, du genügst ihnen nicht, im Vergleich zu Sophie. Ich meine, Sophie ist die Tochter eines angesehenen Chefarztes, hatte super Noten in der Schule und macht ein sicheres Studium. Außerdem mochte meine Mutter Sophie schon vom Charakter her. Sophie ist ja eher ruhig und zurückhaltend. Sie entspricht einfach dem Bild, was meine Mutter von ihrer Traumschwiegertochter hat.«

»Und ich bin das Gegenteil von Sophie«, stellte Emma fest. »Hässlich, aus schlechten Verhältnissen und launisch.«

Ihre Stimme klang dabei, als ob sie sich darüber ärgerte, nicht ruhig und zurückhaltend zu sein.

»Du weißt, was du willst, bist ehrgeizig, kannst dich durchsetzen und treibst mich an. Also bist du viel besser als Sophie.« Daniel küsste Emma sanft auf die Lippen. »Und die schönste Frau der Welt.«

Emma lächelte leicht. »Klingt, als wäre ich ganz schön herrisch.«

»Eine kleine Domina, in der Tat«, lächelte Daniel.

Das Telefon klingelte. Emma stand auf und nahm das Telefon von der Station.

»Hallo Tina!«, begrüßte sie die Anruferin.

Dann veränderte sich ihre Stimme schlagartig. »Was ist passiert?«

Es klang nicht gut. Daniel trank die letzten Züge seines Kaffees aus und dachte darüber nach, was er über seine Mutter gesagt hatte. Sie tat ihm irgendwie leid. Emma riss ihn aus seinen Gedanken. Das Telefon klebte noch an ihrem Ohr. Sie sah schockiert aus.

»Tina und Markus haben sich getrennt.«

Er hatte sich wohl verhört. »Getrennt? Die beiden? Wieso denn das?«

»Offensichtlich ist Markus fremdgegangen.«

»Unmöglich!«

»Ich weiß!«, stimmte Emma zu. »Tina? Ich bin sofort bei dir. Bis gleich.«

Sie legte auf. »Vielleicht willst du deinen Bruder ja mal anrufen oder hinfahren. Tina sagt, er ist zu deinen Eltern gefahren.«

Daniel hatte keine große Lust, wieder zu seinen Eltern zu fahren, also beschloss er, Markus zuerst anzurufen. Vielleicht konnten sie sich woanders treffen.

Kapitel 6
-Emma-

Ich beschloss, umgehend zu Tina zu fahren. Ihre Stimme war am Telefon tränenerstickt gewesen. Ich konnte mir nicht vorstellen, dass Markus Tina tatsächlich hintergangen haben sollte. Das war einfach unmöglich! So schnell ich konnte, jagte ich meinen Fiat durch die Straßen, bis ich bei Tina ankam.

Ich stieg aus, verschloss die Tür und klingelte eine halbe Minute später bei »Voigt/Breitenbach«. Der Türsummer öffnete die Eingangstür. Ich nahm die Treppen bis in den dritten Stock, wo Tina schon in der Tür stand, um mich zu begrüßen. Sie sah schrecklich aus: Tinas Augen – normalerweise strahlend blau und lebhaft – waren aufgequollen und rotgerändert. Augenringe zeichneten sich in ihrem Gesicht ab. Die blonden Haare sahen ungekämmt aus. Sie hatte sich eine Decke um den Körper geschlungen.

Ohne ein Wort zu sagen, umarmte ich meine beste Freundin noch auf der Türschwelle. Tina ließ sich in meine Arme sinken und fing an, zu schluchzen. Die Decke fiel auf den Boden.

»Komm, wir gehen rein.« Ich hob die Decke auf und führte Tina, die völlig aufgelöst war, in ihr Wohnzimmer.

»Mein Gott!«

Auf dem Boden lagen Scherben und die Kommode an der kurzen Seite des Raumes hatte eindeutige Dellen. »Ihr habt nicht wirklich mit Tellern geschmissen, oder?«

»Es war eine Vase«, antwortete Tina. Sie ließ sich auf das Sofa fallen. »Ich war einfach so sauer, da habe ich die Vase auf den Boden geworfen.«

»Jetzt erzähle mir noch mal die ganze Geschichte.«

Ich begann, die Scherben vorsichtig aufzuheben, und legte eine nach der anderen auf dem Couchtisch ab.

»Es lief in letzter Zeit nicht gut bei uns. Alles war irgendwie eingeschlafen. Jeder hat so sein Leben gelebt, und wir haben uns voneinander entfernt.«

»Warte kurz.« Ich holte Handfeger und Schaufel aus der Besenkammer. In Tinas und Markus' Wohnung kannte ich mich genauso gut aus wie in meiner eigenen. Während Tina weiter erzählte, fegte ich die Scherben auf. So konnte das schließlich nicht bleiben! Tina umklammerte ihre Beine und stützte das Kinn darauf ab. »Er hat mir gestanden, dass er fremdgegangen ist.«

»Aber mit wem?«

»Mit einer Kollegin. Erinnerst du dich noch an diesen Kegelabend, als er nachts nicht nach Hause gekommen ist? Er hatte mich doch völlig betrunken angerufen und gemeint, er würde bei einem Kollegen übernachten.«

Tina sprach, als würde sie mit sich selbst reden. Sie flüsterte es in den Raum, als hätte sie Angst, es laut auszusprechen.

»Ja, ich erinnere mich. Du hattest dir noch Sorgen gemacht. Und dann hat er mit seiner Kollegin geschlafen?«

»Ja.« Tina machte eine Pause. »Wie konnte er mir das nur antun?«

»Seid ihr jetzt wirklich getrennt?« Ich leerte die Schaufel mit den Scherben in der Küche im Mülleimer aus, wusch meine Hände und setzte mich neben Tina. Sie begann wieder zu weinen.

»Ja, sind wir. Ich will ihn nie wiedersehen, Emma!«

»Nicht so vorschnell!« Ein kurzer Anflug von Panik krabbelte meinen Magen hinauf. In knapp zwei Wochen war die Hochzeit. Markus war Daniels Trauzeuge, Tina meine. Wie sollte die Trauung stattfinden, wenn sich die Trauzeugen nicht sehen wollten? Als habe sie meine Gedanken gelesen, sagte Tina: »Tut mir echt leid wegen der Hochzeit. Ich weiß, du hast dir das alles anders vorgestellt, aber ich kann diesem Mistkerl einfach nicht unter die Augen treten!«

Ich hätte gerne geantwortet, dass ich das verstünde, und einerseits verstand ich es ja auch. Wenn Daniel mich mit Sophie betrügen würde, hätte ich auch keinen Nerv, ihm auf einer Hochzeit zu begegnen, aber für meine beste Freundin würde ich mich zusammenreißen! War es zu viel verlangt, einen Tag lang gute Miene zum bösen Spiel zu machen?

»Ich helfe dir natürlich trotzdem bei der Planung«, bot Tina an. Sie wischte sich ihre Tränen weg und zwang sich zu einem gequälten Lächeln. Toll, dachte ich enttäuscht. Meine Laune, die sich heute ohnehin noch nicht von ihrem Dämpfer am Mittag erholt hatte, sank noch weiter.

»Kannst du dir denn überhaupt nicht vorstellen, bei der Hochzeit dabei zu sein? Ich brauche dich doch. Wie soll ich heiraten, wenn meine beste Freundin nicht dabei ist?«

»Ich weiß es nicht. Gib mir einfach ein bisschen Zeit und ich sage dir rechtzeitig Bescheid.«

Das war nicht die Antwort, die ich mir erhofft hatte. Aber ich hatte wohl kaum eine andere Wahl. »In Ordnung. Hey, soll ich heute bei dir übernachten? Dann bist du nicht so alleine.«

»Und Daniel?«

»Ich denke mal, er ist bei Markus und leistet ihm Gesellschaft, vielleicht übernachtet er ja auch nicht zu Hause.«

»Wäre echt schön, wenn du hier bleibst.«

»Ist doch Ehrensache.«

Ich holte mein Handy hervor und sagte ihm Bescheid. Er antwortete nur wenig später: *Ist gut, Engel. Tröste Tina und grüß sie von mir. Wir sehen uns dann morgen. Ich liebe dich!*

Nachdem wir stundenlang geredet und das Beziehungsende von allen Seiten beleuchtet hatten, wollte ich Tina von den zermürbenden Gedanken ablenken.

»Wollen wir uns einen Film angucken?«

Tina lächelte nun ungezwungen. »Aber keinen Liebesscheiß.«

»Nee, irgendetwas Gruseliges.«

Ich durchforstete Tinas DVD-Regal.

»Der Kleidtermin Samstag steht aber noch, oder?«

»Natürlich! Das lasse ich mir auf keinen Fall entgehen!«

Kapitel 7

Noch 13 Tage

Als ich zum ersten Mal in meinem Leben ein Brautmodengeschäft betrat, war ich erschlagen von der Masse an Kleidern in allen Weißabstufungen und Ausführungen. Alles in mir juchzte vor Aufregung. Würde ich hier und heute mein Traumkleid finden? Jahrelang hatte ich mir immer wieder vorgestellt, wie mein Kleid wohl aussehen könnte, welchen Schnitt es haben würde und wie es sich anfühlte, ein Brautkleid zu tragen. Ich konnte es kaum erwarten.

Eine Verkäuferin kam auf Tina und mich zu. Sie hatte eine Brille, die nur auf ihrer Nasenspitze saß, und ein seltsam aufgebäumtes graues Ungetüm als Frisur.

»Guten Tag, Sie schauen nach einem Brautkleid?« Sie wandte sich an Tina, als sei es selbstverständlich, dass sie heiraten würde. Sie passte einfach in das Bild einer schlanken, großen und wunderschönen Braut - wie aus einem Hochglanzmagazin. Ich schnaufte laut durch meine Nase aus.

»Wir haben heute einen Termin, ja. Meine Freundin heiratet in zwei Wochen«, antwortete Tina und zog mich zu sich.

Die Augen der Verkäuferin weiteten sich. »Zwei Wochen? Das nenne ich mal spontan.« Ihr Blick flackerte zu mir, sie musterte mich und lächelte noch ein wenig breiter. »Gut, dann kommen Sie mal mit. Haben Sie schon eine Vorstellung ihres Kleides?«

Wir folgten der Verkäuferin, auf deren Namensschild »Fr. Meinhard« stand, durch den Laden bis ans Ende. Dort waren riesige Umkleidekabinen.

Schaufensterpuppen in Brautkleidern standen auf Sockeln und präsentierten nicht nur die Kleider, sondern auch Schmuck, Schleier und Zubehör.

»Etwas, das meine Figur kaschiert«, beantwortete ich ihre Frage.

Sie drehte sich im Laufen um und beäugte mich erneut mit einem kritischen Blick. Auch wenn sie nichts sagte, fühlte ich mich in diesem Moment drei Mal so dick, wie sonst. Dass bei Frau Meinhard vermutlich Hosen in Größe 36 noch schlabberten, half meinem Selbstwertgefühl dabei nicht im Geringsten.

»Ich zeige Ihnen mal eine Auswahl an kaschierenden Kleidern. Einen Moment, bitte.« Die Verkäuferin bedachte mich mit einem weiteren Blick, wohl, um meine Konfektionsgröße abzuschätzen, dann ging sie durch die Reihen der Kleider. Tina schlenderte ebenfalls durch die Kleiderreihen.

»Das hier ist doch ein Traum«, feixte sie, während sie mir ein extravagantes Rüschenkleid entgegenhielt.

»Ein Albtraum vielleicht«, antwortete ich grinsend. Noch ehe ich selbst auf die Suche nach schönen Kleidern gehen konnte, kam die Verkäuferin schon zurück.

»Hier habe ich ein Kleid, das eher schlicht ist, aber durch die Raffungen Problemzonen kaschiert. Probieren Sie es mal in Reinweiß an.«

Ich hätte nie nach diesem Kleid gegriffen,

doch ich wollte der Verkäuferin eine Chance geben. Außerdem hatte ich im Hochzeitsforum schon sehr häufig gelesen, dass Bräute Kleider gekauft hatten, die sie niemals selbst gewählt hätten. Ergeben nickte ich also und folgte dann der Verkäuferin in die Kabine.

Erwartete Frau Meinhard etwa, dass ich mich entblößte, während sie seelenruhig danebenstand? Ich hatte Monate gebraucht, bis Daniel mich bei Licht entkleiden konnte, ohne dass ich mich minderwertig gefühlt hatte! Und nun sollte ich mich neben einer wildfremden Frau ausziehen? Ich zögerte. Da musste ich jetzt durch. Ohne weiter über mich oder die Reaktion von Frau Meinhard nachzudenken, zog ich meine Bluse und die Jeans aus.

»Jetzt die Arme nach oben strecken und ins Kleid tauchen wie bei einem Kopfsprung«, wies Frau Meinhard an.

Sie trug das Kleid aufgerafft auf ihrem Arm und stülpte es mir mit einer gekonnten Bewegung über. Ich betrachtete mich im Spiegel der Kabine, während die Verkäuferin das Kleid schloss.

Wow.

Tatsächlich fühlte ich mich in diesem Kleid zehn Kilo schlanker. Die Raffungen kaschierten meine gebärfreudige Hüfte gut, und der kleine Ring um meinen Bauch war auch nur noch zu erahnen. Vielleicht hätte das Kleid ein wenig ausgestellter sein können. Der Rock gefiel mir nicht so gut, wie ich gehofft hatte. Die Raffungen waren zwar gut zur Kaschierung, aber nicht sehr verträumt. Dennoch trat ich aus der Kabine und stellte mich Tinas strengem Blick.

»Echt schön«, sagte sie milde lächelnd. Aber

sie war nicht begeistert.

»Nein, das ist es nicht.«

Es war nicht da, dieses Gefühl. In den Berichten anderer Bräute aus dem Hochzeitsforum hatte ich gelesen, dass nicht wenige in Tränen ausbrachen, wenn sie sich das erste Mal in *ihrem* Kleid sahen. Ich drehte mich vor den zwei Spiegeln langsam im Kreis, um mich aus jedem Winkel zu betrachten. Das Kleid war definitiv schön, aber schön reichte mir nicht. Schön konnte ja jeder.

»Ich würde gerne eins ausprobieren, das prinzessinnenhafter ist.«

»Sie meinen mit Tüll und Reifrock? Oder lieber Spitze?«

»Vielleicht eine Kombination.« Während ich mir vorstellte, wie eine Kombination aus Spitze und Tüll an mir wirkte, verschwand die Verkäuferin wieder.

»Oder was meinst du, Süße?«, fragte ich Tina.

Schließlich war Tina nicht umsonst mitgekommen. Als Trauzeugin und Fashionista war mir ihre Meinung sehr wichtig.

»Das Kleid ist schön, aber ich denke, du hast noch Luft nach oben.«

In diesem Moment kehrte Frau Meinhard mit einem großen Berg Stoff zurück. Sie ließ eine Hälfte fallen und hielt den Bügel mit dem neuen Kleid so hoch sie konnte. Wenn das kein Prinzessinnenkleid war, dann wollte ich auch keine Prinzessinnenhochzeit!

»Wahnsinn!«, stammelte ich. »Los, probieren wir es an!«

Ich tippelte in die Kabine, so schnell ich mich in dem Kleid bewegen konnte. Die Verkäuferin zog den Vorhang zu und befreite mich aus dem Kleid. Sie nahm es mir ab und hängte es an einen Haken. Anschließend legte sie einen großen Reifrock auf den Boden.

»Bitte in die Mitte steigen und hochziehen«, wies sie an.

Ich musste mich an der Kabinenwand festhalten, um nicht das Gleichgewicht zu verlieren, als ich in den Reifrock stieg.

»Sind das schon die Schuhe für die Hochzeit?«

»Ja, das sind sie.« Noch jetzt hatte ich ein schlechtes Gewissen, weil diese Schuhe ein Vermögen gekostet hatten. Aber ich hatte sie von meinem Geld bezahlt, und das war es mir wert.

»Sehr gut, dann können wir die Länge des Kleides gleich abmessen.«

Wie schon beim ersten Kleid warf Frau Meinhard nun den Stoffhaufen über mich und ordnete das Ungetüm. Doch dieses Mal fühlte es sich anders an. Noch bevor Frau Meinhard den Reißverschluss zu schließen versuchte, bemerkte ich das Glücksgefühl in meinem Bauch wie eine Welle. Mein Herz schlug ein wenig schneller, als ich mich im Spiegel betrachtete. *Wahnsinn.* Alles kribbelte: die Arme, die Beine, mein Bauch. Ich fand mich richtig hübsch. Umwerfend hübsch. So hatte ich mich schon seit Jahren nicht mehr gefühlt! Ich fühlte mich an die ersten Wochen erinnert, als ich so richtig in Daniel verschossen war: Mir war warm, ich war aufgeregt und fühlte mich plötzlich wie ein Teenager vor seinem ersten Kuss. Dieses Kleid zu tragen, machte einfach alles perfekt. Zudem verhalf es mir zu einer vorteilhaften Figur. Selten hatte ich mich so weiblich gefühlt wie in diesen Sekunden. Meine Hände zitterten und ich knetete sie, um meine aufsteigenden Emotionen besser zu kontrollieren. Dieses Kleid war der Wahnsinn.

»Der Reißverschluss geht nicht ganz zu, aber darum kümmern wir uns gleich. Gehen Sie ruhig nach draußen.«

Das ließ ich mir nicht zwei Mal sagen. Meine Beine hatten im Gegensatz zum ersten Kleid durch den Reifrock viel Freiheit, ich konnte also fast normal gehen – obwohl ich mich fühlte, als würde ich schweben.

»Wow!«

Tina, die auf einem Zweisitzer in der Nähe wartete, stand auf. Sie starrte mich an, als wir langsam aufeinander zuschritten. Plötzlich füllten sich Tinas Augen mit Tränen. Zuerst freute ich mich. Diese Art Emotionen hatte ich mir erhofft! Das Kribbeln in meinem Bauch wurde noch stärker, als ich mich in den beiden mannshohen Spiegeln betrachtete. Auch in mir stiegen langsam Freudentränen auf. Tina schluchzte hörbar und kramte nach einem Taschentuch. Vor meinem geistigen Auge sah ich mich einen Gang entlangschreiten, an dessen Ende Daniel in seinem Anzug auf mich wartete und vor lauter Ergriffenheit ebenfalls Tränen in den Augen hatte. Ich sah alle Gäste mit Staunen und Bewunderung auf mich blicken und genoss diesen kurzen Ausflug in die Zukunft. Tinas lautes Schnäuzen holte mich zurück in die Realität. Sie hörte gar nicht mehr auf, zu weinen. Ich betrachtete sie genauer. Das sah nicht nach Freudentränen aus. Tina setzte sich wieder auf das kleine Sofa und schluchzte herzergreifend. Die Tränen rannen ihr über das Gesicht und hinterließen eine nasse Fläche. Ihre Augenbrauen zogen sich zusammen, als sie ein neuer Heulkrampf schüttelte. Ich kniete mich vor Tina und tätschelte ihr Knie. Der Tüll umfloss mich wie ein Meer aus Stoff.

»Hey, Süße, was ist denn los? Alles in Ordnung mit dir?« Doofe Frage, aber mir fiel nichts Besseres ein.

Tina schüttelte den Kopf. Sie versteckte ihr Gesicht im Taschentuch.

»Ist es wegen Markus?« Bestimmt war es wegen Markus. Tina hatte sich in den letzten Tagen tapfer gezeigt und mit mir alle Punkte der Checkliste ausführlich besprochen, ohne Markus ein einziges Mal zu erwähnen.

Tina nickte. »Ich will dir deinen Moment nicht ruinieren, aber das ist gerade alles etwas viel für mich«, stieß sie hervor. Ihre Stimme war so piepsig, dass ich kaum etwas verstand.

»Ach, Süße.« Ich umarmte Tina und hielt sie einige Sekunden lang fest. Natürlich hatte ich Verständnis für Tinas Situation. Ich wusste noch, wie es war, als ich so schrecklichen Liebeskummer erlebt hatte, damals, vor Daniel.

Ich schüttelte innerlich den Kopf, um den Gedanken an diese traurigen Vergangenheitsgefühle abzuschütteln. Mir war es damals wirklich schlecht gegangen, und ich war überzeugt gewesen, nie wieder etwas anderes als Schmerz fühlen zu können. Ob es Tina ähnlich ging? Eigentlich hatte sie immer Glück mit den Jungs gehabt, war angehimmelt worden, und schon in der Schule hatten alle an ihren Lippen gehangen. Markus war der Erste, der ihr Herz gebrochen hatte.

Vielleicht ging es ihr sogar noch schlechter als mir damals.

Trotzdem meldete sich eine leise Stimme in mir. *Aber was ist mit der Hochzeit?*, fragte sie, ohne dabei vorwurfsvoll zu klingen. *Wird Tina da auch den Moment zerstören mit ihrem Geheule? Wird sie überhaupt kommen? Es war doch immer dein Traum, dass Tina als deine Trauzeugin an diesem Tag dabei ist.*

Ich ärgerte mich über diese Stimme, konnte sie aber nicht ausschalten. Sie wiederholte sich in meinem Kopf, wie eine Schallplatte, die hing. *Es war doch immer dein Traum. Immer dein Traum. Immer dein Traum.*

Tina löste sich aus der Umarmung. »Das ist so doof von mir«, lachte sie traurig, während sie sich mit den Händen die Tränen wegwischte. »Wir sind doch hier, um dein Kleid zu kaufen! Jetzt muss ich dich noch mal in Ruhe betrachten!«

Ich stand auf. »Bist du sicher?« Sie sah so niedergeschlagen aus!

Tina nickte.

»Okay, bleib du hier stehen. Ich gehe mal um diese Puppe herum und schreite dann von rechts den Gang entlang.«

Ich ging los.

»Du musst dir vorstellen, dass das der Weg bei der Hochzeit ist.« Langsam umrundete ich mit Tippelschritten die Schaufensterpuppe mit den Puffärmeln und hielt dann inne. Ich stellte mir vor, dass der Spiegel, auf den ich jetzt zulaufen wollte, Daniel war. Alleine bei dem Gedanken musste ich mädchenhaft grinsen.

»Tam-tam-tatam«, trällerte Tina den bekannten Hochzeitsmarsch.

Ich schritt so elegant ich konnte auf den Spiegel zu. Das Kleid wippte im Takt. Die Schleppe schleifte auf dem Boden hinter mir her und erzeugte ein wohliges Rauschen.

»Deine Augen sprechen Bände.«

»Ich weiß!« Ich strahlte nun über das ganze Gesicht. Im Spiegel sah ich, wie meine Augen leuchteten. Alles an mir schien zu strahlen. Ich fühlte mich, als würde ich über den Boden schweben wie ein Engel. »Das ist es einfach, Tina! Das ist absolut mein Kleid, meins ganz allein.«

Tina ging um mich herum. »Eine Nummer größer und wir kriegen den Reißverschluss auch zu.«

Auf diesen Satz hin meldete sich die Verkäuferin zu Wort, die sich diskret im Hintergrund gehalten hatte. »Das Problem ist: Wir haben dieses Kleid eine Nummer größer nicht vorrätig.«

»Dann machen Sie eine Schnürung statt eines Reißverschlusses«, forderte ich.

»Das schaffen wir nicht in so kurzer Zeit, tut mir leid.«

»Das sind noch zwei Wochen, Frau Meinhard!« Ich war mir sicher, dass man sogar fünf Kleider in zwei Wochen umnähen konnte.

»Wir sind wirklich völlig ausgebucht. Vielleicht, wenn Sie eine andere Schneiderei beauftragen, aber am besten eine, die sich mit Brautkleidern auskennt.«

Ich versuchte, meinen Rücken im Spiegel zu betrachten. »Wie weit geht er denn zu?«

Tina versuchte, die beiden durch den Reißverschluss getrennten Seiten zueinander zu ziehen.

»Also wenn du noch so fünf bis sieben Kilo abnimmst, geht es zu.« Ihrem Tonfall nach zu urteilen, sollte das ein Witz sein, aber ich dachte darüber nach.

»Sieben Kilo in zwei Wochen? Das ist doch wohl machbar.«

»Dein Ehrgeiz in allen Ehren, Emma, aber sieben Kilo sind extrem viel.«

»Allerdings«, sagte die Verkäuferin. »Und wenn Sie nicht genug abnehmen, haben wir ein Problem. Vielleicht doch ein anderes …?«

»Es gibt keine Probleme, nur Herausforderungen«, konterte ich. »Ich habe doch keine Wahl! Wenn ich dieses Kleid will – und ich will es definitiv – muss ich eben abnehmen.« Jetzt noch eine andere Schneiderei aufzusuchen, die fähig war, dazu hatte ich keine Zeit.

Tina strich sich verzweifelt mit der Hand durch das Gesicht. »Probier doch mal andere Kleider an, die so ähnlich sind. Vielleicht finden wir eins in deiner Größe.«

Ausnahmsweise ließ ich mich überreden. Die Verkäuferin holte diverse Kleider, die meinem Traumkleid alle sehr ähnlich sahen. Eines nach dem anderen stülpte sie mir über, doch in keinem brach wieder dieses Gefühl von Zufriedenheit aus, das ich bei meinem Traumkleid verspürt hatte. Als ich im achten Tüllkleid aus der Kabine trat, saß Tina mit verschränkten Armen auf dem Sofa und schüttelte den Kopf, kaum hatte sie mein Kleid gesehen.

»Keine Chance«, gab Tina zu. »Die Kleider sahen alle ähnlich aus, aber du strahlst in keinem so wie in deinem Traumkleid.«

Die Verkäuferin bot an, das Kleid über einen anderen Lieferanten zu bestellen. »Aber ich kann nichts versprechen. Wenn sie es nicht vorrätig haben, muss ich leider passen. Sonst müssen Sie mal in einem anderen Geschäft gucken.«

»Ich habe keine Zeit, jetzt in hundert Läden zu rennen!« Eigentlich wollte ich Frau Meinhard nicht anfahren, aber die ganze Situation nervte mich. Meine gute Laune war passé.

»Ich werde diese sieben Kilo schon schaffen, koste es, was es wolle.«

Die beiden blickten mich voller Zweifel an, sagten jedoch nichts.

»Gut, dann nehmen Sie das Kleid also«, stellte Frau Meinhard nach einer Pause fest, in der niemand wusste, was er sagen sollte. Ich nickte entschlossen.

Vielleicht hätte ich erst nach dem Preis fragen sollen.

Daniel hatte mir ein Budget von eintausend Euro eingeräumt.

»Was kostet der Spaß denn?«, fragte ich vorsichtig. *Bitte, lass es nicht so sehr über dem Budget liegen.* Frau Meinhard suchte mein auserwähltes Kleid nach dem Preisschild ab.

»Eintausendsechshundertneunundsiebzig Euro. Wenn Sie den Reifrock ebenfalls wollen, kommen noch einhundertzwanzig Euro hinzu. Wollen Sie eigentlich einen Schleier?«

Das war eindeutig zu teuer. Wie sollte ich das vor Daniel rechtfertigen? Andererseits würde Daniel Augen so groß wie Platzteller bekommen, wenn er mich in diesem Kleid sah. Wäre es an diesem Punkt nicht egal, wie viel das Kleid gekostet hatte? Ich hatte mir immer ausgemalt, wie ich in meinem absoluten Traumkleid den Gang entlangschritt. Sicherlich würde Daniel das verstehen. Er kannte mich doch!

»Ist das nicht etwas teuer?«, fragte Tina.

Ich nahm sie zur Seite und erklärte ihr meine Gedanken.

»Tina, soll ich nicht meine Traumhochzeit in meinem Traumkleid feiern?«, schloss ich.

»Ganz ehrlich, Süße, auch wenn du einen Kartoffelsack anziehst, wirst du für Daniel die schönste Braut der Welt sein. Es ist doch nicht wichtig, in welchem Kleid du heiratest, sondern dass du deinen Traummann heiratest. Du weißt, wie empfindlich er bei Geld reagiert.«

»Er wird das verstehen. Ich kann einfach nicht anders. Wenn ich jetzt irgendein Kleid nehme, werde ich es mein Leben lang bereuen. Die paar Euros, die wir jetzt mehr ausgeben, kriegen wir mit Geschenken doch auf jeden Fall wieder rein.«

Ja, ich redete es mir schön und ich wusste es. Aber ich wollte unbedingt dieses Kleid haben. War es kindisch? Vielleicht. Innerlich zuckte ich die Schultern. Einen Streit mit Daniel nahm ich für dieses Kleid in Kauf. Spätestens bei der Hochzeit würde er mir verzeihen.

»Ich nehme das Kleid und den Reifrock. Kommen da noch Kosten dazu?« Ich ging auf die Verkäuferin zu und ließ Tina zurück.

Tina war die Inkarnation meines schlechten Gewissens, und ich wollte mich jetzt nicht mit diesen Gedanken auseinandersetzen. Das konnte ich nach der Hochzeit noch tun.

»Da Sie groß genug sind, muss nichts gekürzt werden. Sie haben Glück, wenn Sie Ihr Gewicht reduzieren können, sollten Sie problemlos in das Kleid passen, wenn Sie heiraten.«

Tina protestierte noch leise, als wir das Geschäft um fast eintausendachthundert Euro leichter verließen.

»Musste das sein?« Tina stieg auf der Beifahrerseite ein, ich setzte mich hinter das Lenkrad.

»Ja, das musste sein. Ich hatte mir eigentlich mehr Unterstützung von dir erhofft.«

Tina sah mich erbost an. »Ich verstehe einfach nicht, warum du einen Streit mit Daniel provozierst!«

»Fahren wir einfach, okay?« Ich startete den Motor. »Gut, dass ich das Kleid hier lagern kann bis zur Hochzeit. Wie spät ist es?«

Tina wandte den Blick von mir ab und sah auf ihre Armbanduhr. »Halb zwölf.«

»Dann schaffe ich es noch zum Floristen. Kommst du mit?«

Tina zuckte mit den Schultern. »Von mir aus

Kapitel 8
—Daniel—

»Bin wieder da!«

Emmas lautes Poltern, mit dem sie in die Wohnung stapfte, hätte als Ankündigung ausgereicht. Im Wohnzimmer saß Daniel vor dem Fernseher und spielte sein Lieblingsspiel *Resident Evil* auf der Konsole. Emma hatte die Theorie, das würde seine Aggressionsbereitschaft erhöhen, dabei kannte sie das Spiel gar nicht. Sie trat ein, aber Daniel konzentrierte sich auf das Spiel. Hinter der nächsten Ecke lauerte dieses Zombie, an dem er nie vorbei kam.

»Hast du ein Kleid gefunden?«, presste er hervor.

»Ja, ein ganz tolles.« Ihre Stimme bebte vor Freude.

»Schön.« Dieses verdammte Mistbiest von einem Zombie! Daniel versuchte, es zu erschießen, aber immer wieder torkelte es auf ihn zu.

Emma ließ sich neben ihn auf die Couch fallen.

»Und die Blumen?«, fragte er.

Zum Glück hing in der Küche die To-do-Liste.

»Hat alles super funktioniert. Die Floristin war sehr nett und hatte tolle Ideen. Ich habe ein gutes Gefühl bei ihr.«

Eine Weile beobachtete sie ihn beim Spielen. Für ihn war das Gespräch beendet, also konzentrierte er sich auf die nächste Aufgabe. Unter

Feuerschutz lief er auf einen Hubschrauber zu. Brennende Mülltonnen färbten die Stadt rot. Es knallte und krachte an jeder Ecke. Noch ein Sprung, dann wäre er in Sicherheit, aber eine Videosequenz unterbrach die Szenerie.

»Willst du nicht wissen, was das für ein Kleid ist?«

Daniel drückte die Pausentaste. Er ließ den Controller sinken und sah sie mit einer Mischung aus Unverständnis und Geduld an. Verstand sie nicht, dass er gerade dabei war, Leben zu retten? Natürlich war das nur ein Spiel, aber sie hatten später noch genug Zeit, um ausführlich über dieses Kleid zu sprechen.

»Bestimmt ein schönes.«

»Es ist mein absolutes Traumkleid. Aber ...«

Sie stockte und brach den Satz ab. Sie wirkte, als würde sie ein schlimmes Vergehen beichten müssen.

»Keine Angst, ich hau dich nicht«, meinte er grinsend.

»Also, das Kleid ist zu klein. Ich muss sieben Kilo abnehmen, damit ich reinpasse.«

Daniels Miene verriet seine Zweifel. »Schaffst du das?«

»Ich muss! Du kennst meinen Ehrgeiz. Aber es gibt ein anderes Problem.« Sie hielt wieder kurz inne. »Das Kleid kostet mit dem Reifrock eins-acht.«

Er musste sich verhört haben, anders konnte es nicht sein. Ein Kleid kostete doch nicht fast zweitausend Euro!

»Hast du gerade eintausendachthundert Euro gesagt?«, fragte er nach.

Es schien wie eine Drohung zu klingen, denn

Emma zog den Kopf unbewusst ein, als sie nickte. Was konnte an einem Stück Stoff so extrem teuer sein? Er würde es nie verstehen. »Dann musst du dir ein anderes Kleid suchen.«

Offensichtlich war das nicht die Antwort, die Emma sich erhofft hatte.

»Ich habe es aber schon gekauft.«

Das letzte Fünkchen Verständnis in seiner Stimme wich Entsetzen. »Du hast was?«, rief er. »Sag mal, muss ich dir das Geld zuteilen? Du kannst doch nicht unser Geld für deine persönlichen Wünsche verprassen! Tausend Euro, habe ich gesagt, nicht mehr!«

Was war nur in sie gefahren? Sie konnte doch nicht ihr gemeinsames Geld ausgeben, ohne Rücksprache zu halten! Normalerweise war seine Geduld unendlich, aber in letzter Zeit verlor er immer schneller die Nerven.

»Schatz, es ist mein Traumkleid, ich konnte nicht anders.«

»Das ist eine verdammte Lüge!« Wütend schmiss Daniel den Controller auf den Boden. »Jeden Tag kommst du mit einer neuen Entschuldigung an, warum du unser ganzes Geld zum Fenster rauswirfst. Mir reicht es langsam! Du wirst dieses Kleid zurückgeben, klar?«

»Auf keinen Fall! Ich lasse mir mein Traumkleid nicht verbieten!«

Daniel sprang auf und schlug gegen die Wand. Er konnte nicht anders. Am liebsten hätte er Emma an den Schultern gepackt und sie geschüttelt. »Scheiße, Emma! Du bist doch sonst nicht so egoistisch. Aus dir wird noch eine ... eine ... eine richtige Brautzilla!«

»Eine was?« Sie lachte auf, verstummte jedoch sofort, als sie in Daniels wütendem Gesicht keine Regung von einem Lächeln sah.

»Eine Brautzilla. Du stellst die Hochzeit über alle persönlichen Belange und wütest in deinem Umfeld wie ein rücksichtsloses Monster.«

»Jetzt übertreibst du aber wirklich.« Sie regelte ihre Stimme wieder auf ein Normalmaß. »Vielleicht könnten wir an anderer Stelle sparen. Außer am Fotografen, natürlich. Oder den Ringen.«

Daniel kickte den Controller mit dem Fuß weg und raufte sich die Haare. Er musste raus, weg von dieser Verrückten, die sein Geld ausgab. Im Flur schlüpfte er in seine Schuhe. Wo sollten sie denn sparen, wenn es keinen Posten gab, der das zuließ?

»Wo gehst du hin?« Emma kam ihm nach.

»Zu Markus.«

»Wir sind aber noch nicht fertig, Schatz. Was ist jetzt mit dem Kleid?«

Daniel schüttelte den Kopf. Was für eine lächerliche Frage! »Du gibst es zurück.«

»Niemals.«

»Dann zahlst du die Differenz eben alleine. Von unserem Hochzeitsgeld bekommst du jedenfalls nur tausend Euro dafür. Ich lasse mich doch nicht von dir verarschen.«

Er riss die Tür auf und trat in den Hausflur.

»Bleib gefälligst hier!«

»Ich kann mich jetzt nicht mit dir darüber unterhalten. Ich brauche meine Ruhe, okay? Die Hochzeit nervt mich im Moment einfach nur noch.«

Mit diesen Worten zog Daniel die Tür hinter sich zu.

»Manchmal bist du echt scheiße!«, hörte er Emma hinter der Tür schreien.

Daniel startete den Motor seines Wagens und tippte gleichzeitig die Nummer von Markus' Handy ein. Es klingelte sehr lange, bevor Markus abnahm.

»Ja?«

»Hey, hier ist Daniel. Hast du Zeit?«

»Ich bin eigentlich gerade auf dem Weg ins Fitnessstudio. Wieso?«

»Ach, keine Ahnung. Muss mal raus.«

Markus überlegte kurz. »Komm doch mit! Ich treffe mich mit Alex da.«

»Hab keine Klamotten.«

»Alex kann dir welche mitbringen. Ich sage ihm Bescheid.«

Daniel überlegte kurz. Vielleicht war Sport jetzt genau das Richtige. »Ist gut. Bis gleich dann.«

Das Fitnessstudio lag im Norden Oldenburgs. Hier traf er sich unregelmäßig mit ein paar seiner Studi-Jungs, die ebenfalls in Oldenburg Jobs gefunden hatten. Alex' Wagen stand bereits auf dem Parkplatz. Daniel stieg aus und ging in den Trainingsraum.

Alex lief auf einem der Laufbänder. Als er Daniel sah, winkte er ihm kurz zu, verlangsamte die Geschwindigkeit und stieg schließlich von dem Gerät.

»Hey, deine Sachen liegen hinten. Markus hat mich gerade noch erwischt. Ich bin eben erst angekommen. Komm mit.«

Er folgte Alex in die Kabine, wo er ihm ein Bündel Stoff in die Hand drückte.

»Danke.«

»Kein Ding. Ich hoffe, es passt. Du warst lange weg.«

»Diese Hochzeit ist einfach gerade sehr zeitraubend.« Daniel zog sein Shirt aus und schlüpfte in das von Alex.

»Am 15. ist das, oder? Die Einladung hängt sogar bei mir am Kühlschrank.«

Er nickte. »Dann ist sie ja rechtzeitig angekommen. Hast du eigentlich schon zugesagt?«

Alex lachte laut auf. »Du weißt nicht einmal, wer zu deiner Hochzeit kommt? Das ist so typisch. Klar habe ich zugesagt. Emma hat mich quasi täglich daran erinnert. Die anderen Studis kommen auch. Lohmann, Timo, Junker und so. Nur für den Fall, dass du das auch nicht weißt.«

»Doch, weiß ich.«

Nachdem Daniel sich umgezogen und seine Kleidung verstaut hatte, gingen die beiden zu den Laufbändern zurück. Daniel fing langsam an, sich warm zu machen und startete mit einem gemächlichen Tempo.

»Sag mal, hast du eigentlich gerade eine Freundin?«

»Ja, Caro. Wieso?«

Alex und eine Freundin? Das passte nicht zusammen.

»Dreht Caro auch manchmal am Rad?«, fragte er dann.

»Inwiefern?«

»Dass sie dich blöd anmacht, obwohl du gar nichts gemacht hast, zum Beispiel.«

»Klar, ständig.« Alex erhöhte das Tempo.

Daniel erwiderte nichts darauf. Die beiden liefen einige Minuten schweigend nebeneinander her. Die Gedanken krochen durch seinen Kopf wie wabernder Nebel. Sicherlich verhielt Emma sich nicht so nervtötend, um ihn in den Wahnsinn zu treiben – oder doch? Jedenfalls war sie kurz davor. Die To-do-Liste war für 13 Tage Restzeit noch viel zu lang und sowieso voller unnützer Punkte. Daniel schaltete das Band schneller. Wenn er sich richtig auspowerte, würde er später hoffentlich zu müde sein, um sich über Emmas Anwandlungen aufzuregen.

Markus kam drei Minuten später. Er zog sich um. Daniel fragte sich nicht zum ersten Mal, wie sein Bruder es schaffte, ein Mal in der Woche ins Fitnessstudio zu gehen und dennoch mindestens fünfzehn Kilo zu viel auf den Rippen zu haben.

»Na, hängt der Haussegen schief?«, fragte Markus, als er wiederkam.

»Nicht so schlimm wie bei dir.«

Das war nicht nett, aber Daniel war noch nicht zu Höflichkeiten aufgelegt. Er stellte das Band noch zwei Stufen höher. Sein Herz pumpte merklich und ihm wurde warm. Neben ihm begann Markus auf der ersten Stufe.

»Nee, echt mal, habt ihr gestritten?«

»Ja, so ein bisschen. Emma hat fast zweitausend Euro für ihr blödes Kleid ausgegeben, ohne das mit mir abzusprechen, und da bin ich sauer geworden.«

»Kein Wunder!« Alex lief bestimmt drei Stufen schneller als Daniel. Er war aber auch viel sportlicher und ging mindestens drei Mal in der Woche trainieren.

»Weiß der Teufel, was sie geritten hat«, sagte Daniel.

»Apropos«, Alex wandte sich an den Nachzügler, »Markus, ich habe gehört, dass du ganz neue Erfahrungen gesammelt hast.«

Markus starrte geradeaus und sagte nichts.

»Lass ihn, Alex.«

Aber Alex ließ sich nicht abwimmeln. »Komm schon, Markus. Jeder weiß, dass du fremdgegangen bist. Was war los? Wolltest du mir nacheifern?«

»Da werde ich wohl kaum mit dir drüber reden.«

Alex machte ein missmutiges Geräusch. »Tut mir leid wegen meiner Wortwahl, okay? Ich hätte dich nur nie so eingeschätzt.«

Markus funkelte ihn an. »Ich bin auch nicht so einer! Ich war betrunken, sie hat mich angemacht, ich habe den Kopf ausgeschaltet und es ist passiert. Es war der größte Fehler meines Lebens, okay? Ich will nicht darüber reden.«

Alex hob beschwichtigend die Hände und schwieg. Daniel konzentrierte sich auf seinen Körper und versuchte, alle Gedanken auszuschalten. Seine Atmung wurde flacher. Ihm war nicht nur warm, sondern er schwitzte. Aber es war ein wohliges Gefühl, so als würde der Stress endlich aus ihm herausfließen. Markus und Alex schwiegen sich an. Daniel lief, bis er Seitenstechen bekam und der Pulsmesser zu blinken begann, aber er ignorierte die auftretenden Schmerzen. Je mehr er sich verausgabte, desto weniger musste er an die Hochzeit denken. Markus keuchte neben ihm, Alex schien das Laufen nichts auszumachen. Nach einer Stunde triefte das geliehene Shirt vor

Schweiß. Daniel wurde langsamer. Er wischte sich mit der Hand durch das heiße Gesicht, verlangsamte sein Tempo erneut, bis er schnell ging und schließlich anhielt.

»Puh, das tat gut!« Er hob die Hände über seinen Kopf und atmete tief ein und aus. Der Boden fühlte sich an, als würde er sich bewegen. Wie immer nach einem langen Lauf hatte er das Gefühl, weiterlaufen zu müssen. Auch Markus und Alex beendeten ihre Einheiten.

»Noch Lust auf ein Bier?«, fragte Alex.

Daniel stimmte zu. Je länger er wegblieb, desto länger hatte er seinen Frieden.

Es war bereits nach ein Uhr, als Daniel wieder nach Hause kam. In der Wohnung war kein Licht mehr, also schien Emma schon zu schlafen. Die Wohnung roch nach dem Zitronen-Fußbodenreiniger, mit dem Emma immer die Wohnung wischte. Bei Licht sah er, dass sie nicht nur die Böden gewischt hatte, sondern jeden einzelnen Quadratzentimeter der Wohnung geschrubbt haben musste. In diesem Umfeld wäre eine OP am offenen Herzen möglich gewesen. Daniel schlenderte zum Kühlschrank, in der Hoffnung, etwas Essbares zu finden. Außer einer fast leeren Weinflasche, einem Paket Butter, einer geschlossenen Packung Salami und einem angebrochenen Glas Marmelade war nichts zu finden. Grummelnd schloss er den Kühlschrank wieder und ging ins Wohnzimmer.

Auf dem Couchtisch lag die To-do-Liste. Daniel nahm sie in die Hand und überflog die einzelnen Punkte. Der Konditor stand ganz oben.

Emma hatte Daniel gesagt, er solle ihn anrufen und einen Termin vereinbaren. Er dürfe die Torte selbst aussuchen, wenn er wolle. Offenbar war ihr die Torte nicht so wichtig wie andere Dinge, sonst hätte sie ihm kaum die Verantwortung übertragen. Ehrlicherweise musste Daniel zugeben, dass es ihm durchaus zuzutrauen war, irgendeinen Fehler dabei zu machen, der sich nicht revidieren ließ. Erst letzte Woche hatte er ihre zwei roten Blusen mit den weißen zusammengewaschen, obwohl sie ihm gesagt hatte: die weißen zusammen, die roten zusammen. Aber als er die Wäsche dann in die Maschine gelegt hatte, war er mit seinen Gedanken woanders gewesen. Das Ergebnis konnte man sich denken.

Der zweite Punkt war die Sitzordnung und Dekoration des Festsaals. Wieder ein Punkt, um den sich Daniel nicht reißen würde. Die Band hatte sich wohl noch nicht zurückgemeldet, denn hinter dem Bandnamen stand ein riesiges Ausrufezeichen. Emmas Frisörtermin stand auch noch an, dort war der kommende Samstag vermerkt. »Tischkarten«, »Musik für die Trauung« und »Hochzeitsanzug – Termin?!« folgten. In krakeliger Schrift stand ganz unten etwas, das wie »Notfallkörbchen« aussah. Was auch immer das sein mochte.

Der Laptop war auf Stand-by. Da Daniel noch nicht den Drang verspürte, sich zu Emma ins Bett zu legen, fläzte er sich auf die Couch und klappte den Deckel des Laptops hoch. Es erschien die Internetseite des Hochzeitsforums, in dem Emma viel Zeit verbrachte. Durfte Daniel das lesen? Emma hatte ihm mal gesagt, dass alles, was sie schrieb, sowieso öffentlich lesbar war.

Und sie hatte ihm nie verboten, es zu lesen. Er überflog den Eingangsbeitrag.

Willkommen im Hochzeitsforum!

Lara_87: *Habe heute für die Notfallkörbchen einge-kauft. Werde diese kleinen Kistchen mit Deo, Haarspray und allem, was die Gäste sonst noch brauchen könnten, bestücken und in den Toilettenräumen deponieren. Habt ihr Notfallkörbchen für eure Hochzeit?*
P.S.: Er hat mir noch immer keinen Antrag gemacht.
☹

»Oh, Mann.« Daniel schüttelte verständnislos den Kopf.

Als er nach unten scrollte, sah er ein Bild von einem Korb aus geflochtenem Holz. Daneben standen eine Tube Haarspray, Erfrischungsbonbons, Tampons, Taschentücher, ein Deospray, Pflaster und Kopfschmerztabletten. Daher also der zusätzliche Punkt auf der Checkliste. Der nächste Beitrag schien von Emma zu sein. Jedenfalls stimmte der Nickname überein und Daniel kannte ihre Einstellung zu Anträgen.

Emma: Hallo Lara, danke für die Idee mit den Not-fallkörbchen! Habe ich gleich notiert. Das mit dem An-trag tut mir leid, aber das hält dich ja nicht vom Planen ab ;) Der Antrag kommt schon noch! Solange du nicht auf die Idee kommst, ihn zu fragen, ist doch alles gut (ich persönlich hätte meinem Freund nie im Leben einen An-trag gemacht!).
Sagt mal, bringen sich eure Verlobten auch so wenig in die Hochzeitsplanung ein?

95

»Ist nicht wahr«, murmelte er. So etwas schrieb sie in der Öffentlichkeit? Es verletzte Daniel, so etwas über sich zu lesen. Natürlich war er nicht derjenige, der die ganze Planung vorantrieb, aber Emma hatte schon von Anfang an klar gemacht, dass sie die Hochzeit so planen wollte, wie sie es tat. Dafür hörte er sich ihr Genöle an, wenn etwas nicht funktionierte. Er las, was die anderen Bräute geschrieben hatten.

Lulu: Emma, warum würdest du keinen Antrag machen?

Wegen Planung: Meiner meint, ich würde die Planung übertreiben, nur weil ich bereits ein Jahr im Voraus den DJ gebucht habe. Kopf hoch, Emma, du hast ja uns.

HäppiBride: In den Augen unserer Freunde machen wir aus jeder Mücke einen Elefanten, wenn wir uns über etwas aufregen. Meiner versteht jedenfalls nicht, warum ich keine 50-Euro-Fruchttorte als Hochzeitstorte haben will, sondern eine, die nach Hochzeit aussieht.

Möp: Ihr heiratet ja schon in zwei Wochen, richtig, Emma? Vielleicht planst du tatsächlich ein bisschen viel für die kurze Zeit, und dein Verlobter meint es nur gut, wenn er das nicht alles akzeptiert. Meiner schiebt meiner Planungswut jedenfalls regelmäßig einen Riegel vor, wofür ich ihm sehr dankbar bin.

Emma: Lulu, ich finde, der Mann muss den Antrag machen, sonst ist es nicht richtig. Genau so, wie zu einer Hochzeit für mich ein weißes Kleid gehört. Aber vielleicht bin ich da einfach altmodisch.

Und, Möp, ich denke nicht, dass ich zu viel plane. Es muss nur gut organisiert sein! Nur weil wir wenig Zeit haben, heißt das ja nicht, dass wir auf alles verzichten müssen. Ich verzichte bereits auf vieles, was ich mir eigentlich für meine Hochzeit gewünscht hatte. In meinen Augen ist mein Verlobter einfach zu faul, um sich um die Hochzeit zu kümmern. Jetzt zum Beispiel rennt er mal wieder lieber vor unseren Problemen weg, statt sich mit mir hinzusetzen und zu überlegen, wie wir die Punkte unserer To-do-Liste umsetzen können. Seufz.

Daniel klappte enttäuscht den Deckel des Laptops zu. Faul war er definitiv nicht! Es war ihm schlichtweg egal, wie die Leute an ihren Tischen saßen oder welches Lied bei der Trauung gespielt wurde. Wichtig war doch, überhaupt zu heiraten – wobei er sich gerade fragte, warum er sich das alles eigentlich antat. Wenn es nach ihm ging, würden sie einfach einen Termin beim Standesamt machen und dort hingehen. Seinetwegen auch in Brautkleid und Hochzeitsanzug, aber ohne den ganzen Schein. Er liebte Emma über alles, keine Frage. Sonst hätte er ihre Brautzilla-Anwandlungen nicht mittragen können. Aber gerade weil er sie so liebte, verletzte es ihn umso mehr, etwas Derartiges zu lesen. Faulheit war das wirklich nicht.

Ich muss morgen mal mit ihr reden, dachte er.

Für heute aber wollte er lieber auf dem Sofa schlafen.

Kapitel 9

Noch 12 Tage

Es wurde hell. Daniel hatte die Augen geschlossen, aber er war wach. Im Flur hörte er schlurfende Schritte, also war Emma ebenfalls wach. Sie öffnete leise die Tür zum Wohnzimmer. Daniel blinzelte und lächelte sie an. Ihr sorgenvolles Gesicht erhellte sich augenblicklich. Sie schlurfte auf ihn zu und kuschelte sich zu ihm unter die Wolldecke.

»Ich habe dich vermisst, Schatz«, murmelte sie.

»Ich brauchte mal ein bisschen Zeit für mich.«

Daniel hielt Emma im Arm, genoss ihre Wärme auf seiner Haut und atmete ihren einzigartigen Geruch ein. Egal, was seine Eltern sagten: Er wollte sie zur Frau haben. Es fühlte sich einfach richtig an. Seine Zweifel hatten sich über Nacht aufgelöst.

Ein Piepton kündigte den Eingang einer WhatsApp-Nachricht an. Er suchte nach seinem Handy und schaute auf das Display. Sophie fragte, ob er Lust auf ein Eis habe.

»Ich habe gestern Autoschleifen gebastelt«, erzählte Emma mit einem Anflug von Stolz in ihrer Stimme. »Dabei ist allerdings eine dreiviertel Flasche Wein draufgegangen.«

»Ach, deshalb steht die im Kühlschrank. Hab ich mir doch gedacht.«

Daniel tippte mit einem Finger eine Antwortnachricht ein: »Klar, warum nicht, haben uns lange nicht mehr gesehen! Ich rufe dich nachher an.«

Es war doch nicht verboten, seine Exfreundin zu treffen, oder doch? Für ihn war nichts dabei.

»Ich musste noch Ablaufhefte erstellen und Menükarten, dafür muss ich aber mit dem Schloss vorher das Menü besprechen«, erklärte Emma weiter. »Wenn ich Urlaub hätte, würde ich das alles schneller schaffen.«

»Wenn ich Urlaub hätte, würde ich den ganzen Tag zocken.«

»Das war klar. Ich brauche Urlaub, Schatz. Hätte ich gewusst, dass wir dieses Jahr heiraten, wären wir im Mai nicht in Frankreich gewesen. Mich nervt das echt. Die Zeit rennt uns davon.«

»Ach, plötzlich ist das doch nicht mehr alles so schnell machbar?«, stichelte er.

»Ich habe nie gesagt, dass es einfach wird, sondern, dass man es schaffen kann. Das werden wir auch. Aber ich darf doch auch mal meckern, oder nicht? Die dumme Band hat sich noch immer nicht gemeldet. Stelle dir mal vor, wir hätten keine Musik bei unserer Hochzeit! Mit dem Konditor hast du gestern bestimmt auch nicht mehr gesprochen. Das darf ich dann auch noch machen. Ich habe das Gefühl, ich mache alles alleine und du haust ab und amüsierst dich. Ich habe gestern bestimmt vierzig Autoschleifen gebastelt. Und du?«

»Ich habe Sport gemacht und Markus aufgebaut. Es geht ihm echt dreckig momentan.«

»Und Tina etwa nicht?«, keifte Emma.

Sie richtete sich auf und sah ihm direkt ins Gesicht. Von dem süßen Mädchen, das sie vor ein paar Augenblicken noch gewesen war, war nichts mehr zu erkennen. »Tina hätte sicherlich auch gerne Gesellschaft gehabt, zumal sie diejenige ist, die betrogen wurde.«

»Es war ein Unfall, okay? Er hat es nicht darauf angelegt. Tina scheint in den letzten Monaten auch nicht gerade ein angenehmer Mensch gewesen zu sein.«

»Ach, und das ist eine Entschuldigung für sein Verhalten? Gehst du auch fremd, wenn wir mal eine schlechte Phase haben? Liegt das in der Familie?«

Sie sprang auf, als hätte man ihr einen Stromschlag verpasst. Daniel fuhr sich durch die Haare. Diese Streiterei am frühen Morgen nervte ihn gewaltig.

»Ich sage ja nur ...«

»... dass das ja mal passieren kann?«, beendete sie den Satz. Warum mussten Frauenstimmen eigentlich immer so schrecklich unangenehm in den Ohren quietschen, wenn sie sich aufregten?

»Also wenn das deine Einstellung ist, dann können wir die Hochzeit ja auch gleich ganz abblasen!« Sie gestikulierte wie eine feurige Italienerin.

»Dann bist du hoffentlich wieder normal.«

»Hallo? Nur weil ich mir den Arsch aufreiße, damit wir eine tolle Hochzeit haben, weil der Herr Breitenbach sich zu fein ist, mal einen Finger zu krümmen, bin ich nicht mehr normal?«

Er konnte genau sehen, in welcher Sekunde sie die Entscheidung traf, sich umzudrehen und zu gehen. Schnurstracks trampelte sie zurück ins Schlafzimmer. Daniel hörte die Schranktüren knallen. Während Emma sich abreagierte, las er die eingegangene Nachricht auf seinem Handy: »Super! Ruf einfach durch, wenn du Zeit hast. LG Sophie.«

»Ich fahre zu meiner Mutter!«, hörte er Emma rufen.

»Ich bin nachher Eis essen«, antwortete er.

Er wollte wenigstens ehrlich bleiben.

»Mit wem?«

»Sophie hat mich eingeladen.«

Usain Bolt höchstpersönlich hätte nicht schneller zurück im Wohnzimmer sein können. Allerdings hätte er Daniel vermutlich niemals so entgeistert angestarrt.

»Mit Sophie? Warum?«

»Weil wir uns lange nicht mehr in Ruhe unterhalten haben. Emma, ehrlich, jetzt mach mir keine Szene. Wir gehen nur ein Eis essen.«

Wenn sie mit einem ihrer Exfreunde ein Eis essen wollte, hätte er nichts dagegen gehabt. Eigentlich musste sie doch wissen, dass Sophie keine Konkurrenz war. Emma war so viel lebenslustiger, spontaner, ausgelassen und so vollgepumpt mit Energie, wie es Sophie nie sein würde. Mit Emma konnte er Pferde stehlen, mit Sophie nicht mal Steigbügel. Wann würde sie das endlich kapieren?

Er konnte nicht genau erkennen, ob sie weinte oder wütend war, jedenfalls drehte sie sich ohne ein weiteres Wort um und schlug Sekunden später die Haustür hinter sich zu.

Verstehe einer die Frauen, dachte Daniel genervt.

***

Sabine öffnete die Wohnungstür erst nach einer

Ewigkeit. Sie sah verschlafen aus

»Kind, was ist los?«

»Alles läuft schief!« Ich stürmte in die Wohnung und ließ mich auf der Couch nieder. Sabine folgte mir in den »Wohnbereich«.

»Wie, alles?«

»Daniel und ich streiten nur noch, die Hochzeit raubt mir den letzten Nerv, Tina unterstützt mich auch nicht so, wie ich das will, und du willst sowieso, dass wir nicht heiraten. Von Daniels Eltern mal ganz zu schweigen. Die ganze Welt ist gegen mich! Und jetzt geht Daniel sogar noch mit seiner Exfreundin Eis essen.«

Die Welt war wirklich ungerecht. Was hatte ich ihm denn getan, dass er einen Nachmittag mit Sophie über einen Nachmittag mit mir stellte? Ich hatte den Verdacht, dass er noch immer Gefühle für sie hegte, oder zumindest, dass Sophie ihn mir wegnehmen wollte. Es konnte gar nicht anders sein. Meine Augen brannten schon wieder. Genervt wischte ich mir übers Gesicht.

»Hör mal zu, Liebes«, begann meine Mutter. »Es gibt Phasen im Leben, in denen nichts läuft, wie geplant.«

»Ich schmeiß alles hin, ich habe keine Lust mehr!«

Sabine tätschelte meinen Arm. Natürlich würde ich meine Hochzeit nie im Leben hinschmeißen, aber für ein paar Sekunden genoss ich den Gedanken, nichts mehr planen zu müssen.

»Gib deine Wünsche nicht auf. Lass dir nichts einreden«, fuhr Sabine fort, »weder von mir noch von Daniels Eltern oder von Tina. Nur weil eine Hochzeit für mich den reinsten Selbstmord bedeutet, heißt das nicht, dass es für dich nicht genau das Richtige ist. Ich habe in den letzten Tagen viel darüber nachgedacht. Wenn du es unbedingt willst, dann tu es und lasse dir in deine Planung nicht reinreden. Auch von Daniel nicht.«

»Was, wenn er mich betrügt? Sie ist seine Exfreundin! Und sie will ihn zurückhaben, da bin ich mir sicher.«

»Hat er so was gesagt?«

»Das braucht er nicht sagen. Er hat sie für mich verlassen, natürlich will sie ihn zurückhaben. Und wenn es nur ist, um mir eins auszuwischen.«

»Du bist so ein wunderschönes Mädchen, Emma. Ich bin mir sicher, dass Daniel dich abgöttisch liebt.«

Geräuschvoll zog ich meine Nase hoch. »Sophie ist doch der fleischgewordene Männertraum mit ihren blonden Haaren, der tollen Figur und ihren gerade Zähnen. Und ich?«

Sabine nahm eine Gießkanne, die auf der Fensterbank stand, und begann, die Blumen zu gießen. Ein alter Tick, den sie nie ablegen konnte. Wenn sie ihre Blumen ansah, musste sie zur Gießkanne greifen.

»Du hast einen Sockenschuss, mein Kind. Du hast eine so grandiose Ausstrahlung, dass du Leute wie Sophie locker in die Tasche stecken kannst. Dein Gesicht ist so zart und wunderschön. Ich hätte dich schon damals den ganzen Tag anstarren können.«

Es war das erste Mal, von Sabine derartige Liebesbekundungen zu hören. Das brachte mich erst recht in emotionale Schieflage. Warum hatte sie mir nicht schon früher häufiger gesagt, wie hübsch sie mich fand? Das hätte mir in manch einer dunklen Stunde der Verzweiflung geholfen.

»Der ganze Beziehungskram ist nichts für mich, deshalb kann ich dir nicht viele Ratschläge geben«, fuhr sie fort. »Hast du kein Vertrauen zu Daniel?«

Ich seufzte. Natürlich vertraute ich ihm, keine Frage, aber wie viele Menschen wurden schon betrogen, obwohl sie vollstes Vertrauen in ihren Partner hatten? Hörte man nicht ständig: »Das hätte ich nie von ihm gedacht«, und ähnliche Sätze? Tina hatte Markus vertraut, und man sah ja, was daraus geworden war. Wie hieß es so schön: Vertrauen ist gut, Kontrolle ist besser.

»Doch.«

»Dann hör auf, dir solche Gedanken zu machen. Hast du zwischenzeitlich mit deinem Vater wegen der Hochzeit gesprochen?«

Eigentlich hatte ich keine Lust, mich jetzt weiter über die Hochzeit zu unterhalten, insbesondere nicht über unsere Gäste. Tina würde nicht kommen, wenn Markus kam, Sabine würde nicht kommen, wenn Jens kam, und ob Daniels Eltern kamen, war noch immer fraglich. Alleine bei diesen Gedanken begann mein Kopf, zu pochen. Mein Magen grummelte dazu.

»Er wird kommen. Und ich hoffe, dass du das Kriegsbeil begräbst und auch kommst.«

»Ich würde wirklich gerne, aber ich kann nicht. Ich möchte Jens unter keinen Umständen begegnen. Ihm und seinem *Frauchen*.« Sie spuckte das letzte Wort förmlich aus. So lange war die Trennung von Sabine und Jens schon her, und noch immer klafften die Wunden in ihrem Herz, als sei es erst vor wenigen Tagen geschehen.

»Nur weil er geheiratet hat und ein Spießerleben führt?«, hakte ich nach. Ich sehnte mich selbst nach so einem Spießerleben und war kurz davor, den ersten Schritt zu tun und zu heiraten. Sabine musste mich wirklich für verrückt halten.

»Nein, weil er sich einen Dreck um dich gekümmert hat und plötzlich heile Welt spielen will«, antwortete Sabine. »Er hat keinen Cent für dich gezahlt, nachdem er abgehauen ist. Stattdessen hat er diese russische Barbie geheiratet. Er hat sich ein schönes Leben gemacht, während ich mit einem Kleinkind zu Hause hing.«

»Fairerweise musst du zugeben, dass du nicht gerade oft zu Hause rumhingst«, warf ich ein. »Ich hatte im Grunde gleich fünf Elternteile.«

Sabine zuckte die Schultern. »Du weißt, was ich meine. Immer diese Vorwürfe von dir, Emma. Es war doch toll, dass meine Mitbewohner dich wie ihr eigenes Kind akzeptiert haben. Ich brauchte meine Freiheit.«

»Und ich brauchte meine Mutter!«, rief ich.

Eigentlich hatte ich mich bei meiner Mutter beruhigen wollen, doch wir stritten mal wieder. Darin hatten wir ja Übung.

»Wie kann man nur für ein Wochenende auf ein Festival fahren und sein Kind zu Hause lassen?«

»Moment mal, Emma, die anderen haben auf dich aufgepasst! Du warst nicht alleine zu Hause.«

»Sabine, ich war vier Jahre alt! Da will man nicht von den Freunden seiner Mutter bespaßt werden!«

Sabine stand auf und ging zum Wasserkocher. »Tee?«

»Nein, danke!«

»Dann nicht.« Trotzig schaltete sie den Wasserkocher ein.

Im Moment war sie auf dem Trip, dass bestimmte Teesorten ihr inneres Gleichgewicht wiederherstellten. Ich atmete drei Mal tief in mein Zwerchfell ein. Das sollte sich beruhigend auf den Körper auswirken, hatte ich mal gelesen. Wahrscheinlich stand das in dem gleichen Buch wie der Tipp mit dem Tee.

»Ich will dir keine Vorwürfe machen, aber du warst nie da, wenn es für mich wichtig war. Und jetzt will ich mir meinen größten Wunsch erfüllen und heiraten, und meine Mutter will wieder nicht dabei sein, nur weil sie ihrem Ex nicht begegnen will. Das verletzt mich!«

Sabines Blick zeigte Mitleid. »Ach, Schatz!«

Sie nahm mich in die Arme – etwas, dass sie äußerst selten tat. Ich ließ mich innerlich fallen und drückte meine Mutter fest an mich.

»Ich habe Angst, dass du Jens lieber magst als mich, weil er das Leben lebt, das du dir schon als Kind gewünscht hättest«, flüsterte sie. Ich verstärkte meine Umarmung.

»Du bist doch meine Mama«, flüsterte ich zurück und drückte Sabine einen Kuss auf die Wange. »Niemand kann je besser sein als die eigene Mama.«

Kapitel 10

Noch 10 Tage

Am Montagmorgen fasste ich einen Entschluss: Ich musste mich krankmelden. Es nützte nichts, ich würde in den kommenden Tagen nicht alle Punkte der Checkliste schaffen. Da Daniel immer vor mir die Wohnung verließ, wartete ich, bis er ging. Dann setzte ich mich im Bett auf und suchte mein Handy. Seit ich beim *Modehaus U.* arbeitete, hatte ich kein einziges Mal wegen Krankheit gefehlt. Andere Kollege fehlten ständig, ohne dass es Konsequenzen gab. Ich tippte eine Nachricht an meine Kollegin:

Hallo Laura!
Ich fühle mich gar nicht gut heute. Könntest du Irmgard bitte Bescheid geben, dass ich heute und morgen zu Hause bleibe? Hoffentlich brüte ich nichts aus. Liebe Grüße, Emma

Das schlechte Gewissen schrie mich förmlich an. Es war nicht richtig, das war mir klar, aber das Engelchen auf meiner Schulter beteuerte, dass es in Ordnung wäre. Ich glaubte ihm.

***

Zu meinem Leidwesen verging der Wochenstart viel zu schnell. Trotz der Tatsache, dass ich am gestrigen Montag zu Hause geblieben war, ohne bei Daniel Skepsis hervorzurufen, hatte ich nicht alles geschafft, was ich mir vorgenommen hatte. Nun war es schon Dienstag und somit »Tag x minus 10«. Mir war schlecht. Den ganzen Tag lang hatte ich noch nichts gegessen, dafür aber vier Tassen Kaffee und einen Liter Wasser getrunken und meine Mahlzeiten und Snacks durch Zigaretten ersetzt. Das hatte seinen Preis: Meine Laune kühlte deutlich ab, je hungriger ich wurde.

Daniel öffnete die Haustür und ging schnurstracks ins Wohnzimmer, wo ich am Esszimmertisch saß und die letzten Stiche für das Ringkissen nähte, das bei der Trauung Verwendung finden sollte.

»Wo warst du?«

»Wie bitte?«

Daniels Augen funkelten bedrohlich. Wann hatte er eigentlich zum letzten Mal gelacht?

»Ich wollte dich heute Mittag zum Essen abholen, aber man sagte mir, du hättest dich schon Montag früh krankgemeldet.«

Mein Bauch fühlte sich an wie bei einer Achterbahnfahrt. Mir wurde plötzlich heiß. »Schatz, du musst das verstehen, es ging mir nicht gut. Außerdem hätte ich eh nichts gegessen.«

»Warst du gestern arbeiten?«

Ich überlegte schnell, ob ich es wagen konnte, zu lügen. Aber das Risiko, aufzufliegen, war mir zu groß.

»Nein.«

»Emma, was soll das denn, verdammt noch mal? Willst du deinen Job aufs Spiel setzen?«

»Nein«, antwortete ich kleinlaut, »aber es ging mir nicht gut, und da wollte ich mich lieber ausruhen.« Das war keine echte Lüge. Ich hatte mich

Montag tatsächlich nicht gut gefühlt. Bei dem Stress kein Wunder.

»Wenigstens habe ich das Standesamt erreicht und einen Termin für heute Nachmittag bekommen. Wir können gleich los«, erklärte ich. Die erforderlichen Unterlagen lagen bereits mitnahmebereit auf der Kommode im Flur. Ich hatte außerdem endlich mit der Band den Auftritt auf unserer Hochzeit organisiert. Daniel trat leicht gegen das Couchbein.

»Wir brauchen noch Ringe«, sagte Daniel dann versöhnlich, aber noch immer leicht grimmig.

»Heißt das, du willst mich noch heiraten?«, fragte ich.

»Vielleicht.«

Daniel wollte gerade die Schuhe ausziehen, als ich neben ihn trat.

»Wir können sofort zum Standesamt fahren, dann haben wir die Anmeldung hinter uns.«

Obwohl Daniel jammerte, sich so auf seinen Feierabend gefreut zu haben, fuhren wir mit den Unterlagen los.

Die Standesbeamtin, die das Gespräch mit uns führte, war mir zu jung. Sie war sicherlich erst Anfang dreißig.

»Ich habe Sie bereits erwartet, kommen Sie herein«, begrüßte sie Daniel und mich freundlich.

Kommentarlos nahmen wir vor einem Schreibtisch Platz, während die Standesbeamtin sich dahintersetzte.

»Sie möchten also heiraten«, begann die Standesbeamtin freundlich. »Wann ist denn der große Tag?«

»Nächste Woche, Freitag«, antwortete ich mechanisch, machte mich aber auf eine überraschte Miene der Beamtin gefasst. Ich wurde nicht enttäuscht.

»Das nenne ich mal kurz entschlossen!«, lächelte sie, aber ich grummelte. Mein Magen tat es mir gleich. »Wenn es nach uns gegangen wäre, hätten wir noch ein Jahr gewartet. Aber die müssen das Schloss ja unbedingt den ganzen Sommer über renovieren.«

Wieder lächelte die Standesbeamtin mitfühlend. »Wir werden eine schöne Trauung machen, Frau Fink.«

»Sperling.«

»Oh, entschuldigen Sie bitte. Also, Frau Sperling, keine Sorge. Fangen wir mit den Formalien an.«

»Namen: Emma Sperling und Daniel Breitenbach. Geboren am 30. Juli 1989 in Oldenburg und mein Verlobter am 15. Februar 1986, auch in Oldenburg. Wir haben beide die deutsche Staatsangehörigkeit und wohnen zusammen in Oldenburg, Salbeistraße 23. Wir wollen nur standesamtlich heiraten, nicht kirchlich oder frei«, ratterte ich herunter. Verwundert schrieb die Standesbeamtin mit.

»Ich sehe, Sie sind vorbereitet«, grinste sie, und Daniel entwich ein sarkastisches »Kann man wohl sagen!«

Mein böser Blick traf ihn leider nicht. Ich händigte der Beamtin die Unterlagen aus, die ich mitgebracht hatte.

»Nun gut«, fuhr die Beamtin fort. »Möchten Sie die Traurede lieber persönlich oder eher nüchtern gehalten haben?«

»Keine Schnulzen, aber trotzdem bewegend.«
Ich kam mir vor, als hätte ich für eine mündliche
Prüfung gelernt und müsste nun alle Antworten
ausspeien.

»Also eine gesunde Mischung aus beidem«,
hielt die Standesbeamtin fest. Daniel schaute
derweil aus dem Fenster.

»Ich schreibe mir dann mal Ihre Kennenlern-
Geschichte auf. Wie haben Sie …?«

»Ich habe hier zwei Seiten, auf denen die Geschichte steht.« Natürlich hatte ich im Vorfeld
bereits das Wichtigste notiert: Kennenlernen,
Macken des Partners, unser Zusammenleben,
zwei Anekdoten aus unserer Beziehung. Ich
kramte in meiner Tasche, holte eine kleine Mappe
hervor und gab sie der irritierten Standesbeamtin.
Vermutlich waren wir besser vorbereitet als jedes
Paar, das hier vorher gesessen hatte.

»Danke. Gut, ähm … Herr Breitenbach, was
schätzen Sie denn an Ihrer Verlobten?«

»Ihre zurückhaltende Art«, spottete Daniel,
ohne die Miene zu verziehen. Ich schnalzte mit
der Zunge. »Das ist eine ernsthafte Frage,
Schatz.«

»Was weiß denn ich, was ich an dir schätze?«,
fragte er mich dann. »Das kann ich nicht auf
Knopfdruck sagen! Da muss ich mir Gedanken
machen.«

»Schreiben Sie: ihren Optimismus, ihre anste-
ckende gute Laune und ihre Locken«, antwortete
ich und starrte auf das Blatt Papier, das vor der
Standesbeamtin lag, um zu kontrollieren, ob sie
meinen Wortlaut auch so niederschrieb. Mir ging
das alles viel zu langsam. Ja, ich war etwas forsch,

aber ich hatte mich ja nicht umsonst so gut vorbereitet. Ich wollte Zeit sparen und sichergehen, dass die Trauung so gehalten würde, wie wir es uns wünschten.

Unsicher blickte die Standesbeamtin zu Daniel, der lustlos mit den Schultern zuckte. Die Standesbeamtin schien irritiert, schrieb es aber auf.

»Und, ähm, Sie, Frau Sperling?«

»Seine Geduld, seine Gutmütigkeit und sein Lachen.«

Die Standesbeamtin schrieb ein paar Worte auf. Ich konnte über Kopf *Geduld und Lachen* lesen.

»Sie haben Gutmütigkeit nicht aufgeschrieben«, sagte ich und zeigte auf die entsprechende Stelle. Das Lächeln der Standesbeamtin wurde zunehmend säuerlicher. Es tat mir ja leid, dass ich so pingelig war, aber gerade seine Gutmütigkeit wollte ich gerne dokumentiert wissen. Ja, ich konnte nicht auf alles einen Einfluss haben, aber ich versuchte zumindest, alles so einzurichten, dass es meiner Meinung nach ideal war.

»Oh, entschuldigen Sie bitte.« Sie trug es nach. »Gibt es Dinge, die Sie auf keinen Fall erwähnt haben möchten?«

»Bitte keine ausgelutschten Geschichten über Liebe. Die *Insel der Gefühle* und so Sachen, die jeder schon kennt.«

»Kenn ich nicht«, murmelte Daniel, aber ich ignorierte ihn. Die »Insel der Gefühle«, so schön die Geschichte war, kannte doch wohl jeder.

»Und bitte keine Metaphern wie *Sie schreiben jetzt ein gemeinsames Lebensbuch und jeder Abschnitt ist ein Kapitel*, das kann niemand mehr hören.« Ich wollte nicht unhöflich klingen, aber selbst in meinen eigenen Ohren klang mein Satz plötzlich unfreundlich. Vielleicht war ich auch einfach wegen meines Hungers heute nicht sehr umgänglich. Ich sollte nach der Trauung noch mal mit ihr sprechen und der Standesbeamtin erklären, dass es nicht persönlich gemeint war.

»Bitte verstehen Sie mich nicht falsch«, setzte ich an, aber die Standesbeamtin, deren Lächeln nur noch ein Strich in ihrem Gesicht war, unterbrach mich: »Ich denke, ich verstehe Sie, Frau Sperling.«

Sie überflog ihre Notizen. »Sie haben bestimmt schon ein Stammbuch, richtig?«

»Nein.«

In den Augen der Standesbeamtin blitzte so etwas wie Schadenfreude auf. »Möchten Sie sich bei uns eins aussuchen?«

»Ja, bitte.« Ich hatte meine höfliche Stimme wiedergefunden.

Die Standesbeamtin entschuldigte sich daraufhin und verließ den Raum. Daniel erwachte aus seiner Sommerstarre.

»Was sollte das denn eben?«, zischte er.

»Was denn?«

»Du schreibst der Frau vor, wie sie ihre Arbeit zu machen hat!«

»Ach, Unsinn! Ich sage ihr lediglich, was wir möchten und was nicht.«

»Wohl eher, was *du* möchtest! Also mich hast du nicht gefragt, ob ich vielleicht hören will, dass wir ein gemeinsames Lebensbuch schreiben.«

»Ach, Schatz, wirklich, das ist total ausgelutscht.«

»Ich kannte das jedenfalls nicht! Und diese Gefühlsinsel auch nicht.«

Emma rollte mit den Augen. »Ja, *du*! Du kennst dich ja auch nicht aus. Außerdem heißt das *Insel der Gefühle*.«

Die Standesbeamtin kam mit einem Armvoll Stammbücher wieder in den Raum. Offensichtlich war ihr Lächeln zusammen mit meiner Höflichkeit wieder aufgetaucht.

»So, diese Auswahl kann ich Ihnen anbieten. Wenn Ihnen keins zusagt, könnten Sie auch eins bestellen und bei der Trauung mitbringen.«

Ich hatte keine Lust, mich auch noch um ein Stammbuch zu kümmern. Es würde sowieso nur in einem Regal herumstehen und einstauben.

»Such du eins aus«, bot ich Daniel an.

»Wie findest du das hier?« Er nahm ein Buch aus schwarzem Samt in die Hand.

»Schön.«

»Sagst du das nur so oder meinst du das ernst?«, fragte Daniel. Bestimmt hatte mein gleichgültiger Ton mich verraten.

»Nein, wirklich, das sieht gut aus!«, beteuerte ich lächelnd. Das stimmte auch. Es war schlicht, aber elegant.

»Dann nehmen Sie es?«, fragte die Standesbeamtin hoffnungsvoll und Daniel bejahte.

»Wunderbar! Dann hätten wir das Wichtigste geklärt. Ich sehe Sie dann Freitag in einer Woche um fünfzehn Uhr im Oldenburger Schloss.«

Mich traf der Schlag. »Fünfzehn Uhr?«

»Das ist der einzige freie Termin, Frau Sperling«, erklärte die Standesbeamtin achselzuckend. »Ich bin mir sicher, dass man Sie darüber informiert hat.«

***

»Ist das zu fassen?«

Wir hatten das Standesamt verlassen und gingen in Richtung Innenstadt. »Nachmittags um drei! Das wirft schon wieder meine halbe Planung um. Ich war fest davon ausgegangen, dass wir mittags heiraten können! Das wird doch viel zu spät mit den Fotos und so weiter. Und die Karten! Ich glaube, da stand *mittags* drin.«

»Dann machen wir die Fotos eben vorher.«

»Hast du sie noch alle? Dann siehst du mich ja in meinem Kleid. Ausgeschlossen! Ich muss mir das zu Hause noch mal neu aufschreiben. Der ganze Ablauf ist durcheinander.«

Wir kamen an einer Bude vorbei, in der Bratwurst angepriesen wurde. Überall duftete es danach. Mein Magen schrie. Der Duft der Bratwurst stieg in meine Nase. Mir war schon übel vor Hunger. Aber wenn ich jetzt nachgab, würde mir das Kleid auf keinen Fall passen. Eine Bratwurst hatte mindestens fünfhundert Kalorien, Zigaretten und Wasser hatten null. Sehnsüchtig sog ich den Geruch ein, stellte mir vor, wie lecker die Bratwurst gewesen wäre, und ging weiter. Daniel blickte mich skeptisch an. »Hunger?«

»Nö, alles gut.«

Ich blieb vor dem Juwelier stehen.

»Wollten wir nicht noch nach Ringen gucken?«

»So, wie du dich gerade eben aufgeführt hast, werde ich mit dir nie mehr irgendwas gucken gehen.«

»Ach, los, Schatz! Du willst doch nicht ohne Ringe heiraten, oder?«

»Nehmen wir doch einfach unsere Verlobungsringe.«

»Hm.« Unsere Verlobungsringe waren schön, keine Frage. Ich trug meinen Ring sehr gerne und er gefiel mir gut. Aber ein Verlobungsring war eben kein Ehering. Jedenfalls in meinen Augen nicht.

»Wenigstens gucken, okay?«

»Meinetwegen«, gab Daniel nach.

Wahrscheinlich war ihm bewusst geworden, dass wir nur noch zehn Tage Zeit hatten, bis wir die Ringe brauchten. Und die Ringe waren ihm wichtig, das wusste ich.

Wir betraten den Juwelier. Eine Klingel ertönte, als wir eintraten. Einer der Verkäufer war mit einem Kunden in ein Gespräch vertieft, der andere stand hinter der Kasse und begrüßte uns freundlich. Er sah extravagant aus. Statt einer Krawatte trug er ein Seidentuch und ein Einstecktuch. Seine Augen sahen verdächtig geschminkt aus. Drei Ringe zierten seine linke Hand, wie ich erkennen konnte. Der Bart war akkurat gestutzt und lief beidseitig am Kieferknochen entlang, um sich am Kinn zu treffen und zur Unterlippe zu wandern. Es hätte mich nicht gewundert, wenn auch der Bart mit Schminke nachgebessert worden wäre. Durch seine Nerd-Brille beobachtete er uns freundlich, als wir uns zu einer Vitrine bewegten, die Trauringe anbot. Das musste sein Zeichen gewesen sein, denn er hastete auf uns zu.

»Guten Tag, was kann ich für Sie tun?«, fragte er mit einer Stimme, die so schmierig klang, dass ich mich verdutzt umdrehte.

»Wir suchen Trauringe«, antwortete Daniel.

»Ah, wunderbar, wunderbar! Wie schön! Da stehen Sie schon ganz richtig hier. Das ist die *Herrlich*-Kollektion, gerade eingetroffen. Möchten Sie probieren?«

Hilfe suchend schmachtete ich den anderen Verkäufer an, der noch immer mit einem Kunden sprach. Der sah wenigstens seriös aus und nicht so aufgedreht wie – ich schielte auf das Namensschild – *Rico Brandner*. Aber es nützte nichts, wir würden mit Rico Vorlieb nehmen müssen.

»Gold oder Silber?«, fragte Rico nun und schloss gleichzeitig die Vitrine auf.

»Palladium, denke ich«. Ich überprüfte, ob Palladiumringe dabei waren. »Das ist günstiger als Weißgold, sieht aber fast genau so aus«, erklärte ich dann Daniel, der mich skeptisch beäugte.

»Palladium, wunderbar, wunderbar!«, sagte Rico entzückt. Er nahm zwei Paletten aus der Vitrine. »Wenn Sie mir folgen möchten?«

Eigentlich nicht, dachte ich, tat es aber trotzdem.

Rico breitete die Stoffrollen mit den Ringen vor uns aus und erklärte die verschiedenen Modelle. Daniel griff nach einem unscheinbaren Ring ohne Rillen oder Einkerbungen. Er steckte ihn auf und betrachtete ihn.

Die Tausendfüßler liefen im Dauerlauf durch meinen Bauch. So würde es also aussehen, wenn er seinen Ring trug! Ein äußeres Zeichen, dass er vergeben war. Nein, falsch: dass er *verheiratet* war. Das war so viel mehr als ein einfaches *Vergebensein*!

»Der ist echt schön«, sagte ich und steckte mir das Pendant auf. An Daniels Hand sah der Ring gut aus, an meiner Hand fand ich ihn tatsächlich zu unscheinbar. Vielleicht konnte man ihn irgendwie aufhübschen.

»Man könnte ihn auch mit Steinen besetzen«, fuhr Rico fort, während er schon einen anderen Ring aus der Palette nahm. »Probieren Sie diesen einmal.«

Ich steckte einen Ring mit Einkerbungen und einem Stein auf. Schön. Ich nahm ihn wieder ab. Ich hatte mir fest vorgenommen, dass es bei der Wahl der Ringe ähnlich sein sollte, wie bei der Kleidwahl: Das richtige Gefühl musste aufkommen.

Daniel nahm seinen Ring wieder ab und griff nach einem anderen. Dieser hatte rundherum Linien.

»Der ist wunderbar!«, rief Rico aus.

Ich glaube, er hätte fast in die Hände geklatscht. Aber ich musste ihm recht geben. Ich steckte mir den dazu passenden Damenring auf. Auch wenn ich es nicht zugeben wollte, aber es stimmte: wunderbar!

Ich konnte mir genau vorstellen, wie es war, diesen Ring mein Leben lang zu tragen. Vor meinem geistigen Auge sah ich uns bereits die Ringe vor der Standesbeamtin tauschen und ich zeigte ihn in Gedanken meinen Kolleginnen auf der Arbeit. Dieser Ring war perfekt.

»Das ist *Der Eine Ring*«, hauchte ich Daniel verschwörerisch zu.

Er grinste.

»Ja, der sieht gut aus.« An Rico gewandt, fragte er dann: »Wie viel soll dieses Paar denn kosten?«

Eifrig holte Rico eine Preisliste hervor. »Also in Ihrer Größe und mit einem Palladiumgehalt von 950 liegen wir hier beim Herrenring bei

589 Euro und beim Damenring, sofern Sie den Brillanten ebenfalls möchten, bei 639 Euro.«

Daniel schluckte. Er wollte eigentlich nicht mehr als eintausend Euro für die Ringe ausgeben. Ich hatte ihm gleich gesagt, dass wir uns dann genau so gut Ringe aus Aluminiumfolie drehen könnten. Aber er wollte ja nicht auf mich hören.

»Wollen wir die nehmen?« Daniel sah mich ernst an, dann schaute er wieder auf den Ring. »Ich meine, schön sind sie ja.«

»Ich finde sie toll«, antwortete ich.

Daniel brauchte noch ein paar Sekunden, um einen inneren Monolog zu führen. Ich wartete geduldig.

»Meinetwegen. Wir nehmen sie.«

»Oh, Schatz, danke!« Ich umarmte Daniel viel zu fest und drückte ihm einen Kuss auf die Wange.

»Schon gut, lass das«, grinste er und seine Wangen verfärbten sich rosa.

»Sollen wir Namen und Datum eingravieren?«, hakte Rico nach, während er gleichzeitig einen Vordruck ausfüllte.

Ich traute mich schon kaum, es zu sagen, aber diese Standard-Gravur fand ich langweilig. Jeder Hans und Franz hatten den Namen des Partners und das Hochzeitsdatum eingraviert.

»Ja, oder?« Daniel sah mich fragend an.

»Also, Schatz, ich dachte, wir könnten auch etwas Persönlicheres machen.« Ich drehte den Ring an meinem Finger. »Zum Beispiel einen Fingerabdruck.«

Daniel schaute mich so fragend an, wie ich die Seite im Hochzeitsforum, als ich zum ersten Mal von dieser Möglichkeit gelesen hatte. Ich erklärte es ihm. »Dabei wird dein Fingerabdruck genommen und auf meinen Ring gelasert. Das sieht wirklich grandios aus und ist total persönlich. Der Ring muss aber eine bestimmte Breite haben.«

Vier Millimeter nämlich.

»Vier Millimeter, um genau zu sein«, sagte Rico.

Dann waren unsere Ringe ja breit genug.

»Ihre Ringe sind dafür breit genug. Was halten Sie von der Idee?« Rico sah Daniel an.

»Haben Sie nicht ein Bild, dass ich mir das mal richtig vorstellen kann?«

Rico nickte, kroch unter den Tresen und holte einen Prospekt hervor. Er blätterte einige Sekunden die Seiten durch, bis er auf das stieß, was er gesucht hatte: ein Bild von zwei Trauringen mit Fingerabdruckgravur. Daniel sah sich das Bild an.

»Die Gravur können Sie außen und innen aufbringen«, erklärte Rico weiter. »Allerdings schlägt diese Gravur pro Ring mit zusätzlichen 100 Euro zu Buche.«

»Uff.« Mit so viel hatte ich nicht gerechnet. Aber das Foto sah so schön aus und ich konnte mir diese Gravur prima auf unseren Ringen vorstellen. Wie intim, immer Daniels Fingerabdruck an mir zu haben!

»Okay. Meinetwegen diese Gravur. Aber dann ist auch langsam mal Schluss.« Offensichtlich gefiel Daniel die Gravur besser, als ich erhofft hatte.

»Schatz, du bist der beste Mensch der Welt! Ehrlich!« Er hatte sich noch einen Kuss verdient. Rico nickte zufrieden und schrieb die Gravur auf seinen Vordruck. Er hatte mit uns ein gutes Geschäft gemacht.

»Können wir die gleich mitnehmen?«

»Ich muss Ihre Größe bestellen. Sehen Sie, der Ring ist etwas zu groß für Ihren Finger. In etwa drei Wochen können Sie Ihre Ringe abholen.«

»Drei Wochen?«, wiederholte ich. »Wir heiraten in zehn Tagen!«

Rico verlor für ein paar Sekunden die Fassung, dann fing er sich aber wieder. »Dann werde ich versuchen, per Express die Ringe zu bekommen. Das kostet aber Aufschlag. In Anbetracht dieser Umstände würde ich Sie dann sofort bitten, mir Ihre Fingerabdrücke hier zu lassen.«

»Na, wunderbar«, höhnte Daniel.

Kapitel 11
-Daniel-

Noch 7 Tage

»Und?«, fragte Emma.

»Nichts.«

»Ich hoffe wirklich, die Ringe kommen rechtzeitig.«

Drei Tage waren vergangen, seit Daniel und Emma die Ringe beim Juwelier gekauft hatten. Es würde knapp werden, hatte der Verkäufer gesagt, aber er vertraue seinem Lieferanten und sie sollten sich keine Sorgen machen. Daniel verstand nicht, worin das Problem lag. Der Hersteller würde doch Ringe in ihrer Größe vorrätig haben und per Express schicken können! Notfalls sollte der Juwelier dort hinfahren und die Ringe abholen! Für mehr als eintausend Euro durfte man das doch wohl verlangen.

»Hast du eine Lösung gefunden für das Zeitproblem?«

Emma hatte noch den ganzen Abend über ihrem Ablaufplan gebrütet und in den letzten Tagen mit dem Standesamt, der Schlossverwaltung und dem Caterer telefoniert.

»Hör bloß auf, es ist eine Katastrophe. Im Schloss ist um halb vier irgendeine Zusammenkunft von regionalen Künstlern, keine Ahnung. Auf jeden Fall meinte Frau Hermann, dass wir nach der Trauung keinen Empfang machen können, weil wir dann die Künstler stören oder so. Die sind so unflexibel! Bist du eigentlich fertig?«

Fix und fertig, dachte Daniel. In

einer Woche wollten sie heiraten, aber er konnte sich gar nicht richtig freuen. So viele Termine standen noch an, und es war so hektisch, dass einem die Lust vergehen konnte. Heute dieses blöde Fotoshooting, morgen der Anzugkauf mit Markus. Dieser Konditor stand auch noch auf seiner Liste und weiß der Teufel, was Emma sich als Beschäftigung für ihn noch ausgedacht hatte.

»Ja.«

Er hatte nur einen halben Tag gearbeitet und unterwegs zu Mittag gegessen. Emma behauptete, sie hätte sich eine Scheibe Brot geschmiert, aber er bezweifelte das. Sie hatte definitiv schon abgenommen, aber sie sah nicht sehr gut aus. Emmas Bauch knurrte und gluckerte ununterbrochen, sie hatte schlechte Laune und klagte jeden Tag über Kopfschmerzen. Wenn sie heute nicht freiwillig etwas aß, würde er sie dazu zwingen.

»Dieser Fotograf, woher kennst du den eigentlich?«

Der andere Fotograf hat ihn mit empfohlen. Am Telefon war er richtig sympathisch. Ich glaube, wir sind auf einer Wellenlänge.«

»Ich bin gespannt.«

Daniel schnürte seine Schuhe. Zum Glück bestand Emma nicht auf irgendwelche Verkleidungen oder eine Mottohochzeit.

»Ich hatte so eine Idee, aber ich weiß nicht, ob sie dir gefällt«, fing er an. Er hatte sich natürlich ebenfalls Gedanken über das Zeitdilemma gemacht. Emma hörte ihm aufmerksam zu.

»Also, wenn ich das richtig sehe, hattest du die Trauung eigentlich für mittags geplant, anschließend einen Empfang am Schloss, dann die Fotos und dann Kuchen. Richtig?«

»Richtig. Und dann in den Festsaal und zur Party.«

»Dann machen wir es doch so.«

Emma sah ihn an, als hätte er den Verstand verloren. »Wie?«

»Die Lösung ist ganz einfach: Wir heiraten um drei. Statt um halb vier den Empfang am Schloss zu machen, gehen wir einfach über die Straße und machen ihn im Schlossgarten. Der ist öffentlich, da können noch so viele Künstler rumlaufen, die haben nichts zu sagen.«

»Den Empfang im Schlossgarten?«

Es war eine Mischung aus Entsetzen und Bewunderung, die sich in Emmas Stimme mischte.

»Ja, wir brauchen nur ein paar Helfer für Stehtische und den Sekt. Aber da kann meine Familie ja helfen und meine Studi-Jungs können die Tische tragen. Wenn wir dann eh im Schlossgarten sind, machen wir da auch gleich die Fotos. Kaffee und Kuchen sind für wann bestellt?«

»Vier Uhr.«

»Perfekt! Dann haben wir von halb vier bis vier den Empfang, die Gäste dackeln zurück, wir machen Fotos und alle treffen sich nach den Fotos wieder am Schloss.«

Sein Vorschlag rotierte in Emmas Kopf. Sie nahm gedankenverloren den Schlüssel vom Schlüsselbrett und öffnete die Tür.

»Das ist echt genial«, grinste sie.

Ein wohliges Gefühl von Stolz breitete sich in Daniels Brust aus. Endlich hatte sie einen seiner Vorschläge für gut genug befunden.

»Dann kannst du ja morgen alle Gäste anrufen und ihnen den neuen Plan erzählen«, schlug

Emma breit grinsend vor und huschte nach draußen.

Tom, der Fotograf, stand bereits am Eingangstor zum Schlossgarten, in dem sie das Shooting beginnen wollten.

»Ihr müsst Emma und Daniel sein!«

Tom machte einen lässigen Eindruck. Er war etwas kleiner als Daniel, trug einen Hut, der zu seinem Jackett passte, dessen Ärmel er hochgekrempelt hatte. Um seine Schulter hing eine teuer wirkende Kamera und in der linken Hand trug er einen Kamerakoffer.

»Hallo Tom, danke, dass du so schnell einspringst«, sagte Emma. Daniel gab Tom die Hand.

»Dann legen wir mal los, oder, Leute?« Tom grinste von einem Ohr zum nächsten, als würde ihnen ein riesiger Spaß bevorstehen. Er ging schnellen Schrittes in den Park.

»Einen Moment.« Emma kniete sich hin. Sie atmete schwer und fasste sich an den Kopf. Daniel war sofort an ihrer Seite.

»Was ist los?«

»Nichts, nichts.« Sie blickte sich um, entdeckte eine Bank und setzte sich darauf. »Mir ist kurz der Kreislauf weggesackt. Ich brauche eine Minute Ruhe.«

Tom kramte in seiner Tasche. »Hier.« Er drückte Emma eine Plastikflasche mit Wasser in die Hand. Sie bedankte sich und trank. Man konnte dabei zusehen, wie sie wieder eine gesunde Gesichtsfarbe bekam.

»Danke, Tom. Es geht schon wieder.« Sie atmete ein Mal tief ein und aus, dann stand sie langsam auf. Daniel beäugte sie, aber Emma tat, als sei nichts gewesen. »Also, gehen wir los?«

Sie ging den Weg entlang, Tom an ihrer Seite. Daniel machte sich Sorgen. Wenn Emma so wenig aß, dass ihr Kreislauf darunter litt, wurde die Sache ernst. In Toms Gegenwart wollte er ihr keine Vorwürfe machen, aber später würde er sie definitiv darauf ansprechen müssen.

»Ich dachte mir, wir könnten vielleicht ein Bild machen, auf dem wir beide auf der Wiese liegen und du uns von oben fotografierst. Warte, ich habe ein Beispielbild dabei ...«, erklärte sie Tom.

Daniel fühlte sich abgeschrieben. Er trottete hinter den beiden her und beobachtete Emma. Sie war total übereifrig. Zu übereifrig. Sie gefährdete ihre Gesundheit, und Tom hatte noch keine Chance gehabt, etwas zu sagen, weil sie die ganze Zeit quatschte. Warum störte ihn das in letzter Zeit so? Sie hatte doch schon immer ohne Punkt und Komma geredet.

Früher wusste sie noch, was wichtig ist, sagte ihm eine leise Stimme. *Jetzt ist sie einfach nur noch verrückt.*

Daniel dachte an Sophie und ihren Nachmittag in der Eisdiele zurück. Sie waren so unbeschwert miteinander umgegangen, hatten gelacht, sich über gemeinsame Bekannte unterhalten und eine wunderbare Stunde miteinander verbracht. Immer, wenn er mit Emma zusammen war, gab es Streit. Daran war nur diese dämliche Hochzeit schuld. Vorher war sie eine liebenswürdige Frau gewesen, aber die Planung machte aus ihr eine unberechenbare Cholerikerin.

»Schatz, wo bleibst du denn?«, rief sie über die Schulter.

Sie sah ihn nicht einmal an. Sie merkte nicht einmal, dass es ihm schlecht ging. Daniel fühlte sich allein gelassen. Er hatte angenommen, in Emma eine Seelenverwandte gefunden zu haben, doch sie spürte gar nichts mehr. Hoffentlich änderte sich das bis zur Hochzeit noch.

»Dieser Baum ist perfekt. Okay, Emma links hinter den Baum, Daniel rechts. Dann schaut ihr euch vor dem Baum in die Augen«, wies Tom an.

Er ließ die Kameratasche zu Boden gleiten und stellte seine Kamera an. Emma bewegte sich keinen Zentimeter. Stattdessen blickte sie Tom an, als habe er sie aufgefordert, sich auszuziehen.

»Ehrlich, Tom? Ein Baumfoto?«

Daniel wusste nicht, was an diesem Foto furchtbar war. Er wollte es auch nicht wissen. Er wollte dieses Shooting hinter sich bringen und dann nach Hause fahren und *Resident Evil* spielen, um sich von dem Sturm zu erholen, der in ihm tobte.

»Hey, du bist der Chef, wir können auch etwas anderes machen.« Tom hob entschuldigend die freie Hand. »Umarmt euch doch erst einmal. Daniel, du mit dem Rücken zu mir. Emma, du schaust ihm über die Schulter direkt in die Kamera.«

Daniel tat, wie ihm geheißen. Während Tom ihnen verschiedene Positionen zurief, die er zu befolgen versuchte, schossen ihm Gedanken durch den Kopf, über die er nicht nachdenken wollte.

Nach einer halben Stunde bestand Emma auf ihr Foto aus der Vogelperspektive.

»In Ordnung, lass uns doch zu dem Baum dort gehen. Dann kann ich auf den Stein steigen.«

»Schatz, leg dich da mal hin.« Emma deutete neben einen Baum.

»Ohne Decke?« Sein Hemd würde definitiv Grasflecken bekommen und Emma hasste Grasflecken. Doch sie nickte. War sie von allen guten Geistern verlassen? Emma, die Inkarnation des Putzteufels, ging das Risiko ein, Grasflecken in ihre Bluse zu reiben, nur für ein schönes Foto? Daniel erkannte seine Verlobte nicht wieder. Trotzdem sparte er sich den Protest und legte sich vorsichtig neben den Baum. Emma tat es ihm gleich. Tom stieg auf einen Findling, der neben dem Stamm stand, und machte ein Foto von ihnen.

»Schaut euch an!«

Daniel rang sich ein Lächeln ab, als Emma ihn anlächelte. Tom schoss ein Foto nach dem anderen. Schließlich stieg er hinab und zeigte ihnen die Bilder.

»Kannst du noch höher?«

Der Tonfall in Emmas Stimme machte deutlich, dass das Foto nicht so war, wie sie es sich vorgestellt hatte.

»Emma, er kann nur noch auf den Baum klettern, wenn er höher will«, mischte sich Daniel ein. Der Baum sah nicht sehr vertrauenerweckend aus. Emma betrachtete ebenfalls den Baum.

»Der hält doch.«

»Guck dir mal die Äste an, die halten niemals im Leben!«, erwiderte Daniel.

»Ach, ist schon okay.« Tom blickte den Baum

hinauf, schulterte seine Kamera und bahnte sich seinen Weg zum ersten Ast. Er setzte sich darauf, erst vorsichtig, um zu testen, ob er hielt, dann entspannt.

»Okay, legt euch noch mal hin!«, rief er.

Daniel beäugte ein letztes Mal besorgt den Ast. Er selbst wäre dort niemals hinaufgeklettert.

»Los jetzt«, fauchte Emma.

»So ist es gut … lächelt euch an! Ich muss noch ein wenig vor …«

Toms erschrockener Aufschrei riss Daniel aus seiner Pose. Mit einem dumpfen Knall und einem knacksenden Geräusch, das ihm einen Schauer über den Rücken jagte, kam Tom auf dem Boden auf. Er regte sich nicht, stöhnte aber leise vor sich hin.

»Oh, Gott!« Emma kniete sich neben Tom. »Schatz, schnell, ruf einen Notarzt!«

***

»Das Sprunggelenk ist gebrochen«.

Der diensthabende Arzt nahm die Röntgenbilder von der hell erleuchteten Tafel. Er wandte sich an Daniel und Emma. »Gut, dass Sie ihn gleich hergebracht haben. Das nächste Mal, wenn Sie Hochzeitsbilder machen, sollte er auf dem Boden bleiben.«

Er verabschiedete sich von ihnen und ging in Toms Krankenzimmer.

»Als ob wir etwas dafür können«, maulte Emma.

Sie hatte ihre Arme verschränkt und starrte auf die Tür, hinter der der Arzt mit Tom sprach. Daniel hielt es nicht mehr aus.

»Wer wollte denn, dass Tom auf den Baum klettert für so ein Scheißfoto? Ich bestimmt nicht! Du bist eine Gefahr für die Umwelt!«

»Unsinn! Ich konnte doch nicht ahnen, dass er sich nicht festhält.«

»Du merkst es echt nicht, oder?« Er hatte noch nie so eine Welle der Enttäuschung, Entrüstung und Wut in sich gespürt. »Du hast darauf bestanden, dass Tom auf den Baum klettert, und er hat sich das Bein dabei gebrochen! Tickst du eigentlich noch richtig?«

Emma funkelte ihn an. Tränen glitzerten in ihren Augen. »Das war doch keine Absicht!«

Daniel schlug mit der Faust gegen die Wand. Er wusste sich keinen anderen Weg, um seine Aggression abzubauen, ohne Emma links und rechts eine Ohrfeige zu verpassen.

»Danke, dass du mir meine Hochzeit versaust, Emma. Gut gemacht.«

Wütend stapfte er den Korridor entlang in Richtung Fahrstuhl. Emma lief ihm hinterher.

»Wo willst du hin?« Es klang wie eine Drohung. *Wehe, du gehst!*

»Zu Markus. Ich brauche eine Auszeit von dir. Ich komme morgen wieder, wenn wir den Anzug gekauft haben.«

»Was soll das heißen?« Noch immer war kein Funken der Verlustangst in Emmas Stimme zu hören, die Emma normalerweise an den Tag legte, wenn er im Streit fortging. Sie hatte sich definitiv geändert.

»Das heißt, ich muss meine Gedanken ordnen und brauche Ruhe.«

Ohne auf ihre Tiraden einzugehen, nahm Daniel die Treppen, anstatt auf den Fahrstuhl zu warten. Wo war ihr Benehmen geblieben? Sie schrie in diesem Krankenhaus herum, als seien sie hier zu Hause.

Kapitel 12

Petra öffnete überrascht die Tür.

»Daniel!«

»Ist Markus da?«

Markus war nach der Trennung von Tina erstmal in sein altes Kinderzimmer gezogen. Seine Mutter konnte den enttäuschten Gesichtsausdruck in ihrem Gesicht nicht verbergen, aber Daniel hatte keine Lust auf Mitgefühl - besonders nicht von ihr. Er ging in die Wohnung und nahm ohne abzuwarten die Treppe in den ersten Stock. Auf der rechten Seite des Flures, zu dem er kam, drangen Musik und Kampfgeräusche aus dem ersten Zimmer. Er klopfte.

»Herein.«

Daniel trat in das Zimmer. Markus saß vor der Konsole, das Zimmer war abgedunkelt. Man sah nur Markus' schwach erleuchtetes Gesicht in einem zarten Fernsehblau. Er blickte zu Daniel.

»Hey!«

Markus lächelte und drückte die Pause-Taste des Controllers. Er rieb sich in Gedanken den Bart.

»Was machst du denn hier?«

Daniel ließ sich auf die Couch im hinteren Teil des Zimmers fallen. In wenigen Sätzen erzählte er seinem Bruder, was vorgefallen war. Markus hörte ihm ruhig zu, ohne mit blöden Kommentaren zu stören.

»Und jetzt hat der Fotograf ein gebrochenes Bein, wir haben niemanden für die Hochzeitsfotos, und Emma checkt nicht, dass es ihre Schuld ist«, endete er. »Ich brauche einfach mal Ruhe.«

»Was du brauchst, ist ein Bier, mein Freund«, sagte Markus. »Moment.«

Er verließ das Zimmer und kam nur wenige Augenblicke mit zwei kalt gestellten Bieren wieder. Mit einem vergessenen Brotmesser, das auf einem Teller auf dem Couchtisch lag, öffnete Markus die beiden Biere und reichte Daniel eines.

»Prost.«

»Prost.«

Markus setzte sich auf seinen Schreibtischstuhl, der ein ganzes Stück tiefer sank. Als Kind war Daniel noch der stämmigere gewesen, aber das hatte sich bei ihm mit Beginn der Pubertät umgestellt. Nie hätte er gedacht, dass der hagere Markus mal mehr wiegen würde als er. Dafür hatte er seine perfekte Sehkraft behalten, während Daniel ohne seine Brille fast blind war.

»Zocken?«

Daniel stimmte zu und wechselte von der Couch auf Markus' Bett, von dem aus er den Fernseher sehen konnte. Markus reichte ihm den zweiten Controller und startete das Spiel neu.

»Weißt du, Emma hat sich verändert.« Daniel übernahm die Spieleinstellungen und wählte eine Figur.

»Inwiefern?«

»Sie war früher locker, witzig, unbeschwert und fröhlich. Das Einzige, was einem Sorgen bereiten konnte, war ihre Staubphobie.«

»Einen ausgeprägten Kontrollzwang hatte sie aber auch schon immer. Wenn du nicht da bist, ruft sie mindestens drei Mal an, wann du nach Hause kommst.«

»Siehst du, das meine ich! Seit sie den Kopf

voller Hochzeitsplanung hat, ist sie nicht mehr sie selbst. Wann hat sie das letzte Mal angerufen, als ich weg war? Gar nicht. Nicht einmal eine SMS hat sie geschrieben, und das ist total untypisch. Sie hat sogar fast aufgehört zu essen, damit sie für das Kleid abnehmen kann, verzichtet auf Zucker und macht Sport.«

Markus bewegte seinen Agenten durch ein verlassenes Gebäude. An jeder Ecke hielt er an und linste um die Ecke, um die Biegung nach Feinden abzusuchen.

»Ist doch nicht schlimm, wenn sie abnimmt.«

»Es ist nicht gesund, was sie macht. Sie gefährdet nicht nur ihre Umwelt, sondern auch sich selbst.«

Markus wagte einen zweifelnden Seitenblick auf Daniel.

»Eine Hochzeit macht doch keinen Verbrecher aus ihr.«

»Sie ist einfach nicht mehr die Frau, die ich heiraten will!« Daniel war selbst überrascht, mit welcher Heftigkeit die Worte aus ihm heraussprudelten. Als er es ausgesprochen hatte, merkte er, dass er genau das fühlte. Markus stoppte das Spiel.

»Du liebst Emma doch. Sie ist gerade nicht sie selbst, okay, aber das ändert sich nach der Hochzeit doch wieder. Ich glaube, du zeigst nur die ganz normalen Anzeichen eines Bräutigams vor der Hochzeit.«

»Sie vernachlässigt sogar die Wohnung! Das sieht ihr überhaupt nicht ähnlich.«

»Alter, das ist doch gut! Sieh es doch mal von der positiven Seite: Du kannst alles rumliegen lassen, ohne dass sie dir die Hölle heiß macht.

Außerdem wäre sie garantiert noch viel unausstehlicher, wenn sie zusätzlich noch darauf achten würde, eure Wohnung in Schuss zu halten. Reg dich ab.«

Daniel erwiderte nichts, aber er stimmte seinem Bruder in keiner Weise zu. Natürlich war es gut, dass ihr Perfektionismus momentan versagte, jedenfalls was ihren Körper und die Wohnung anging, denn sonst würde sie sich noch mehr unter Druck setzen. Aber vielleicht würde sie sich nie mehr ändern, wer konnte das wissen? Er würde niemanden heiraten, den er nicht von ganzem Herzen heiraten wollte. Markus schien seine Gedanken zu erraten.

»Ich hoffe, du denkst nicht ernsthaft daran, die Hochzeit abzusagen. Mama und Papa würden sich ins Fäustchen lachen. Daniel, echt jetzt«, er griff nach Daniels Schulter und rüttelte kurz daran, »du hast eine Traumfrau zu Hause, die gerade nicht ganz zurechnungsfähig ist. In guten wie in schlechten Zeiten, klar? Mach dir nicht ins Hemd. In einer Woche ist alles vorbei.«

Das befürchtete Daniel auch: In einer Woche war alles vorbei.

***

Noch 6 Tage

Der Anzug, den Markus und Daniel am nächsten Tag kauften, musste nur noch minimal angepasst werden. Zwei Tage vor der Hochzeit sollte er abholbereit sein.

Die Luft in Daniels und Emmas Wohnung war abgestanden. Emmas Schuhe standen vor dem Schuhregal – das hatte er noch nie gesehen! Normalerweise räumte sie ihre Schuhe sofort weg, nachdem sie sie ausgezogen hatte, und häufig holte sie sogleich den Handstaubsauger, um die letzten Krümel zu eliminieren. Daniel drückte die Wohnzimmertür herunter. Sein Herz setzte einen Moment aus.

Emma saß auf dem Boden mitten im Raum über einem Blatt Papier. Um sie herum herrschte pures Chaos. Stifte lagen offen kreuz und quer verteilt auf dem Boden, Papierstapel, teilweise so verrutscht, dass einige Blätter heruntergefallen waren, stapelten sich um sie herum. Zwei Scheren lagen weit geöffnet neben ihr. Der Laptop war in Reichweite, daneben stand ein Aschenbecher mit unzähligen Zigarettenstummeln. Das Fenster war zwar geöffnet, aber dennoch hingen leichte Schwaden aus Zigarettenqualm unter der Decke. Ein leerer Kaffeebecher war auf einem der Papierstapel abgestellt worden, wo er einen kreisrunden Abdruck hinterlassen hatte. Im Hintergrund lief irgendeine Rockmusik.

»Wie sieht es denn hier aus?«

Emma blickte überrascht auf, als hätte sie Daniel nicht kommen hören. Ihre Augenringe waren deutlich erkennbar.

»Hast du einen Anzug gefunden?«

»Was soll das Chaos hier?« Daniel ignorierte ihre Frage. Unzählige leere Kartons stapelten sich in einer Ecke. Zusammengefaltete Lampions lagen auf der Couch, daneben stand der Karton mit den Antennenschleifen. Auf dem Couchtisch sammelten sich gefühlte einhundert Bänder in

Türkis, Braun und Weiß.

»Sechs Tage, Schatz. Sechs Tage«, antwortete Emma. »Gestern war ich nach dem Krankenhaus noch bei der Post und habe ein paar Bestellungen abgeholt. Die ganze Nacht habe ich an den Menükarten gesessen, weil Frau Hermann gestern den Menüvorschlag geschickt hat.«

Irritiert von dem Chaos im Wohnzimmer brauchte Daniel zwei Sekunden länger, um Emmas Satz zu verarbeiten. »Heißt das, du hast alleine entschieden, welches Menü wir servieren?«

»Du warst ja nicht da«, verteidigte sich Emma.

»Du wusstest doch, dass ich heute wieder da bin!«

»So, wie du dich in letzter Zeit aufführst, hätte es auch gut sein können, dass du die ganze Woche bei deinen Eltern bleibst!«

»Ich führe mich auf? Wohl eher du! Du bist völlig übergeschnappt mit deiner Planung!«

»Immer, wenn es um die Hochzeit geht, fängst du an zu streiten!« Emma zündete sich eine weitere Zigarette an.

»Ich?« Er war entrüstet.

Er fühlte sich, als sei er in einer verkehrten Welt gelandet, seit er die Wohnung betreten hatte. »Du machst unsere Hochzeit kaputt, weißt du das? Du gefährdest unsere Beziehung!«

Sie zog unbeeindruckt an der Zigarette. Es war, als perlten seine Vorwürfe an ihr ab. Hatte sie keine Angst mehr, ihn zu verlieren?

»Du bekommst nur kalte Füße«, sagte sie.

»Das ist es nicht! Dieser ganze Scheiß mit der Deko, den Menükarten, den Bändern und was hier alles rumliegt, das ist doch nicht wichtig!

Weißt du eigentlich, wie vernachlässigt du aussiehst? So kenne ich dich gar nicht.«

»Du kannst gerne wieder gehen, dann ist hier wieder Frieden. Ich bin sowieso in zwei Stunden beim Frisör, um die Hochzeitsfrisur zu proben. Ich dusche nachher.«

Daniel traute seinen Ohren nicht. Emma hatte ihn noch nie aufgefordert, zu gehen. Sie war ein gefühlloser Klotz geworden. Daniel spürte, wie etwas in ihm starb. Es wurde dunkel in ihm.

»Vielleicht sollte ich das tun«, flüsterte er mehr zu sich selbst, als zu ihr. Er würde wieder zu seinen Eltern gehen, egal, wie sehr sie sich freuen würden. Markus würde ihn unterstützen. Es war nicht mehr ganz eine Woche bis zur Hochzeit.

»Ich gehe wieder zu meinen Eltern«, sprach er seinen Gedanken aus. »Ich glaube, wir brauchen gerade ein bisschen Abstand voneinander. Wir sehen uns dann am 15.«

»Du willst vorher nicht mehr herkommen?« Endlich zeigte Emma einen Anflug von Panik.

Daniel schüttelte den Kopf. »Weiß ich noch nicht. Vielleicht.«

Dann packte er eine Reisetasche mit dem Nötigsten und fuhr zurück zu seinen Eltern. Dass Emma keinen Versuch unternahm, ihn zurückzuhalten, verletzte ihn mehr, als er zugeben wollte.

Kapitel 13
-Emma-

Noch 4 Tage

Seit Daniel vor zwei Tagen aus unerfindlichen Gründen zu seinen Eltern abgehauen war, hatte ich nichts mehr von ihm gehört. Ich machte mir langsam Sorgen. So hatte ich mir meine Hochzeitswoche nicht vorgestellt! Aber ihm jetzt hinterherzulaufen, dazu hatte ich keine Lust. Solange er nicht hier war, konnte er auch nicht meckern. Wenigstens war Samstag alles glattgelaufen. Wenn meine Frisur am Freitag nur annähernd so schön sein würde, wie bei der Probe, konnte nichts mehr schiefgehen.

Heute war mein erster offizieller Urlaubstag. Statt nach meinem Morgenkaffee ohne Zucker (ekelig!) die Notfallkörbchen zu bestücken, beschloss ich, ins Krankenhaus zu fahren und Tom zu besuchen. Auch wenn wir nur ein paar Stunden miteinander verbracht hatten, war er mir direkt ans Herz gewachsen. Ich hatte das Gefühl, ihn schon Ewigkeiten zu kennen.

Die Empfangsdame erklärte mir, dass Tom bereits entlassen worden war.

»Ist das nicht ganz schön früh?«, fragte ich.

»Keineswegs, er hat die Operation gut überstanden und wir halten niemanden länger fest als nötig.«

Ich murmelte etwas Zustimmendes vor mich hin und rief Tom auf dem Handy an. Er hatte nichts gegen einen Besuch einzuwenden und gab mir seine Privatadresse.

Es dauerte eine Ewigkeit, bis Tom mich einließ. Er stand auf zwei Krücken gelehnt in der Türschwelle und grinste.

»Was für eine schöne Abwechslung!«

»Tom, es tut mir so unendlich leid mit deinem Bein!«, begann ich ohne Begrüßung, aber er unterbrach mich. »Ach, halb so wild. Komm rein!«

Er drehte sich vorsichtig um und balancierte seinen Körper mithilfe der Krücken auf einem Bein. Ich folgte ihm ins Wohnzimmer, wo er sich in Zeitlupentempo auf das Sofa sinken ließ.

»Es war falsch von mir, dich auf den Baum zu scheuchen. Wie kann ich das je wieder gutmachen?«, setzte ich an.

Tom grinste, als sei nichts geschehen. »Ich bin selbst schuld, wenn ich mich nicht richtig konzentriere.«

Ich schüttelte den Kopf. »Nein, es ist wirklich meine Schuld. Es geht alles schief im Moment, das war nur das i-Tüpfelchen.«

Toms Lächeln wurde schmaler. »Was ist denn los?«

Vielleicht war es gar nicht so falsch, mal mit einem Außenstehenden zu sprechen. Ich setzte mich zu ihm und begann, ihm von der Hochzeit zu erzählen.

»Ursprünglich wollten wir ja nächstes Jahr heiraten, wie du weißt. Aber dann hat sich alles geändert, und ich musste unsere Hochzeit innerhalb von vier Wochen planen, statt in dreizehn Monaten. Weißt du, ich hatte immer eine genaue Vorstellung meiner Traumhochzeit: ein pompöses

Kleid, Blumenkinder, eine Feier in einem Schloss, alles schön dekoriert mit einer klasse Band und toller Stimmung.«

»Das in vier Wochen auf die Beine zu stellen, ist echt 'ne Herausforderung.«

»Kann man wohl sagen.«

Schuldbewusst sah ich auf den Boden, bevor ich weitersprach. Es fiel mir nicht leicht, meine Gedanken auszusprechen.

»Unsere Beziehung hat einen Knacks, wie wir ihn noch nie hatten. Daniel ist sogar für ein paar Tage zu seinen Eltern gezogen, um Abstand zu bekommen. Er meint, ich hätte mich total verändert, was ich aber überhaupt nicht so sehe. Die Hochzeit ist mir natürlich wichtig, aber welcher Braut denn nicht? Ich plane in jeder freien Minute, damit wir die schönste Hochzeit haben können, die man sich vorstellen kann.«

Toms Grinsen wurde wieder breiter. »Ich schätze mal, Daniel wäre auch mit einer Hochzeit im kleinen Kreis ohne viel Trara zufrieden gewesen.«

»Aber ich nicht.« Warum schlugen sich eigentlich immer alle auf Daniels Seite? Natürlich war es wichtig, das Heiraten als solches wertzuschätzen, aber für mich gehörte der festliche Rahmen ebenso dazu.

»Hast du Angst, dass er gehen könnte? Dass er sich gegen alles wehren wird und dich verlässt?«

Daniel würde mich doch nicht wegen ein paar kleiner Streitereien verlassen, oder? Nein, das würde er nicht tun.

»Niemals. Das würde er nie tun«, wiederholte ich meinen Gedanken laut.

»Ich erzähle dir mal etwas von mir«, sprach Tom weiter. »Ich hatte eine Freundin, Sarah, die ich über alles geliebt habe. Aber ich war eifersüchtig ohne Ende. Es ging soweit, dass ich ihr Handy überwacht habe und meinen Job geschwänzt habe, um zu prüfen, ob sie zur Arbeit fährt oder sich vielleicht mit jemand anderem trifft.«

Wollte er etwa seine Eifersucht mit meiner Planung vergleichen?

»Du bist ja ganz schön freakig.«

»War ich wirklich. Jedenfalls habe ich meine Freundin damit natürlich nicht nur genervt, sondern regelrecht vergrault. Ich habe nicht eingesehen, dass ich übertrieben habe. Schließlich wollte ich einfach die Gewissheit, dass alles okay ist. Eines Tages hat sie mich verlassen, weil ich mein Verhalten nicht ändern konnte.«

»Das tut mir leid«, sagte ich aus Anstand.

Tom fuhr unbeirrt fort. »Du kannst dir nicht vorstellen, was für ein furchtbares Gefühl es ist, seine große Liebe zu verlieren, Emma.«

Toms Stimme war belegt. Er räusperte sich, um seine Fassung zu wahren. Er vermisste sie offensichtlich noch immer. »Bis heute mache ich mir Vorwürfe, dass ich den Fehler nicht bei mir gesucht habe. Ich habe sie mit meinem Kontrollzwang gezwungen, mich zu verlassen. Hätte ich das erkannt, wären wir vielleicht heute noch ein Paar und ich wäre glücklich. Ich habe sie so geliebt, Emma. Nur ihretwegen bin ich Fotograf geworden, weißt du. Sie meinte, ich hätte ein Talent dafür. Wenn ich fotografiere, habe ich das Gefühl, sie ist mir ganz nah. Aber sobald ich darüber nachdenke, entfernt sie sich wieder und ist unerreichbar. Ich würde alles dafür geben, eine zweite Chance zu bekommen.«

Toms Gesicht war seltsam verkrampft, als hätte er saure Milch getrunken. Mir wurde ganz anders. Natürlich hatte ich einen ausgeprägten Perfektionismus, aber ich würde Daniel nie hinterher spionieren oder unsere Beziehung gefährden.

»Tom …«

»Was ich sagen wollte, ist: Setz Prioritäten, und zwar die richtigen. Eine Traumhochzeit ist schön und gut, aber wichtiger ist doch eure Zweisamkeit. Ihr gebt euch das Jawort, alleine das zählt, und nicht, wie viele Blumen auf den Tischen stehen oder dass ihr ein Foto habt, das euch von oben zeigt.«

Ich wusste nicht, ob er recht hatte. Ja, die Zweisamkeit war wichtig, aber ein ordentlicher Rahmen auch! Ich fand Toms Geschichte rührend und traurig, aber bei uns war das doch anders!

»Ich muss leider langsam wieder los«, sagte ich, dabei war ich erst wenige Minuten da gewesen. Tom nickte verständnisvoll.

»Gute Besserung für dein Bein. Tut mir wirklich, wirklich leid.«

Toms Lächeln war endlich wieder da. »Keine Sorge, ich bin dir nicht böse. Viel Spaß bei eurer Hochzeit. Hast du einen Ersatzfotografen?«

»Du warst mein Ersatzfotograf«, lächelte ich matt, froh über seine bessere Laune. »Ich werde einfach einen der Gäste fragen. Vielleicht können wir, wenn du wieder gesund bist, ein Shooting machen.«

»Ja, sehr gerne.«

Als ich seine Wohnung verließ, hatte ich ein mulmiges Gefühl in der Magengegend. Wir waren nicht wie Tom und Sarah. Ich hatte kein Kontrollproblem! Ich war vielleicht etwas übereifrig, aber spätestens nach der Hochzeit würde sich das doch legen. Oder?

Als Nächstes stand auf meiner To-do-Liste, dass ich mich mit meinem Vater treffen wollte. Seit ich ihn zur Hochzeit eingeladen hatte, hatten wir nicht mehr miteinander gesprochen. Er arbeitete oft von zu Hause aus, und ich hoffte, er würde sich für mich Zeit nehmen. Ich wählte seine Nummer und kündigte meinen Besuch an.

»Fünf Minuten, Emma, mehr kann ich dir nicht geben«, war seine Antwort. Am liebsten hätte ich gleich wieder abgesagt. Er nahm sich nie Zeit für mich. Das hatte er in meinen ersten dreiundzwanzig Lebensjahren nicht getan, und auch in den letzten zwei Jahren musste ich mich immer nach seinem Zeitplan richten.

»Immerhin«, antwortete ich knapp.

Schon zehn Minuten später war ich da. Das auffällige Einfamilienhaus im Jugendstil fiel völlig aus der Reihe zwischen den ganzen Neubauten aus den Neunzigerjahren.

»Welius Versicherung, Dipl.-Kfm. Jens Dierks« stand auf einem silbernen Schild an dem Zaun, der das Grundstück umgab. Ich öffnete das Tor und folgte dem kleinen Schotterweg bis zur Haustür. Ich klingelte. Es dauerte länger, als gedacht, bis jemand öffnete. *Als wüsste er nicht, dass ich komme*, dachte ich grimmig.

»Hallo, Emma«, begrüßte mich Jens mit gespielter Vertrautheit.

»Hey.«

Ich trat ein und folgte Jens in sein Büro. Es hätte mich auch gewundert, wenn er mich ins Wohnzimmer gebeten hätte. Dort durfte nur die *Familie* sitzen.

Ich ließ mich in einen Sessel fallen, der neben einem Bücherregal stand. »Ich wollte mit dir über unsere Hochzeit sprechen«, begann ich. »Wir müssen da eine Lösung finden.«

»Zickt Sabine wieder rum?« Jens setzte sich auf seinen Bürostuhl, drehte sich zu mir und zeigte ein siegessicheres Lächeln.

»Sie möchte dich einfach nicht sehen«, erklärte ich ruhig. Warum hatte ich noch gleich den Wunsch verspürt, ihn zu meiner Hochzeit einzuladen? Ich konnte mich nicht daran erinnern.

»Ist das mein Problem?«

»In gewisser Weise schon, denn wenn es hart auf hart kommt, werde ich Sabine den Vorzug geben. Kannst du nicht mit ihr sprechen? Ich hätte euch beide gerne auf der Hochzeit.«

Jens lehnte sich zurück.

»Ich habe kein Interesse, mit ihr zu sprechen, Emma. Ich komme zur Hochzeit, was sie macht, ist mir egal.«

»Oh, bitte, Jens! Bitte! Ich möchte nicht noch mehr Unfrieden haben.« Resigniert seufzte ich und starrte auf meine Füße. »Bitte.«

Es schien zu funktionieren. Hinter Jens' Stirn arbeitete es. Er schien abzuwägen, ob er lieber mit Sabine sprechen oder der Hochzeit fernbleiben wollte. Ausladen konnte ich ihn noch immer.

145

»Na gut, weil du es bist. Ich spreche mit ihr. Aber ich weiß nicht, wie ich sie umstimmen kann.«

»Ich mische mich da nicht ein.« Abwehrend hob ich die Hände. »Du hast sie verlassen, als ich gerade auf der Welt war, und hast dich über zwanzig Jahre lang aus der Verantwortung gezogen – da wäre ich auch sauer. Aber das ist meine Sichtweise. Vielleicht siehst du das ganz anders.«

Es klopfte leise an der Tür. Sie öffnete sich einen Spalt, und das Gesicht einer Frau in Sabines Alter erschien.

»Emma, hallo! Ich dachte doch, ich hätte deine Stimme gehört«, sagte eine Frauenstimme mit russischem Akzent.

Jens' Frau Tatyana öffnete die Tür und breitete ihre Arme aus. Seit sie vor zwei Jahren von mir erfahren hatte, fühlte sie sich verpflichtet, mich wie ihre Tochter zu behandeln. Ich stand auf und umarmte sie. Tatyanas blonde, lange Haare rochen frisch gewaschen.

»Ich wollte nur kurz über die Hochzeit sprechen«, erklärte ich.

»Bist du schon aufgeregt?«

Wenn jemand aufgeregt war, dann Tatyana. Sabines Vergleich mit einer Barbie war nicht zu weit hergeholt. Auch die Stimme passte dazu. Dennoch mochte ich Tatyana.

»Ein bisschen. Momentan habe ich noch zu viel zu tun, um aufgeregt zu sein. Aber das kommt bestimmt noch.«

»Wir freuen uns sehr für dich. Aber warum sitzt ihr im Büro? Komm mit, komm!«

Jens' Miene verriet, dass er mit meinem baldigen Aufbruch gerechnet hatte.

Ich tat ihm den Gefallen.

»Danke, Tatyana, aber ich muss gleich los.«

»Ach, wie schade.« Ihre Stimme klang traurig. »Vielleicht, wenn du verheiratet bist, dann kommst du mal auf einen Kaffee vorbei. Und zwar im Wohnzimmer.« Das letzte Wort betonte sie mit einem strafenden Blick auf ihren Mann. Kurios, dachte ich, dass meine Stiefmutter mich mehr als ihr Kind akzeptierte als mein Vater.

Ich wollte mich eigentlich verabschieden, aber Tatyana quetschte mich über die Hochzeit aus.

»Was hast du denn schon alles geplant?«, fragte sie neugierig.

»Die Frage ist, was ich noch nicht geplant habe.« Ich heuchelte ein belustigtes Lachen. »Es ist fast alles fertig, meine Checkliste ist merklich geschrumpft.«

Ich erzählte ihr von den Lampions, die ich eigenhändig mit Farbe besprüht hatte, von den Antennenschleifen, den Notfallkörbchen und dem selbst gemachten Gästebuch, in dem jeder Gast Fragen zu uns beantworten sollte.

»Und dein Kleid? Lass mich raten, das wird bestimmt ein Traumkleid.« Tatyanas Augen begannen zu leuchten.

»Wenn es passt, ja.« Ich zögerte. Seit drei Tagen hatte ich mich nicht auf die Waage getraut, weil ich noch nicht so viel abgenommen hatte, wie ich wollte, trotz Stress, Sport und Verzicht auf Fett und Zucker. Aber ich war hoffnungsvoll, mein Traumgewicht zu erreichen. Ich ließ einfach ab heute das Essen komplett ausfallen, statt mich von Obst und Joghurt zu ernähren. Wenn man genug Wasser trank, konnte man das für kurze

Zeit aushalten. Hoffte ich.

Tatyana hatte ein Fragezeichen im Gesicht. Ich erzählte ihr von meinem Kleid-Desaster.

»Mutig von dir, Emma. Aber das klappt bestimmt. Du hast ja schon abgenommen.«

»Ja, fünf Kilo waren es letzte Woche. Ich muss aber noch mindestens ein, eher zwei Kilo schaffen, damit es passt.« Ich sah auf die Uhr. »Ich muss jetzt wirklich los, tut mir leid.« Ich umarmte Tatyana und winkte Jens zu. »Bitte sprich mit Sabine.«

Tatyana brachte mich zur Tür. »Wir sehen uns dann am Freitag.«

»Alles klar. Wenn du mich suchst, ich bin die in Weiß«, grinste ich.

Kapitel 14
-Daniel-

Noch 3 Tage

»Konditor! Kuss.«

Mehr stand nicht in der SMS, die Daniel an diesem Morgen von Emma erhielt. Er hatte ganz vergessen, sich darum zu kümmern. Daniel ächzte und wartete, bis sein Handydisplay wieder erlosch. Wie spät war es eigentlich? Langsam setzte er sich in seinem alten Bett auf. Durch die halb heruntergelassene Jalousie strahlte bereits die Sonne. Wie gut, dass er diese Woche Urlaub hatte und Emma ihn nicht schon um sieben Uhr aus dem Bett warf. Im Gegenteil, er konnte endlich mal wieder ausschlafen.

Nach einigen Augenblicken, in denen seine Augen sich an das Licht gewöhnt hatten, stellte er fest, dass er gar nicht zu Hause war, sondern in seinem alten Kinderzimmer. Es war Dienstag und ihm blieben noch drei Tage Galgenfrist.

Wie hatte es soweit kommen können? *Galgenfrist* hätte er diese Zeit vor ein paar Wochen niemals genannt. Ebenso hätte er es nicht für möglich gehalten, dass er diese Sache mit der Hochzeit tatsächlich noch einmal überdenken würde. Wer konnte auch ahnen, dass sich seine Freundin in ein rücksichtsloses Biest verwandeln würde?

Daniel stand auf, reckte sich und suchte seine Jeans, die er gestern über den Stuhl gehängt hatte. Früher, das heißt vor ein paar Wochen, hätte er seine Jeans gebügelt im Schrank vorgefunden. Mittlerweile räumte Emma nicht einmal mehr ihren Teller in die Spülmaschine. So konnte das nicht weitergehen. Aber was sollte er machen? Die Hochzeit abblasen? Drei Tage vorher? Das war doch unmöglich.

Er schlurfte die Treppe hinunter, während er gleichzeitig mit seinem Handy die Nummer des Konditors heraussuchte. Er bog in die Küche ab, in der seine Mutter bereits einen Teller und Besteck auf dem Küchentisch drapiert hatte.

»Guten Morgen, du Langschläfer.«

Daniel grummelte etwas vor sich hin. Petra ignorierte sein Grummeln, legte ihm ein Brötchen auf den Teller und stellte diverse Variationen aus Aufschnitt und Käse vor seine Nase. Daniel speicherte sich indes die Telefonnummer ab und merkte sich die Adresse. Da der Konditor gerade geöffnet hatte, würde er gleich hinfahren und sich um die Torte kümmern. Emma hatte ihm nur eine Vorgabe gemacht: keine Zuckerrosen. Ansonsten hatte er freie Hand, was einem Wunder gleichkam. Die Torte musste ihr wirklich egal sein.

Petra setzte sich neben ihn. Da Olaf und Markus arbeiten waren, schien sie froh über seine Anwesenheit zu sein. Daniel wusste, dass seine Mutter ungerne alleine war. Vermutlich erwartete sie jetzt sogar eine Unterhaltung.

»Drei Tage, hm?«, begann sie prompt.

»Japp. Ging schnell rum, die Zeit.«

»Das stimmt. Und, wie fühlst du dich?«

»Gut«, log Daniel. »Wie man sich eben fühlt.«

Er hatte wirklich keine Lust, seiner Mutter Raum für Spekulationen zu geben, indem er ihr von seinen Gefühlen berichtete.

»Nicht jeder verbringt die letzten Tage vor der Hochzeit bei seinen Eltern.« Petra ließ nicht locker.

»Ich habe dir doch gesagt, ich brauche ein bisschen Ruhe, um die Rede vorzubereiten. Freu dich doch lieber, dass ich da bin.«

Ohne sie anzusehen, aß er sein Brötchen. Den Aufruhr in seinem Inneren ignorierte er geflissentlich.

»Das tu ich doch, sehr sogar. Du bist viel zu selten bei uns.« Seine Mutter begann, einen Monolog zu führen, dem er nicht zuhörte. Daniel war mit seinen eigenen Gedanken beschäftigt. Die Ringe lagen fertig beim Juwelier. Sein Anzug musste heute abgeholt werden. Soweit er es mitbekommen hatte, war mit dem Schloss alles besprochen. Emma hatte sich um Musik und Dekoration gekümmert. Aber er konnte sich nicht richtig freuen.

»Ich bin jetzt beim Konditor.« Er ließ den Rest seines Brötchens stehen und stand auf. Petra, die ihm gerade irgendetwas erzählt hatte, stockte.

»Kommst du danach wieder? In zwei Stunden gibt es Mittagessen. Möchtest du etwas Bestimmtes essen?«

»Keine Ahnung. Ich weiß noch nicht, ob ich dann wieder da bin.« Er steckte sein Handy ein, nahm seinen Schlüsselbund und machte sich auf den Weg zum Konditor, ohne weiter auf seine Mutter zu achten.

Die Konditorei Cukrászda war ein ungarischer

Familienbetrieb. Seit Emma dort vor zwei Jahren eine Jubiläumstorte für das *Modehaus U.* bestellt hatte, schwor sie auf die feinen Kreationen der inhabergeführten Bäckerei. Daniel öffnete die Tür und ein helles Glöckchen erklang. Ein junges Mädchen, das hinter der Theke stand, blickte auf.

»Moin.« Sie zeigte ein strahlendes Lächeln.

»Moin«, antwortete er. »Ich würde gerne eine Hochzeitstorte bestellen.«

Das Mädchen nickte. »Gerne. Haben Sie bereits eine bestimmte Vorstellung oder möchten Sie sich unseren Katalog ansehen?«

»Katalog.«

Normalerweise war er nicht so wortkarg, aber Daniel wollte das hier so schnell wie möglich hinter sich bringen. Das Mädchen nickte wieder und entschuldigte sich. Sie verschwand durch eine Tür in den hinteren Bereich der Bäckerei. Sicherlich gehörte sie zu Familie Cukrászda. Ihr Äußeres mutete jedenfalls osteuropäisch an.

Das Mädchen kam mit einem Katalog und einem Mann im Schlepptau wieder.

»Cukrászda«, stellte er sich mit einem breiten Akzent vor und schüttelte Daniel die Hand.

»Breitenbach. Guten Tag.«

Herr Cukrászda überreichte Daniel den Katalog und zeigte zu einem der Stehtische. »Kannst du dich da hinsetzen und informieren. Kaffee?«

»Gerne, danke.«

Daniel ging mit dem Katalog zum Tisch und blätterte darin. Herr Cukrászda begleitete ihn. Dass er bei seiner Leibesfülle überhaupt zwischen Tür und Theke passte, wunderte Daniel. Er hatte ein wenig Angst um den Stuhl, auf den sich der Mann nun setzte.

»Kannst du alles haben«, sagte er mit einer ausschweifenden Handbewegung.

Daniel blätterte in dem Katalog und blieb bei einer dreistöckigen Torte hängen, die Emma sicher gefallen würde. Sie sah modern aus, war weiß und mit Schnörkeln verziert. Der Mann — offenbar der Inhaber — erklärte ihm in einigen Worten, welche Füllungen es gab, dass die Torte mit Fondant überzogen wurde (er fragte sich, was Fondant überhaupt war) und dass er sich die Tortenfigur gleich bei ihm aussuchen könne. Als Daniel ihm das Datum der Hochzeit beichtete, lachte Herr Cukrászda auf.

»Ihr habt es wohl eilig, was? Ist kein Problem für mich, kein Problem. Machen wir alles, musst du nur in Auftrag geben.« Sein dicker Schnauzbart zog sich unter seinem Lächeln in die Breite.

»Gut, dann nehmen wir also diese Torte hier, mit drei Füllungen«, wiederholte Daniel. »Ganz unten Schoko-Banane, in der Mitte Pfirsich-Maracuja und ganz oben Erdbeer-Sahne. Ich glaube, eine Tortenfigur haben wir schon.« Hatte er nicht neulich eine auf dem Tisch liegen sehen?

»Wenn Sie eine Minute warten, rufe ich meine Verlobte an und frage nach.«

Herr Cukrászda nickte mit seinem massigen Kopf. Daniel ging nach draußen, um Emma in Ruhe anzurufen.

Es klingelte eine Ewigkeit. »Ja?«

»Meine Güte, musstest du das Handy erst noch kaufen oder warum dauert das so lange?« Es sollte witzig klingen, aber selbst für ihn klang der Satz provokant.

»Ich habe die Kloschüssel umarmt, nachdem

ich Kaffee getrunken habe. Dein Timing ist wirklich grottig.«

»Bist du krank?«

»Ich denke, es kommt von der Diät. Mir ist übel, und nach dem Kaffee bin ich nur noch losgestürzt. Wo steckst du denn?«

»Ich bin gerade beim Konditor.«

Daniel ließ einen Schwall Vorwürfe über sich ergehen, warum er jetzt erst zum Konditor ging, bevor er ihr die Torte erklärte, die er ausgesucht hatte. Glücklicherweise schien sie von seiner Entscheidung überrascht und stimmte allem zu.

»Die Tortenfigur bringe ich morgen vorbei, wenn ich zu Sabine fahre wegen des Kleides«, bot Emma an.

»Ist gut. Ich bestelle die Torte dann. Was machst du gerade?«

»Die endgültige Sitzordnung. Außerdem fahre ich gleich noch mal zum Schloss und bringe einen Teil der Deko dorthin. Meine Cousine Carina hat leider abgesagt, jetzt muss ich noch einmal gucken, wie ich die Sitzordnung ändern kann. Wusstest du übrigens, dass sich Alex und Caro getrennt haben?«

»Nee. Wann das denn? Ich habe doch gerade neulich mit ihm Sport gemacht.«

»Frag mich nicht, auf jeden Fall bringt das den ganzen Plan durcheinander. Kommst du heute wieder?«

Sie klang ganz versöhnlich, aber Daniel wollte nichts riskieren.

»Nein, ich brauche noch etwas Zeit für mich. Aber erzählst du mir morgen vom Kleid? Meinst du, es passt?«

»Es wird knapp. Aber da möchte ich mir jetzt

keine Gedanken drüber machen, sonst breche ich in Tränen aus. Dann hab noch viel Spaß heute, während ich mich mal um unsere Hochzeit kümmere.«

Da war sie wieder, die neue Emma. Für einen kurzen Augenblick hatte Daniel tatsächlich geglaubt, die alte Emma sei noch vorhanden. Aber er hatte sich wohl getäuscht.

»Was soll ich dir denn abnehmen? Soll ich die Ringe abholen? Ich weiß ja nicht, was noch zu tun ist!«

»Es interessiert dich ja auch nicht! Die Ringe habe ich schon abgeholt. Komm Freitag einfach zum Schloss, okay? Wir telefonieren morgen.«

Ohne weitere Verabschiedung legte Emma auf. Daniel starrte auf das Handydisplay. Jetzt war sie schon wieder sauer auf ihn.

»So eine blöde Kuh«, murmelte er.

Zurück in der Konditorei sprach er mit dem Inhaber und teilte ihm mit, dass seine Verlobte die Figur am nächsten Tag vorbeibringen wollte. Er bedankte sich und kaufte noch fünf Brötchen. Er brauchte jetzt ein offenes Ohr.

Es klingelte einige Male, bevor Sophie abnahm. »Hallo?«

»Hey, hier ist Daniel. Was machst du gerade?«

»Hey, schön, dass du dich noch meldest, bevor du unter der Haube bist. Ich mache nichts, ein bisschen lernen und fernsehen.«

»Keine konstruktive Kombination, oder?«, spottete er.

Sophies fröhliche Stimme tat gut. Sie hatte so etwas Lockeres, Unbeschwertes.

»Nein, das mit dem Lernen war auch nur vorgeschoben, damit ich fleißig wirke. In echt gucke ich nur Fernsehen.«

»Hast du Lust auf ein Frühstück? Ich habe Brötchen.«

»Sicher, komm einfach her, ich bin da. Bis gleich dann!«

»Bis gleich.«

War es sein schlechtes Gewissen, das sich da meldete? Er durfte doch wohl mit einer Freundin frühstücken!

Während deine Verlobte alles für eure Hochzeit tut?

Ich habe ja wohl auch etwas getan, dachte Daniel missmutig.

Ja, du hast einen Punkt erledigt, der schon vor zwei Wochen anstand. Und jetzt kannst du dich vergnügen und Emma darf ackern?

Will ich so eine pompöse Hochzeit oder sie?, antwortete Daniel in Gedanken.

Willst du sie nicht dabei unterstützen, ihren Traum umzusetzen?

Willst du nicht endlich mal die Klappe halten?

Daniel schüttelte den Kopf. Es war soweit: Er drehte durch. Emmas Verrücktheit war nun auch auf ihn übergegangen. Wie weit würde das noch gehen? Im Auto drehte Daniel das Radio auf, um sein Gewissen endlich zu übertönen.

Drrrr.

Sophies Klingel war der Albtraum eines jeden Nachtschwärmers. Dieses durchdringende Geräusch konnte jeden wecken. Der Türsummer ging, Daniel stemmte sich gegen die Tür und folgte den Treppen in den zweiten Stock. Sophies Wohnungstür war geöffnet, nur von der Hausherrin war keine Spur zu sehen.

»Sophie?«

Er trat ein. Das weiße Laminat und die hell-gelben Wände versprühten die gleiche Lebens-freude wie Sophies Stimme.

»Bin gleich da!«, hörte er Sophies Stimme aus der Küche.

Er schloss die Tür, streifte sich die Schuhe ab und ging ins Wohnzimmer. Der kleine Couch-tisch war bereits gedeckt. Daniel stellte die Bröt-chen auf den Tisch und wollte gerade nach So-phie suchen, als sie ins Wohnzimmer kam.

Ihre blonden Haare waren zu einem hohen Zopf gebunden. Sie trug eine locker sitzende Jog-ginghose und ein enges Top, das einige Zentime-ter Bauch freigab. Daniel musste sich eingeste-hen, dass er Sophie noch immer anziehend fand. *Kein Wunder, schließlich habe ich sie mal geliebt*, dachte er.

»Schön, dich wiederzusehen!« Sophie umarmte ihn herzlich.

Als er sie in die Arme schloss, konnte er es sich nicht verkneifen, einen Vergleich zwischen Sophie und Emma zu ziehen. An Emma war ein-fach mehr dran. Sophie wirkte viel zierlicher und graziöser als Emma, die er nie mit dem Wort *gra-ziös* in Verbindung gebracht hätte. Aber Emma konnte er wenigstens in die Arme schließen, ohne Angst haben zu müssen, ihre Knochen zu bre-chen.

»Ein Glück, dass du angerufen hast, sonst wä-re ich wohl heute gar nicht mehr aufgestanden. Warst du in der Nähe?«

»Gewissermaßen. Ich habe eben die Torte be-stellt.«

»Bei Cukrászda?«

»Ja, genau.«

»Wow, ihr müsst reich sein.« Sophie ließ sich auf ihre Couch fallen. »Wahnsinn, dass du Freitag heiratest.«

»Mhm«, machte Daniel zustimmend.

Er setzte sich neben sie und holte zwei Brötchen aus der Packung. Eigentlich hatte er gar keinen Hunger.

»Und, schon aufgeregt?«

»Ach, lass uns über etwas anderes sprechen.«

»Was ist denn los, du Brummbär?«

Sie knuffte ihn freundschaftlich in die Seite, aber Daniel grummelte nur.

»Ist nicht mein Tag heute.«

»Vorehelicher Streit?«, riet Sophie und sie setzte eine besorgte Miene auf.

»So was in der Art.«

Sophie griff nach der Fernbedienung. »Dann brauchen wir jetzt Comedy.«

Sie zappte durch die verschiedenen Kanäle und blieb bei *How I met your Mother* hängen. Nachdem sie eine zentimeterdicke Butterschicht auf ihr Brötchen geschmiert hatte, kam noch Nutella dazu. Daniel grinste in sich hinein. Emma wäre beim Anblick dieses Zucker-und-Fett-Berges in Ohnmacht gefallen.

»Was hast du heute noch vor?«, fragte sie dann mit vollem Mund.

Daniel legte sorgfältig zwei Scheiben Mortadella auf sein Brötchen. »Mal sehen. Ich muss noch einmal meinen Anzug anziehen und ihn dann abholen. Morgen wollte ich mit Markus ein Bierchen trinken. Eigentlich habe ich nichts vor.«

»Kein Junggesellenabschied mit Stripperin und

Gedächtnisverlust?« Sie klang fast enttäuscht.

»Sicher nicht«, grinste Daniel.

In Ruhe mit Markus ein paar Bierchen zu zischen, war ihm genug. Er brauchte keine halb nackten Weiber, die ihren Hintern in sein Gesicht hielten.

»Emma hat auch keinen. Ich glaube, es war auch zu kurzfristig, als dass da noch etwas hätte organisiert werden können.«

»Also wenn ich mal heiraten sollte, dann wird vorher richtig gefeiert.«

»Wir feiern dann einfach bei der Hochzeit.« Wobei ihm im Moment überhaupt nicht nach Feiern zumute war. Schweigend aß er sein Brötchen und sah sich die Serie an.

»Du weißt doch, dass du immer mit mir reden kannst, ne?« Sophie ließ sich mit ihrem Fliegengewicht kurz gegen ihn fallen und wippte dann zurück.

»Klar. Ich bin wohl einfach nicht so gut drauf, das ist alles.«

Es war schön, bei Sophie zu sein, und er schämte sich für diesen Gedanken. Natürlich liebte er Sophie nicht mehr und sie liebte ihn ebenso wenig. Er genoss einfach ihre Unbeschwertheit und verdrängte damit die Gedanken an seine eigenen Probleme.

»Hast du nicht Lust, nachher mit mir den Anzug abzuholen? Markus arbeitet ja und meine Mutter würde sich wohl lieber die Augen auskratzen, als mich in dem Anzug zu sehen, in dem ich heirate.«

»Klar, gerne!« Sophie freute sich.

»Danke.«

Kapitel 15
-Emma-

Noch 1 Tag

»Oh-oh.«

Tinas Ausruf machte mir keinen Mut. Ich stand nur mit Unterwäsche bekleidet auf unserer Waage, traute mich aber nicht, die angezeigte Zahl abzulesen. Heute war der Tag der Wahrheit. Ich hatte zwei Wochen lang auf alles, was lecker war, verzichtet, literweise Wasser getrunken und in den letzten Tagen so gut wie gar nichts mehr gegessen. Gesund war anders. Zusätzlich war ich joggen gewesen, obwohl ich das hasste. Und das alles, um sieben Kilo abzunehmen.

Hatte ich es geschafft?

»Das sind sechs Kilo, Süße«, erklärte Tina. In ihrer Stimme lagen Unsicherheit und Stolz zu gleichen Teilen.

Ich traute mich nun doch, auf die Waage zu sehen.

»Fünfeinhalb«, korrigierte ich.

Fünfeinhalb Kilo statt sieben. Ob das wohl genügen würde?

»Das ist doch toll! Fünfeinhalb Kilo ist echt viel!«

»Was nützt es, wenn es nicht reicht? Komm, wir fahren zum Kleid und gucken, ob es gnädig ist.«

Nachdem ich mich angezogen hatte, fuhren wir los. Tina hatte glücklicherweise Semesterferien und den ganzen Tag über Zeit. Morgen war der große Tag! Ich konnte   es nicht fassen. Wo

160

waren die Wochen geblieben? Noch immer war nicht alles vorbereitet. Der Sitzplan war endlich fertiggestellt, aber einen Ausdruck davon musste ich noch Frau Hermann geben, die sich am Hochzeitstag um das Eindecken der Tische kümmerte und die Namensschildchen verteilen sollte. Das Heftchen mit dem Ablauf der Feier musste noch gedruckt und gefaltet werden. Die Band wollte ich nachher anrufen, um abzuklären, ob es noch Fragen gab und ob sie unser Lied für den Hochzeitstanz spielen konnten. Nicht zum ersten Mal dankte ich Gott, dass Daniel und ich schon im letzten Jahr einen Tanzkurs gemacht hatten, als sein Chef geheiratet und seine Mitarbeiter eingeladen hatte.

Die Tortenfigur lag schon in meiner Handtasche und musste nur abgegeben werden. Ich ließ mich überraschen, wie die Torte aussehen würde.

»Wolltest du eigentlich wirklich noch Gastgeschenke machen?«, fragte Tina unterwegs.

»Ich habe sie schon zur Hälfte fertig.«

»Was war das noch mal?«

»Schokolinsen, bedruckt mit unseren Initialen, in Organza-Säckchen. Die sehen wirklich süß aus, Tina. Ich habe noch an jeden ein kleines Schildchen mit einem *Dankeschön* gemacht. Zwanzig fehlen noch, aber die mache ich nachher fertig. Und dann fehlt so gut wie gar nichts mehr.«

»Soll ich dir helfen mit den Gastgeschenken?«

Wie sagte ich es ihr am besten? Wenn eine zweite Person daran mitarbeiten würde, wären die Geschenke nicht mehr identisch. Tina war ohnehin nicht sehr begabt, was handwerkliches Arbeiten anging. Kurz: Ihre Geschenke würden nicht

161

so schön aussehen wie meine, so leid es mir tat.

»Schon gut, das mache ich nebenbei. Das geht wirklich schnell. Danke für dein Angebot.«

Ich bog auf die lange Straße in Richtung des Brautmodengeschäftes ab. Meine Finger waren kribbelig. Ich hatte nichts gefrühstückt und ausnahmsweise nichts getrunken. Außerdem war ich vor der Abfahrt extra noch mal auf der Toilette gewesen. Hoffentlich würde das Kleid passen!

Wir parkten gegenüber vom Eingang und traten ein. Ich entdeckte Frau Meinhard sofort hinter dem Tresen. Sie kam lächelnd auf uns zu.

»Guten Tag, wie kann ich Ihnen helfen?«

»Ich habe vor zwei Wochen ein Kleid gekauft, in das ich nicht passte. Heute will ich es noch einmal probieren.«

»Ja, ich erinnere mich. Frau Fink, richtig?«

»Sperling.« Was hatten die nur alle mit ihrem *Fink*?

»Ach ja, stimmt. Einen Moment bitte.«

Ich hatte ein Déjà-vu, als wir zu den Umkleidekabinen gingen. Das hässliche Kleid mit den Puffärmeln stand noch immer auf dem Podest.

»Zur Not nimmst du das hier«, grinste Tina und zeigte auf das Kleid.

Mir war nicht nach Scherzen zumute. Wenn das Kleid nicht passte, war der Traum von meiner perfekten Hochzeit ausgeträumt. Mein Herz schlug bis zum Hals, als die Verkäuferin mit einem großen Kleidersack auf uns zukam. Vor lauter Nervosität hätte ich am liebsten angefangen zu weinen.

»Dann wollen wir mal«, sagte Frau Meinhard.

Sie ließ mir den Vortritt in die Umkleidekabine

und folgte mir. Ich entblätterte mich vor ihr mit meinem altbekannten Schamgefühl und stieg vorsichtig in den Reifrock, den die Verkäuferin auf den Boden gelegt hatte. Meine Finger zitterten, als ich mich an der Kabinenwand abstützte.

»Sie kennen das Prozedere ja bereits.« Die Verkäuferin raffte das Kleid zusammen und stülpte es mir über. Sie zog am Stoff und brachte ihn in die richtige Position. Ich hatte das Gefühl, dass es viel besser saß als vor zwei Wochen.

Nachdem der Stoff zurechtgerückt war, begann Frau Meinhard, das Kleid zu schließen. Es war eng am Rücken. Ich quetschte jegliche Luft aus meinem Brustkorb und beschloss, nicht mehr zu atmen. Sie drückte weiter. Im Spiegel sah ich ihr angestrengtes Gesicht. Das verhieß nichts Gutes. Frau Meinhard zerrte an mir und dem Kleid herum, aber ich spürte bereits, dass der Reißverschluss nicht zu schließen war. Mir schoss der Schweiß durch den ganzen Körper.

Das Kleid passte nicht!

»Bitte sagen Sie mir, dass es passt«, flüsterte ich den Tränen nahe, doch Frau Meinhard schwieg. Dann ließ sie von mir ab. Ich drehte mich um und starrte in ihr enttäuschtes Gesicht.

»Es tut mir leid.«

Ich schob den Vorhang der Kabine zur Seite und schlurfte zu Tina hinaus. Es war mir egal, dass bereits Tränen der Wut und Enttäuschung in mir hochschossen.

Tina sprang auf. »Passt es nicht?«

Ich schüttelte heftig den Kopf und fiel ihr in die Arme. Eine andere Braut, die gerade in der Nähe nach Kleidern sah, beobachtete unser

Schauspiel neugierig. Tina drückte mich.

»Lass mal sehen.«

Ich drehte mich um. Tina versuchte ebenfalls, das Kleid so zusammenzuziehen, dass es passte, aber es war vergeblich. Offensichtlich hatte ich nicht genug abgenommen. Umsonst gehungert und gelitten! Ich begann, hemmungslos zu weinen.

»Ich … ich dachte wirklich … dass ich es schaffe«, schluchzte ich. Die Verkäuferin schien nicht zu wissen, wie sie sich verhalten sollte.

»Haben Sie vielleicht ein Kleid in ihrer Größe, das ähnlich aussieht?«, fragte Tina die Verkäuferin.

»Das haben wir doch schon versucht!«, warf ich ein. »Ich will kein anderes.«

»Du kannst ja schlecht in Jeans heiraten.« Tinas Stimme hatte einen strengen, aber mütterlichen Ton. Ohne auf mich zu achten, wies sie die Verkäuferin an, mir ein neues Kleid herauszusuchen.

»Hör zu, Emma, wir müssen jetzt ein neues Kleid aussuchen.«

»Das wird aber nicht mein Traumkleid.«

»Dann heiratest du eben nicht in deinem Traumkleid, Herrgott! Sei doch froh, dass du überhaupt heiratest! Nichts gegen dich, Süße, aber wir sind alle froh, wenn diese Hochzeit endlich vorbei ist.«

Das saß. Da ich ohnehin schon weinte, bemühte ich mich nicht, die neuen Tränen zurückzuhalten.

»Was meinst du denn damit?«, jaulte ich mit tränenerstickter Stimme.

Tina blickte mich mitleidig an. »Ach, Emma,

lass uns später darüber reden. Wir suchen dir jetzt ein neues Kleid und dann sieht dein Leben schon wieder ganz anders aus.«

Als hätte sie auf ihr Stichwort gewartet, kam die Verkäuferin mit einer rollbaren Kleiderstange zurück, an der diverse Kleider hingen. Ich hatte keine Lust, auch nur ein einziges Kleid davon zu probieren, aber was blieb mir anderes übrig? Also stand ich auf, ließ mich in der Kabine aus dem Kleid befreien und probierte eins nach dem anderen an. Das siebte Kleid sah wirklich schön aus. Es ähnelte meinem zu kleinen Kleid zwar in keiner Weise, sondern lag eng am Körper an, machte aber eine wunderbare Figur. Ich konnte mir sogar ein kleines Lächeln abzwingen, als ich in den Spiegel sah.

»Sieht gut aus«, sagte ich zu Tina, als ich aus der Kabine trat.

»Das Kleid ist wirklich toll. Du siehst wunderschön aus, Emma. Also meinen Segen hat das Kleid.«

Ich betrachtete mich kritisch im Standspiegel. Doch, ich fand mich tatsächlich in Ordnung. Nicht umwerfend, wie in *meinem* Kleid, aber annehmbar.

»Wie teuer ist es denn?« Ich lernte aus meinen Fehlern.

»Siebenhundertneunundneunzig Euro.«

»Bitte sagen Sie mir, dass Sie das mit dem anderen Brautkleid verrechnen können.«

Frau Meinhard, die mir schon die ganze Zeit recht emotionslos vorgekommen war, schaute plötzlich verdrossen drein.

»Ich denke nicht, dass das möglich ist. Sie haben das Kleid schließlich gekauft.«

Als sie merkte, wie sich meine Empörung drohend zu einem Schwall Wörter formte, lenkte sie ein. »Ich schaue mal nach, was ich machen kann.«

»Ganz ruhig, Emma«, beruhigte Tina mich, aber ich konnte kaum an mich halten. Schon wieder schossen mir Tränen in die Augen. Das war zu viel! Ich wollte doch einfach nur heiraten, warum musste das Schicksal mir so viele Steine in den Weg legen? Fast hätte sich der Gedanke: »Hoffentlich ist die Hochzeit bald vorbei«, in mir ausgebreitet, aber ich konnte ihn zurück in eine Hirnfalte drücken. Nein! Ich wollte so etwas nicht denken. Meine Hochzeit würde wunderbar werden, einzigartig, atemberaubend. Schließlich hatte ich wochenlang dafür alles hintangestellt. Der morgige Tag sollte perfekt werden! Das ließ ich mir nicht von einer lustlosen Verkäuferin madigmachen!

Frau Meinhard kam zurück. Im Schlepptau hatte sie einen Anzugträger.

»Adam König«, stellte er sich vor. »Ich bin der Geschäftsführer. Frau Meinhard hat mir Ihre Geschichte erzählt. Es tut mir wirklich leid, dass wir das Kleid nicht in einer anderen Größe verfügbar hatten.«

Er legte die Handinnenflächen aneinander und stützte sein Kinn darauf ab. Wenn das beruhigend wirken sollte, funktionierte es nicht.

»Leider kann ich Ihnen nicht den vollen Preis erstatten, Frau Fink.«

»Sperling«, knurrte ich.

»Die Umtauschfrist ist bereits abgelaufen. Aber ich habe einen Vorschlag zur Güte: Sie nehmen das Kleid, das Sie sich als Ersatz ausgesucht haben, mit, ohne etwas zu bezahlen.«

Für einen Bruchteil einer Sekunde dachte ich nach. Zahlen waren zwar noch nie meine Stärke gewesen, aber diese Rechnung konnte sogar ich lösen. Eine altbekannte Wut begann, in mir zu brodeln.

»Wollen Sie damit sagen, ich kaufe ein Kleid, das achthundert Euro kostet für den doppelten Preis?«

»Nicht doch, Frau Sperling, so kann man das nicht sagen! Sie kaufen zwei Kleid zum Preis von einem!« Er verzog sein Gesicht zu einem schmierigen Lächeln.

»Sie wollen mich wohl für dumm verkaufen!« Ich sagte es absichtlich so laut, dass die Braut und ihre Familie am Ende der zweiten Reihe mit den elfenbeinfarbenen Brautkleidern es hören konnten. »Ich bestehe auf die Differenz! Sie schulden mir mindestens neunhundert Euro!«

»Bitte, Frau Sperling, lassen Sie uns nicht die Nerven verlieren.«

»Die Nerven verlieren? Sie wollen mich nicht erleben, wenn ich die Nerven verliere!«

Zum Glück stand Tina mir bei. »Herr König, Sie werden meiner Freundin doch wohl den Kleidpreis erstatten! Sie hat einen Kassenbon, das Kleid ist ungetragen und nicht geändert worden. Es hing lediglich zwei weitere Wochen in Ihrem Geschäft. Überlegen Sie es sich lieber noch einmal.«

Ihrem Tonfall nach war es keine Bitte. Herr König schien nachzudenken. Die Braut von zwei Reihen weiter kam neugierig zu uns.

»Entschuldigen Sie bitte, aber Sie werden der Dame das Geld doch wohl erstatten?«, fragte sie rüde.

Obwohl sie eine zierliche Person war – schätzungsweise fünfundfünfzig Kilo, wenn überhaupt – hatte sie eine unglaublich durchdringende Stimme. Herr König blinzelte sie verwirrt an.

»Meine Damen, ich bitte Sie …«

»Das können Sie doch nicht machen!« Eine Begleiterin der jungen Frau, vermutlich ihre Mutter, schaltete sich ein. »Das arme Kind kann doch nicht zwei Kleider bezahlen, obwohl sie nur eins trägt! Schauen Sie doch mal an, wie verzweifelt sie ist.«

Endlich schien der Geschäftsführer sich zu fügen. »Nicht doch, nicht doch. Das muss ein Missverständnis sein!« Er lachte unsicher auf. »Natürlich erstatten wir Frau Sperling die Differenz zum alten Kleid. Bitte regen Sie sich nicht auf, meine Damen.«

»Geht doch.« Die andere Braut grinste mich siegessicher an, aber ich konnte nur ein müdes Lächeln erwidern.

Ich wollte nur noch raus aus meinem neuen Kleid und endlich nach Hause. Tina schien meine Gedanken lesen zu können.

»Frau Meinhard«, sprach sie die Verkäuferin an, »können wir Frau Sperling jetzt aus dem Kleid befreien und zur Kasse gehen?«

Frau Meinhard, die von der ganzen Situation beeindruckt schien, nickte mit einem zögernden Seitenblick auf ihren Chef. Herr König räusperte sich.

»Ich wünsche Ihnen eine wundervolle Hochzeit, Frau Sperling.«

»Danke«, murmelte ich abwesend, während ich in die Kabine ging.

Ich ließ das Kleid öffnen, zog mich an und ging mit Tina zur Kasse, wo Frau Meinhard uns die Differenz auszahlte.

»Eine schöne Hochzeit«, presste Frau Meinhard hervor und rang sich ein halb freundliches Lächeln ab. Ich glaube, sie war froh, uns nicht mehr bedienen zu müssen.

»Möchtest du noch einen Kaffee trinken gehen?« Tina nahm mir das Kleid ab und legte es vorsichtig auf die Hutablage. Ich ließ mich auf den Fahrersitz fallen.

»Die wollten mich echt dazu bringen, zwei verdammte Brautkleider zu kaufen!«

Wütend startete ich den Motor, als Tina neben mir saß. »Halten die mich eigentlich für völlig bescheuert?«

Ich fuhr los, überschritt das Tempolimit um mindestens zwanzig Stundenkilometer und fluchte vor mich hin.

»Wenn noch eine Sache schief geht, raste ich aus. Ehrlich, Tina, ich bin so kurz vorm Platzen!« Ich zeigte ihr zwei Zentimeter Luft zwischen Zeigefinger und Daumen.

»Also keinen Kaffee«, antwortete sie betont gelassen.

»Nein, ich muss für morgen noch einige Dinge erledigen. Kommst du wirklich nicht?«

Tina schien kurz innezuhalten. »Weiß ich noch nicht.«

»Bitte, Tina, es würde mir so viel bedeuten.«

Tina lächelte, versprach mir aber nichts. Wir schwiegen die restliche Fahrt über, bis wir vor

Tinas Haustür ankamen.

»Alles Gute, Süße. Mach nicht mehr so viel und geh früh schlafen.« Tina umarmte mich.

»Ja, Mama«, sagte ich matt. »Bis morgen dann!«

Tina lächelte nur.

Kapitel 16

Ich winkte Tina und fuhr nach Hause. Im Rückspiegel sah ich das neue Kleid auf der Hutablage liegen.

Es ist ein schönes Kleid, und ich werde darin toll aussehen, dachte ich. Vielleicht konnte ich *mein* Kleid in zwei Wochen noch einmal anprobieren, wenn ich weiter abgenommen hatte, und mit Daniel ein Shooting nach der Hochzeit machen?

»Blödsinn«, murmelte ich zu mir selbst, als ich in unsere Straße einbog. Ich hatte nun ein neues Kleid und musste mit der Entscheidung leben.

Zu meiner Verwunderung stand Daniels Auto auf unserem Parkplatz. War er wieder da? Nicht, dass er das Kleid sehen würde!

Ohne das Kleid mitzunehmen, schloss ich die Haustür auf.

Was war denn hier passiert? Wo waren die Kartons mit den Lampions, die ich extra hier im Flur deponiert hatte? Wo die Kiste mit den Antennenschleifen? Ich ging weiter ins Wohnzimmer. Alles war weg! Meine ganze Dekoration, die Tischläufer, die Namensschilder, an denen ich gestern noch gesessen hatte. Meine Notfallkörbchen! Das Gästebuch, die Gastgeschenke, einfach alles, was ich säuberlich sortiert hatte, war verschwunden!

Daniel kam mir mit einem Karton auf dem Arm entgegen.

»Was hast du getan?«, schrie ich.

»Ich habe diesen Saustall endlich aufgeräumt!«

»Du hast alles kaputtgemacht! Das hatte einen

Sinn! Wo sind die Kartons? Wo sind die Geschenke und die Körbchen?«

Daniel stellte den Karton ab. Ich entdeckte die Lampions. Ein Glück.

»Man konnte in dieser Wohnung keinen Schritt mehr gehen, also habe ich aufgeräumt. Keine Ahnung, was in welchem Karton war.«

»Daniel, du machst alles kaputt!«

Ohne Vorwarnung trat Daniel gegen den Karton mit den Lampions, der einige Zentimeter über das Laminat schlitterte. Ich zuckte erschrocken zusammen. Sein Gesicht war wutverzerrt.

»Nein, *du* machst alles kaputt! Weißt du was? Es reicht mir endgültig. Das war's!«

Ich stutzte. »Was meinst du damit?«

Daniel raufte sich die Haare und lief unruhig umher. »Emma, ich hatte einige Tage Zeit, um mal in Ruhe nachzudenken. Du hast dich extrem verändert, ich erkenne dich nicht wieder! Du bist nicht mehr der Mensch, den ich mal geliebt habe.«

Ein ungutes Gefühl entstand in meinem Bauch. Die Wut war wie weggeblasen, dafür spürte ich einen Ohnmachtsanflug.

»Ich kann so eine Beziehung nicht führen. Ich habe wirklich intensiv darüber nachgedacht, wie es weitergehen soll, und ich habe einen Entschluss gefasst: Ich kann dich nicht heiraten, Emma. Es tut mir leid.«

Fassungslos starrte ich ihn an. »Machst du etwa Schluss?«

Daniel senkte den Blick. Er weinte. Auch ich begann zu weinen und stürzte ihm in die Arme.

»Nein, bitte! Das kannst du doch nicht machen! Ich ändere mich, versprochen! Bitte,

Schatz, du kannst uns doch nicht aufgeben!«

Daniel drückte mich fest an sich und schluchzte. Es war das erste Mal, dass ich ihn hemmungslos weinen sah. Die ganze Situation kam mir unwirklich vor. Ich träumte doch, oder? Das passierte doch gerade nicht wirklich!

»Nein, das ist nicht wahr. Du kannst doch nicht Schluss machen? Wir heiraten morgen! Wir sind doch schon so lange zusammen … mein Kleid ist noch im Auto.«

Ich sank weinend auf meine Knie. Daniel kam mir nach. Er hielt mich fest im Arm und weinte schweigend. Ich brabbelte vor mich hin, um die Ruhe und das Schluchzen zu durchbrechen. Das war nur ein Traum. Gleich würde ich aufwachen und alles würde wie früher sein. Ich würde meinen Lieblingsmenschen heiraten und nichts könnte uns trennen.

Ich hatte kein Zeitgefühl mehr. Hatten wir dort Stunden oder nur Minuten gesessen? Nach einer Ewigkeit begann Daniel endlich zu sprechen und unterbrach meinen nicht enden wollenden Gedankenstrudel.

»Ich werde jetzt fahren, Emma.«

»Nein!« Ich klammerte mich mit aller Kraft an ihn.

»Ich rufe Tina an, dass sie dir Gesellschaft leistet. Dann rufe ich die Gäste an und sage die Hochzeit ab. Es tut mir leid, dass es so enden muss. Aber wenn du über den ersten Schmerz hinweg bist, wirst du verstehen, dass es so nicht mehr weitergehen kann.«

Ich heulte auf. Woher nahm mein Körper nur

die ganzen Tränen? Meine Augen taten schon weh und brannten. Ich hatte in meinem ganzen Leben nicht so viel geweint wie in den vergangenen vier Wochen.

»Wir passen zusammen, Schatz! Du weißt nicht, was du sagst … Warum machst du gleich Schluss?«

Ich schaute ihn mit meinen aufgequollenen Augen an, obwohl ich ihn kaum erkennen konnte vor lauter Tränen. »Sagen wir die Hochzeit ab, aber wir müssen uns doch nicht trennen!«

Daniel lief ebenfalls eine neue Träne die Wange hinunter. »Ich wünschte, meine Gefühle wären noch stark genug«, flüsterte er.

Dann küsste er meine Wange und stand auf. Ich sank in mich zusammen und umklammerte meine Beine mit den Armen. Während ich weinte, hörte ich, dass Daniel in der Wohnung umherlief. Er packte seine Sachen. Wo wollte er hin? Wieder zu seinen Eltern ziehen? Ich konnte mir die Wohnung alleine nicht leisten. Und die Hochzeit! Man konnte doch nicht einen Tag vorher die Hochzeit absagen! Es war doch alles vorbereitet. Ich hatte sogar ein neues Kleid, Daniel hatte seinen Anzug, alles war besprochen. Musste ich jetzt die Dienstleister anrufen und allen absagen? Das konnte ich nicht. Wie sollte ich das den Mädels im Forum erzählen? Was würde meine Mutter sagen? Und Daniels Eltern erst! Die würden sich wahrscheinlich sogar freuen.

»Emma, ich gehe jetzt.« Daniels Stimme klang so distanziert wie bei einem Fremden. Wir waren uns tatsächlich fremd geworden, und das nur innerhalb weniger Wochen. Wie war das möglich? Dabei hatte ich mich so bemüht, die perfekte

Hochzeit zu planen.

Ich schaffte es nicht, meinen Kopf zu heben oder Daniel irgendwie zu antworten. Er kniete sich neben mich, küsste meinen Kopf und streichelte über meine Haare. Wenige Sekunden später hörte ich die Tür ins Schloss fallen.

Kapitel 17
-Daniel-

Es war der schrecklichste Tag in seinem ganzen Leben. Noch nie hatte Daniel sich so elend gefühlt wie heute. Tränenblind ließ er seinen VW den Weg durch Oldenburgs Straßen finden. Wo sollte er hinfahren? Nach Hause? Da würde er nicht eher Ruhe finden, bis seine Mutter von der Trennung gehört hatte. Schlimmer noch, sie würde sich wahrscheinlich sogar freuen. Nein, Daniel wollte sich nicht anhören, dass es die richtige Entscheidung gewesen war.

Er fuhr in eine Seitenstraße und parkte am Straßenrand. Aus der Seitentasche seiner Tragetasche fischte er sein altes Handy und wählte Markus' Nummer. Niemand meldete sich. Er legte auf. Verzweifelt ließ er seinen Kopf auf das Lenkrad sinken und weinte. Es war ihm egal, ob ihn jemand dabei beobachten konnte. Was hatte er getan? Hatte er überreagiert? Aber er hatte sich alles gut überlegt. Die letzten Tage hatte er so oft darüber nachgedacht, wie die Zukunft aussehen könnte, wenn Emma sich nicht veränderte. Es wäre schrecklich. Aber am schrecklichsten war die überraschende Antwort an sich selbst, als er sich fragte: Liebe ich Emma überhaupt noch?

Nie hätte er gedacht, dass er diese Frage einmal mit Nein beantworten könnte.

Er atmete tief durch und lehnte den Kopf nun an die Kopfstütze des Fahrersitzes. *Ich sollte Tina anrufen und die Gäste*, überlegte er. Aber er konnte es nicht. Er konnte seine Finger nicht überreden, eine Nummer zu wählen. Vielleicht konnte er Tina auch nur eine SMS schreiben. Sie würde sie hoffentlich rechtzeitig lesen.

Tina, bitte fahre umgehend zu Emma. Wir haben Schluss gemacht. Bitte sei bei ihr, sie braucht dich jetzt! Daniel

Daniel schickte die SMS ab. Er ließ das Handy sinken und dachte nach. Nie im Leben konnte er in diesem Zustand die Gäste anrufen und alles erklären. Er versuchte erneut, Markus anzurufen. Endlich nahm er ab.

»Daniel, alles okay?«

Daniel stutzte. »Ähm, nein, ehrlich gesagt nicht. Hör zu, Emma und ich …«

»Tina hat es mir eben erzählt. Was ist in dich gefahren?«

»Tina hat es dir erzählt?«

Markus antwortete nicht. Dachte er nach? War Tina in der Nähe?

»Ich bin gerade bei ihr. Erzähle ich dir später. Wo bist du? Soll ich vorbeikommen?«

Warum war Markus bei Tina? »Nein, ich fahre nach Hause oder so. Ich will alleine sein. Aber sag Tina bitte, sie soll zu Emma fahren. Und, Markus?«

»Ja?«

»Könntest du vielleicht die Gäste anrufen und die Hochzeit absagen? Ich schaffe das nicht.«

Es dauerte einige Sekunden, bis er antwortete. »Klar, mache ich. Tina hat die Gästeliste ja, oder? Ruf mich an, wenn du mich brauchst, okay? Ernsthaft.«

177

Daniel nickte, obwohl Markus es nicht sehen konnte. »Die Liste müsste Tina haben. Wenn es nicht mehr geht, ruf ich dich an. Bis dann. Und danke.«

Er schloss die Augen. In seinem Kopf wimmelte es von Bildern und Stimmen. Den Anblick, wie Emma weinend vor ihm zusammengebrochen war, würde er nie vergessen. Er hatte den Moment, an dem ihr Herz zersplittert war, förmlich sehen können. Daniel schaltete das Radio ein, um die Stimmen in seinem Kopf zu übertönen, aber es half nichts. Die Bilder wollten einfach nicht verschwinden. Am liebsten hätte er sich mit einer großen Menge Alkohol einfach ins Koma getrunken, aber das hätte er nie vorsätzlich getan. Ihm fiel noch eine Alternative ein. Ruckartig setzte er sich auf, schaltete das Radio aus, startete den Motor und fuhr los.

Hoffentlich war sie zu Hause. Daniel klingelte. Das grässliche *Drrrr* ging durch Mark und Bein. Wenig später surrte der Türöffner. Er stieg die Stufen nach oben. Sophie stand bereits in der Tür, um den Überraschungsbesuch zu beäugen.

»Was ist passiert?«, fragte sie prompt, ehe Daniel sie begrüßen konnte.

»Ist hier das Asylantenheim?«

Sie blickte ihn irritiert an, nickte aber. »Ja, klar, komm rein.«

Er trottete den altbekannten Weg ins Wohnzimmer und setzte sich auf die Couch. Sophie nahm neben ihm Platz.

»Es ist Schluss«, sagte Daniel leise. »Ich habe Schluss gemacht.«

Sophies Augen spiegelten ihre Überraschung

wider, aber sie sagte nichts, sondern wartete darauf, dass er weitersprach. Daniel blickte auf seine Hände. »Es ging einfach nicht mehr. Ich liebe sie nicht mehr. Dabei bedeutet sie mir so viel. Macht das irgendwie Sinn?«

Sophie umarmte Daniel. »Das muss wirklich hart für euch beide sein. Kann ich dir irgendwas Gutes tun? Ein Bier? Eine Tafel Schokolade? Eine Schulter zum Anlehnen?«

»Eine Cola reicht mir und dazu ein bisschen Ablenkung.«

Sophie drückte seine Schulter und ging in die Küche. Er hörte, wie sie den Kühlschrank öffnete und wieder schloss.

»Der Fernseher ist dein!«, rief sie ihm zu.

Daniel schaltete den Fernseher ein und zappte antriebslos durch die Kanäle. Sophie brachte ihm und sich eine Cola mit. »Willst du hier pennen? Die Couch ist eigentlich ganz gemütlich.«

»Das ist echt lieb von dir. Danke.«

»Ihr habt doch eigentlich gut zusammengepasst. Was ist passiert?«

Daniel trank erst einen Schluck Cola, bevor er antwortete. »Sie ist nicht mehr der Mensch, den ich heiraten will. Vielleicht hat sie jetzt erst ihr wahres Gesicht gezeigt. Ich weiß es nicht.«

Sie schien über Daniels Worte nachzudenken. »Und du denkst nicht, dass das nur eine Phase ist?«

»Nein. Oder vielleicht doch. Keine Ahnung. Aber was, wenn sie in Zukunft häufiger solche Phasen hat? Stell dir mal vor, wie sie durchdrehen wird, wenn wir mal Kinder haben. Und die Phase dauert dann achtzehn Jahre! Also, mindestens!

Ich kann so wirklich nicht leben.«

»Verstehe.«

Schweigend sahen die beiden sich einen Film mit Bruce Willis an. »Wollen wir nachher Pizza bestellen? Und wenn du willst, können wir auch noch einen anderen Film gucken. Wie du möchtest.«

»Ein bisschen Ruhe wäre nicht schlecht. Lass uns einfach hier rumsitzen und nichts tun.«

Daniels Handy klingelte, als der Film fast zu Ende war. Es war Markus. Er informierte Daniel darüber, dass er allen Gästen abgesagt hatte.

»Du solltest vorsorglich dein Handy abschalten, ich rufe gleich Mama an«, sagte er dann. »Wo bist du?«

»Bei Sophie. Bist du noch immer bei Tina?«

»Ja. Aber lass uns ein anderes Mal darüber sprechen. Bei Sophie bist du ja in guten Händen. Oder brauchst du dein Bruderherz?«

»Quatsch, mir geht es prima. Wir reden morgen, okay?« Daniel schielte zu Sophie. Sie hatte die Augen geschlossen und schien eingeschlafen zu sein.

»Ist gut. Bis morgen dann.«

Nachdem Daniel aufgelegt und das Handy ausgeschaltet hatte, schaute er sich um. Auf dem kleinen Regal neben ihm lagen ein Collegeblock und ein Kugelschreiber. Daniel nahm den Block an sich. Sophie hatte sich Notizen von einer Vorlesung gemacht. Er nahm den Kugelschreiber in die Hand, doch dann hielt er inne. Seit Jahren hatte er keinen Brief mehr geschrieben. Andererseits würde er sich vielleicht nicht mehr so taub fühlen, wenn er seinen Schmerz in Worte gefasst hatte. Außerdem würde er ihn ja nicht abschicken. Keiner würde ihn je zu Gesicht bekommen.

Emma,
ich weiß nicht, wie ich diesen Brief anfangen soll. Meine Hand zittert und du kannst das Gekrakel wahrscheinlich kaum lesen. Sie zittert, weil alles in mir seinen Halt verloren hat. Ich wollte dich nie verlassen, und nun ist es so weit gekommen. Ich verstehe die Welt nicht mehr.
Als wir uns kennenlernten, war ich noch ein anderer Mensch. Du hast meine Welt auf den Kopf gestellt, als du breit grinsend gefragt hast, ob ich dich nicht zu einem Drink einladen wolle. Ehrlich gesagt war mein Herz dir schon nach dieser Frage mit jeder Faser verfallen. Deine Augen, deine Fröhlichkeit, deine unfassbar positive Ausstrahlung – du hast mich einfach umgehauen. Dich zu treffen hat mein Leben geändert, meine Einstellungen, meine Ziele. Und das soll alles umsonst gewesen sein?
Es war falsch, die Hochzeit in so kurzer Zeit zu planen, ohne Abstriche zu machen. Wir hätten im kleinen Kreis feiern können, oder auch nur du und ich alleine. Nicht die Feier ist wichtig, sondern das, was eine Hochzeit bedeutet! Dein Perfektionismus stand uns im Weg und hat letztlich unsere Beziehung gekostet. Wann hast du dich so verändert, dass du nicht mehr die alte Emma warst? Ich vermisse die alte Emma so sehr, dass es körperlich wehtut. Wo vorhin noch mein Herz geschlagen hat, ist nur noch eine tiefe Leere. Wo ist das lustige Mädchen mit der ansteckenden guten Laune geblieben?
Seit wir die Hochzeit planen, haben wir jeden Tag gestritten. Der Stress hat uns geradezu aufgefressen und unsere Beziehung vergiftet. Ich liebe die alte Emma so sehr, aber sie ist nicht mehr da. Im Moment glaube ich auch nicht, dass sie je wiederkommen wird. Es wird im-

mer ein Teil »Brautzilla« in dir bleiben, der zwischen uns stehen wird. Du hast mich so sehr verletzt, ohne es zu merken. Hast auf meinen Gefühlen herumgetrampelt wie auf einem alten Teppich. Ich bin zu einer widerlichen Klette für dich geworden, die dich hindert, deinen Traum einer Märchenhochzeit umzusetzen. Egal, wen du heiratest, Hauptsache es wird groß gefeiert! Genau das denkst du doch. Vielleicht tu ich dir unrecht, aber die letzten Wochen haben mir gezeigt, wer du wirklich bist und diesen Jemand kann und will ich nicht heiraten. Wer so rücksichtslos das Glück und die Gesundheit seiner Mitmenschen und von sich selbst riskiert, den kann ich nicht lieben.

Es liegt eine schwere Zeit vor uns. Ich glaube dir, dass du mich noch liebst – ich habe mich ja auch kaum verändert, behaupte ich mal – aber wird es deshalb schwerer für dich sein, den Liebeskummer auszuhalten? Ich denke nicht.

Sollte ich dir noch eine Chance geben? Wer gibt mir denn die Garantie, dass du wieder die alte Emma wirst? Und vor allem: dass du sie bleibst? Niemand, nicht einmal du selbst, könnte es mir versprechen. Und solange das der Fall ist, müssen wir beide getrennte Wege gehen.

Daniel brach den Brief an dieser Stelle ab. Er wollte nicht in Tränen ausbrechen, wenn Sophie neben ihm lag. In diesem Moment drehte sie sich auf die Seite. Offensichtlich schlief sie. Es war noch gar nicht spät. Daniel sah auf seine Uhr. Halb sieben. Sein Magen knurrte, obwohl er keinen Hunger verspürte. Ob die Flyer der Pizzerien noch immer am Kühlschrank hingen, wie früher? Zwar hatte er nie mit Sophie zusammengewohnt, doch als sie vor zwei Jahren noch zusammen gewesen waren, war er bei ihr ein- und ausgegangen. Tatsächlich, die Flyer wurden noch immer am Kühlschrank gesammelt. Daniel löste den obersten Flyer und studierte die Karte. Früher hatte Sophie immer Frutti di Mare gegessen, also hoffte er, diese Gewohnheit hatte sich nicht geändert.

Obwohl sich offensichtlich manche Dinge in wenigen Wochen ändern können, dachte er bitter.

Der Mitarbeiter am anderen Ende der Leitung prophezeite eine Lieferdauer von fünfundvierzig Minuten. In dieser Zeit las Daniel den Brief noch einmal durch. Vielleicht sollte er ihn doch abschicken, damit Emma über seine Gefühle Bescheid wusste. Aber was würde das ändern? Selbst wenn sie behaupten würde, sich zu ändern, konnte er ihr nicht glauben.

Es liegt eine schwere Zeit vor uns.

Das konnte man wohl sagen. Er hätte alles, was er hatte, dafür gegeben, die Zeit ein paar Wochen zurückstellen zu können.

Die nervenraubende Klingel dröhnte so unvermittelt, dass Daniel zusammenzuckte. Auch Sophie, die noch geschlafen hatte, schreckte hoch.

»Ich habe Pizza bestellt«, erklärte Daniel. Er suchte Geld aus seiner Reisetasche, die im Flur stand, und bezahlte den Pizzalieferanten.

»Magst du immer noch Frutti di Mare?«

»Hat sich nicht verändert«, grinste Sophie. Sie streckte sich.

Hat sich nicht verändert, wiederholte Daniel wehmütig in Gedanken.

Kapitel 18

Noch 0 Tage

Alles Gute zur Hochzeit!
Daniel entdeckte die SMS seines Kollegen Christian erst am nächsten Tag. Er hatte endlich den Mut gefunden, sein Handy wieder einzuschalten, nachdem er bis nachmittags geschlafen hatte. Sechs weitere SMS waren eingetroffen, zwei von seiner Mutter und vier von Emma. Er löschte alle ungelesen. Es war halb vier. Eigentlich wäre er jetzt ein verheirateter Mann. Er hätte vor wenigen Minuten seine Braut in Empfang genommen, ihr das Jawort gegeben und ihr Liebe und Treue geschworen. Hoffentlich hatte Markus auch dem Standesbeamten abgesagt.
Das wird er schon gemacht haben. Und wenn nicht, ist das jetzt auch egal. Alles ist egal.
Daniel sah, dass seine Mutter fünf Mal versucht hatte, ihn anzurufen. Auch von Markus gab es drei Anrufe in Abwesenheit, den letzten vor zwei Stunden. Er würde ihn später zurückrufen. Zuerst wollte Daniel etwas essen. Pizzareste gab es leider nicht, also ging er in die Küche. Dort lag ein Zettel auf dem Küchentisch.

Guten Morgen!
Ich bin in der Uni und muss ein bisschen was tun. Du kannst dich einfach am Kühlschrank bedienen und alles benutzen, was du siehst. Später kaufe ich noch ein. Wenn du einen besonderen Wunsch hast, schreib mir einfach. Du kannst so lange bei mir wohnen, wie du möchtest, wenn dir die Couch bequem genug ist.

Heute Abend habe ich Spaghetti geplant.
Bis später! Sophie

Daniel hatte nicht vor, Sophie lange zu belästigen. Er würde jetzt frühstücken und dann zu seinen Eltern fahren. Früher oder später musste er sich ihnen stellen, warum also die Qual vor sich herschieben? Mehr Schmerzen als jetzt würde er ohnehin nicht spüren können.

Gestärkt, aber nicht mutiger, machte Daniel sich auf den Weg zu seinen Eltern. Seine Mutter öffnete ihm, bevor er seinen Schlüssel ins Schloss gesteckt hatte.

»Komm her, mein Junge!«

Sie umarmte ihn, als hätte sie ihn jahrelang nicht gesehen. Sie schluchzte sogar. Daniel löste sich aus der Umarmung und sah sie an. Sie weinte tatsächlich. Er ließ die Tasche auf den Boden fallen. Seine Mutter wischte sich die Tränen weg.

»Ich wusste, dass das nicht gut geht, aber es tut mir trotzdem so unendlich leid für dich, mein Schatz.«

Daniel hatte mit gehässigen Kommentaren gerechnet. Seine Mutter um ihn weinen zu sehen, irritierte ihn. Er wusste nicht, was er antworten sollte.

»Wir wollten gerade zu Abend essen. Hast du Hunger?«

»Hab bei Sophie gegessen.« Es war zwecklos, zu leugnen, dort gewesen zu sein. Sicher hatte Markus es ihnen schon erzählt.

Seine Mutter führte ihn trotzdem ins Esszimmer, wo sein Vater am Tisch saß und ein Brot mit

Butter beschmierte. Er blickte auf, sagte aber nichts. In seinem Blick konnte man, wie immer, keine Gefühlsregungen ablesen. Daniel setzte sich.

»Es ist richtig so.« Petra fasste Daniels Arm und drückte ihn, aber Daniel zog ihn weg.

»Ihr habt keine Ahnung, was los ist, also sagt mir nicht, was richtig oder falsch ist!«, polterte er. »Ich liebe Emma immer noch, auch wenn ich sie verlassen habe! Ich will nicht darüber reden.«

»Habe ich ja gesagt.« Olaf biss in sein Brot und sah seine Frau vielsagend an. »Der Junge ist groß genug.«

»Man ist nie groß genug, um seine Probleme zu besprechen«, meinte Petra.

»Das Problem ist doch gelöst.«

Daniel schossen die Tränen in die Augen. Warum hatte er den Funken einer Hoffnung gehabt, seine Eltern hätten sich geändert? Wieso sollten sie? Für sie würde Emma immer das Problem bleiben, und seine Mutter beweinte wahrscheinlich mal wieder nur sich selbst.

»Wo ist Markus?«, fragte Daniel.

»Oben. Aber bitte iss doch mit uns, ich …«

Daniel unterbrach Petras Satz, indem er aufstand und ging. Zwei Stufen gleichzeitig nehmend stieg er nach oben und klopfte an Markus' Zimmertür. Er öffnete, noch bevor Markus ihn hereinbat.

»Hey.« Markus lag auf seinem Bett, den Laptop auf dem Bauch.

Jetzt schloss er ihn. Prüfend sah er Daniel an. »Erklärst du mir das bitte mal?«

Daniel setzte sich auf den Schreibtischstuhl, der in der Nähe stand, und legte die Füße auf das

Bett.

»Ich musste es tun. Ich liebe sie einfach nicht mehr.«

»Wir hatten doch darüber gesprochen. Ich verstehe es nicht. Sie hat 'ne seltsame Phase, aber das geht doch vorbei.«

Daniel schüttelte den Kopf. »Du hast sie in letzter Zeit nicht erlebt, Markus. Glaube mir, du würdest sie nicht wiedererkennen. Ich dachte auch, es sei eine Phase, aber sie hat sich wirklich verändert. Eine Phase könnte ich aussitzen, aber ich kann mit niemandem zusammen sein, der seine Wünsche über das Wohl anderer stellt.«

Auf Markus' fragenden Blick hin erklärte Daniel ihm noch einmal die Geschichte mit dem Fotografen. Dabei fiel ihm etwas ein.

»Ich habe Tom eine Anzahlung gegeben. Die muss ich dann wohl wieder einfordern. Vielleicht besuche ich ihn nächste Woche mal.«

»Du solltest einfach noch mal drüber nachdenken, ob du nicht einen großen Fehler begangen hast.«

Daniel schnaubte verächtlich. »Seit wann siehst du denn alles so positiv? Hat es etwas mit deinem Besuch bei Tina zu tun?«

Das hatte es, Daniel erkannte es an Markus' Zögern. Er ahnte, was er ihm gleich erzählen würde.

»Hör zu, ich habe mit Tina gesprochen. Dieses ganze Gezeter zwischen dir und Emma hat mir wieder deutlich gemacht, wie harmonisch es eigentlich bei Tina und mir war und was ich zerstört habe. Wir wollen es noch mal versuchen.«

Daniel nahm die Füße vom Bett. »Glückwunsch.«

Es klang so unehrlich, wie er es meinte. Markus hatte Tina betrogen, er hatte einen handfesten Fehltritt begangen, und sie gab ihm eine Chance? Wo blieb da die Gerechtigkeit? Wem konnte er die Schuld für das Versagen seiner Beziehung geben?

»Ich hau jetzt wieder ab«, sagte er.

»Wohin?«

»Raus. Keine Ahnung.«

»Zu Sophie?«

Daniels Miene verfinsterte sich. »Was soll ich denn bei Sophie, deiner Meinung nach?«

Abwehrend riss Markus die Hände hoch. »Ich meine ja nur, reg dich ab! Schließlich kommst du da gerade her.«

Daniel stand auf und verließ das Zimmer seines Bruders. Markus rief ihm etwas nach, das er nicht verstand. Polternd lief er die Stufen hinunter, nahm seinen Schlüssel und hastete aus der Wohnung. Es war ihm alles zu viel. Während er ohne ein konkretes Ziel losfuhr, jagten die Gedanken durch seinen Kopf.

Markus und Tina wollten es also wieder miteinander versuchen. Wie hatte sie ihm das nur vergeben können? Daniel hätte Emma einen Seitensprung nie im Leben vergeben können, selbst wenn er gewollt hätte. Aber es machte keinen Sinn, jetzt darüber nachzudenken. An der nächsten roten Ampel schaltete er sein Handy wieder aus. Normalerweise hätte er jetzt eine Rede gehalten vor seinen Gästen. Die Rede lag sogar fertig geschrieben auf seinem Schreibtisch in seinem alten Zimmer. Er hätte allen gedankt für ihr Erscheinen und ganz besonders Emma für ihr aufopferungsvolles Planen.

Fast hätte er dem roten Toyota die Vorfahrt genommen. Mit einer winkenden Handbewegung entschuldigte er sich bei dem Fahrer, der heftig gestikulierte.

Wie wohl Emmas Brautkleid ausgesehen hätte? Er verdrängte den Gedanken, so gut es ging. Er wollte nicht daran denken, dass heute der fünfzehnte August war. Ihr Jahrestag. Ihr Hochzeitstag. Schon wieder stiegen Tränen in ihm auf, das kannte er gar nicht von sich.

»So eine verdammte Scheiße, das alles!«, schrie er plötzlich und schlug mit der Hand auf das Lenkrad. Jetzt fühlte er sich besser. Sein VW hatte ihn in die Innenstadt gebracht. Er parkte in einer Seitenstraße in der Nähe des Julius-Mosen-Platzes. Unschlüssig, wo er eigentlich hinwollte, schlenderte er durch die Fußgängerzone, bis er beim *Fiddler's Green,* einem Irish Pub, stehen blieb. Irische Geigenklänge dröhnte auf die Straße, und obwohl es gerade erst Abend geworden war, war der Pub voll. Daniel ging hinein und folgte einer Treppe in den ersten Stock. An einem leeren Stehtisch setzte er sich auf einen Barhocker. Die Bedienung war bereits auf dem Weg zu ihm.

»Ein Bier, bitte«, bestellte er. »Oder geben Sie mir ein Guinness.«

Am liebsten hätte er sich etwas Hochprozentiges bestellt, aber dafür war der Abend noch zu jung.

»Ach, scheiß drauf«, murmelte Daniel verdrossen. »Entschuldigung!«

Die Bedienung drehte sich fragend um.

»Einen Wodka bitte dazu.«

Sie nickte und verschwand hinter der Theke. Daniel lauschte der Musik. Er stellte fest, dass in der ihm gegenüberliegenden Ecke ein kleines Podest war, auf dem eine Liveband spielte.

Die Bedienung, eine junge Frau von schätzungsweise zwanzig Jahren, brachte ihm das Schwarzbier und den *Shot*, wie Emma immer sagte.

»Und weg«, sagte er und kippte den Wodka in seinen Hals.

Er schloss die Augen und ließ seine Gedanken von der Musik verdrängen. Die Band war gut. Die Geigenklänge verschmolzen förmlich mit der rauchverhangenen Kneipenluft. Als er mit Emma ein paar Monate zusammen war, hatte er mit ihr und den Studis hier einige Nächte durchgemacht. *Was bist du für ein Masochist, dass du ausgerechnet in diese Kneipe gehst*, dachte er bei sich. Aber nun war er hier. Langsam begann der Alkohol zu wirken, aber noch merkte er nicht genug. Er bestellte drei weitere Wodka auf einmal. Seine Gedanken begannen wieder, um Emma zu kreisen. Was sie wohl gerade tat? Ob Tina noch bei ihr war? Hatte sie schon realisiert, dass sie kein Paar mehr waren? Betrank sie sich auch in irgendeiner Kneipe? Oder hatte sie das Schicksal bereits akzeptiert und nur er, Daniel, litt Höllenqualen? Nie wieder würde er sich auf eine Frau einlassen!

Er trank den vierten Wodka.

Frauen waren doch alle gleich. Ohne sie war man wirklich besser dran. Man musste nichts aufräumen, was man liegen lassen wollte. Niemand fragte, wohin man ging oder was man vorhatte.

Er trank den fünften Wodka.

Endlich würde er wieder ruhig schlafen können, ohne von Emmas Zähneknirschen aufgeweckt zu werden. Wenn er sich umherwälzen wollte, brauchte er keine Rücksicht auf sie zu nehmen. Er konnte jeden Tag Pizza essen, ohne sich anhören zu müssen, wie viele Kalorien das waren.

Der sechste Wodka wanderte in seinen Magen. Er brauchte mehr. Endlich fügte sich die Sinnhaftigkeit der ganzen Szenerie zusammen. Mit einem Fingerzeig bestellte er weitere drei Wodka. Hatte die Bedienung etwa eine Augenbraue angehoben? Die sollte sich lieber um ihren eigenen Kram kümmern! Auch das war etwas, das Daniel sich in Zukunft zu eigen machen würde: Endlich wieder nur für sich denken. Keine Absprachen, keine Rücksicht auf Emmas engen Zeitplan. Zocken, bis es Morgen wurde. Mit Sophie Kaffee trinken, ohne hinterher in eine Eifersuchtsszene zu geraten.

Die riesige Uhr an der Wand hinter der Theke zeigte irgendwas um halb zwölf an, wenn Daniel das richtig sah. Es war unmöglich, seine Augen so scharf zu stellen, dass er die Uhrzeit wirklich erkennen konnte, aber schätzen reichte ja auch. Schließlich hatte er niemanden mehr, der auf ihn wartete. Es war egal, ob er um zwölf oder um drei oder um sechs nach Hause kam. Vor ihm standen so viele leere Gläser, dass sie unmöglich alle von ihm sein konnten.

»Hey, hey, mein Junge, Vorsicht!«

Daniel spürte, dass ihn jemand vorsichtig zur Seite schob. Offenbar war er fast vom Stuhl gerutscht. Er sah auf seine Armbanduhr: halb zwei. Wie müde er plötzlich war. Sein Kopf dröhnte, aber gleichzeitig fühlte er sich auch leicht an. Als könnte er den Problemen des Alltags entschweben. Wo hatte er eigentlich geparkt? Aber fahren konnte er eh nicht. Daniel sah noch einmal auf die Uhr. Vielleicht war es auch halb eins. Er sollte jetzt gehen.

Daniel richtete sich auf. Er konnte nicht richtig sehen, alles verschwamm. Seine Augen waren angestrengt. Die Musik pulsierte in seinem Kopf. Ihm war schlecht. Gleich, wenn er draußen war, würde er sich eine Ecke suchen und den Dingen seinen Lauf lassen.

Daniels Füße stießen auf den Boden. Er hielt sich am Stehtisch fest, der seinem Gewicht nicht gewachsen war.

»Oh.«

Der Tisch kippte und wäre umgefallen, wenn nicht ein anderer Gast geholfen hätte. Ein paar Gläser klirrten, als sie auf dem Boden zersprangen.

»Kommst du klar, Junge?«, fragte eine Männerstimme.

Daniel wollte eigentlich antworten, dass es ihm prima ging, wenn sein Kopf nur nicht so weh tun würde und er richtig gucken könnte. Bis die Worte ihren Weg nach draußen gefunden hatten, waren sie jedoch zu einem undefinierbaren Ächzen geworden. Der Mann nahm Daniels Arm und schlang ihn sich um den Hals.

»Komm mit, Junge, du brauchst frische Luft.«

»Nein …« Daniel wollte protestieren.

Er war doch kein Kind, das man umhertragen musste! Die Bedienung schien ihn vorwurfsvoll anzugucken. Vielleicht bildete er sich das aber auch nur ein, denn er konnte ihr Gesicht nicht richtig erkennen. Hatte er schon bezahlt?

»Bezahlen«, würgte Daniel hervor.

Der Mann hielt an der Theke an. »Der junge Mann möchte bezahlen. Er hatte einmal den Hausbestand.«

Machte sich dieser Typ etwa über ihn lustig? Daniel wollte ihm seine Meinung sagen, aber eine Welle der Übelkeit ließ ihn schweigen.

»Der hat vor einer halben Stunde schon alles bezahlt. Jetzt ist er wenigstens wieder halbwegs ansprechbar, hm?« Die Blondine hinter der Theke betrachtete Daniel. War er denn nicht die ganze Zeit ansprechbar gewesen?

»Sein Bruder kommt gleich und holt ihn ab. Sei nett zu ihm. Er hätte heute heiraten sollen, aber das wurde in letzter Minute abgesagt.«

Woher wusste die das? Verflixt, wenn sein Gehirn nicht so vernebelt wäre, könnte er auch denken! Hatte sie gesagt, Markus wollte ihn abholen?

»Armer Kerl. Na gut, ich bringe ihn mal raus.«

Der Mann – vermutlich ein Türsteher – brachte Daniel nach draußen und setzte ihn auf die Stufen.

»Okay, Mann, dein Bruder kommt gleich und holt dich ab, hörst du? Schön sitzen bleiben.«

Daniel nickte nur und legte dann den Kopf auf seine Knie. Der Mann verschwand. Leute gingen an Daniel vorbei, ohne ihn zu beachten.

Er drohte, umzufallen, als er langsam zur Seite kippte, doch in letzter Sekunde stützte er sich reflexartig ab. Die Übelkeit wurde unerträglich. Er spürte, wie ein saurer Geschmack in ihm aufstieg und sich ein Schwall Wasser in seinem Mund sammelte. Es ging zu schnell, er hatte keine Zeit, aufzustehen. Daniel erbrach sich direkt auf der Stufe vor der Tür des Pubs.

Kapitel 19
-Emma-

Noch 0 Tage

Mein Handy piepte aufgeregt den Hochzeitsmarsch. Die Countdown-App blinkte aufgeregt: *0
Tage!* In mir regte sich nichts.

Sowohl Tina als auch meine Mutter hatten mir
am Vorabend Gesellschaft geleistet. Vermutlich
wäre ich sonst auch auf dumme Gedanken gekommen. Ich konnte noch gar nicht realisieren,
was passiert war. Wir waren doch nicht tatsächlich getrennt, oder doch? Es kam mir alles so unwirklich vor. Am schlimmsten war, dass es sich
nicht anders anfühlte als sonst. Alles war wie
vorher, aber gleichzeitig drückte mich eine un-
sichtbare Last nieder, die mir den Atem nahm.

Ich stellte den Countdown aus.

»Countdown löschen?«, fragte mich die App.

Ich zögerte. Den Countdown zu löschen würde alles real machen. Die Offenbarung der
schmerzenden Wahrheit: keine Hochzeit. Kein
Kleid. Kein Daniel.

Ich drückte auf Nein.

Mein Bett war viel zu gemütlich, um aufzustehen. Es war halb acht, in einer Stunde war mein
Frisörtermin.

Falsch.

In einer Stunde wäre mein Frisörtermin gewes-
en. Ich schickte Tina eine Nachricht, ob sie für
mich absagen konnte, und drückte mein Gesicht
in das Kissen, bis ich keine Luft mehr bekam.

Tina hatte angeboten, bei mir zu übernachten und selbst meine Mutter hatte gemeint, sie könne ja auf der Couch schlafen. Aber das wollte ich nicht. Ich musste alleine sein, mich in den Schlaf weinen und immer wieder Selbstgespräche führen, die zu keinem Ziel führten. Als Tina und Markus sich getrennt hatten, hatte ich gedacht, Tina brauche unbedingt Gesellschaft. Offenbar war ich anders gestrickt. Ich suhlte mich lieber allein in meinen Schmerzen, ohne jemanden zusehen zu lassen.

Tina rief mich auf meinem Festnetztelefon an. Ich musste wieder eingeschlafen sein, denn es dauerte zwei Liedwiederholungen, bis ich das Telefon wahrnahm und in den Flur trabte, um abzuheben.

»Hey.« Meine Stimme klang kratzig.

»Na, hast du ausgeschlafen?«, fragte Tina.

Sicherheitshalber blickte ich auf meine Armbanduhr. Es war Viertel nach elf. »Auf jeden Fall länger, als ich geplant hatte. Hast du dem Frisör abgesagt?«

»Ja, war kein Problem. Ich soll dir schöne Grüße von Eugen ausrichten.«

Ich bedankte mich.

»Weißt du, was ich mir überlegt habe? Du brauchst heute ganz dringend eine große Ablenkung. Ich habe mir eine Überraschung ausgedacht.«

Sie klang aufgeregt wie selten. Leider hatte ich überhaupt keine Lust auf Ablenkungen oder Überraschungen.

»Tina, ich weiß nicht ...«

»Vertrau mir. Wir holen dich um zwölf ab.

Zieh dir etwas Bequemes an. Bis später!«, flötete sie und legte auf.

Missmutig tat ich es ihr gleich. Was sollte denn etwas Bequemes sein? Und wer war überhaupt »wir«?

Ich duschte, schminkte mich widerwillig (für wen sollte ich mich noch hübsch machen?) und suchte mir eine passende Jeans und ein T-Shirt aus meinem Schrank heraus (was gar nicht so leicht war seit meinem Gewichtsverlust). Um kurz vor zwölf klingelte es an der Tür. Ich drückte den Summer und wartete, aber niemand kam. Stattdessen klingelte es erneut. Ich zog meine Sneakers an, schwang meine Handtasche über die Schulter und ging hinunter.

Vor der Eingangstür standen Tina und meine Mutter, beide breit grinsend. Sabine umarmte mich kurz.

»Wir werden viel Spaß haben«, freute sie sich.

Ich bezweifelte das. Wie konnten sie nur so fröhlich sein?

Tina drückte mich lange. Dann ging sie wortlos zum Auto und hielt die Beifahrertür auf.

»Wenn ich bitten dürfte, Mylady?«

Ich rollte mit den Augen, stieg aber ein, ohne weitere Fragen zu stellen. Tinas gute Laune war kaum auszuhalten. Sie stellte im Radio irgendeinen Partysender ein, der den Sommerhit rauf und runter spielte, und fuhr los, nachdem meine Mutter auch eingestiegen war.

»Verratet ihr mir jetzt, wo es hingeht?«, fragte ich nach zehn Minuten. Wir waren auf der Autobahn. Ich konnte meine Abneigung gegen diese

Aktion nicht unterdrücken.

»Nein, das ist eine Überraschung«, antwortete Tina.

»Und was für eine«, grinste Sabine.

Ich war mir nicht sicher, ob ich wirklich wissen wollte, was die beiden sich ausgedacht hatten. Am liebsten wollte ich zurück in mein Bett und schlafen, bis ich starb (was gewiss nur noch einen oder zwei Tage dauern würde). Tina bog auf der Autobahn in Richtung Bremen ab. Was hatten die beiden nur vor? Glücklicherweise merkten sie, dass ich nicht zu einem Gespräch aufgelegt war, also unterhielten sie sich über Banalitäten wie die Fußball-WM und Sabines Katze, die ihr als Kind zugelaufen war.

Je länger wir fuhren, desto mehr erahnte ich unser Ziel. Tina schien den Schildern zum Flughafen zu folgen. Flogen wir etwa weg? Ich wurde unruhig. Tina hatte nichts von einer Übernachtung erzählt. In meiner Handtasche waren weder Unterwäsche noch eine Zahnbürste! Tatsächlich fuhr Tina zum Flughafen und parkte das Auto im ersten Parkhaus. Sie drehte sich zu mir und grinste, als hätte ich eine Million Euro gewonnen.

»Wir sind daahaaa!«

Mein Blick sprach hoffentlich Bände. Das letzte, was ich jetzt wollte, war ein Urlaub. Aber Tina ließ sich nicht beirren.

»Wir haben uns gedacht, die beste Ablenkung überhaupt ist eine kleine Reise. Und damit du nicht so alleine bist, kommen wir mit!«

Noch immer brachte ich kein Wort heraus. Sabine lehnte sich zu mir nach vorne.

»Wir machen uns ein paar wunderschöne Tage in England und lassen den ganzen Stress hinter uns. Was meinst du, Emma?«

»England?«, fragte ich entsetzt.

Tinas Grinsen wurde kleiner. »Wir wollten eigentlich nach Spanien oder Griechenland, aber da war so schnell nichts mehr zu machen, Süße. Edinburgh soll aber auch eine ganz tolle Stadt sein. Das wird bestimmt lustig! Ich war übrigens so frei und habe für dich gepackt. Unser Flug geht in einer Stunde. Du hast deinen eigenen kleinen Koffer mit Zahnbürste, Schlafzeug und Sachen für morgen.«

Ich ergab mich lustlos meinem Schicksal. Sollten sie doch mit mir wegfahren, was würde das nützen? Schmerz konnte man nicht entfliehen.

In Edinburgh schien unerwarteterweise die Sonne. Auf dem kurzen Flug hatte uns ein Pilot in einem Englisch begrüßt, das ich anfangs für Russisch gehalten hatte. Meine Englischkenntnisse glichen in etwa dem Stand einer Zehnjährigen und meine Mutter sprach kein einziges Wort außer »Hello, how do you do?« und »Nice to meet you«. Nur Tina verstand einigermaßen, was gesagt wurde, weshalb wir sie gleich zum Mietwagenverleih schickten, als wir ankamen.

Meine Stimmung war wider Erwarten ein wenig besser geworden. Mit einem fremden Rollkoffer an der Hand lief ich Tina hinterher, die behauptete, der Typ am Schalter würde kein richtiges Englisch sprechen.

»Lasst uns doch den Bus nehmen«, schlug sie vor. »Das Hotel ist im Zentrum, und da fahren bestimmt Busse hin.«

Meine Mutter zuckte mit den Schultern. »Warum nicht. Ist bestimmt auch günstiger.«

Wir gingen durch die Drehtüren nach draußen, wo bereits Busse standen, auf denen »Airlink« stand. Ich wusste nichts mit diesem Begriff anzufangen, aber Tina ging schnurstracks auf den Bus zu, als hätte sie auch nur den Hauch einer Ahnung, ob es der richtige war. Wir kamen an einem Mann mit einer Warnweste vorbei.

»Excuse me, please?«, sprach ich ihn an. Wie zum Teufel konnte ich nur fragen, wo wir hin mussten? »Ähm, where is the bus to the town?«

Der Mann lächelte mich an und entblößte eine Reihe schiefer Zähne.

»Haven't been here before, have ya?«, antwortete er mit einem extrem breiten Akzent. »First time?«

Ich verstand kein Wort. Sein seltsamer Akzent machte es unmöglich, einzelne Worte zu verstehen. Tina rief mir etwas zu und winkte. Meine Mutter machte sich auf den Weg zu ihr.

»Ähm, thank you!«, rief ich noch und trippelte dann Sabine hinterher. Tina wartete auf uns.

»Mit dem hier kommen wir direkt in die Stadt. Laut Busfahrer sind es dann noch etwa fünfzehn Minuten Fußweg. Kommt!«

Als wir nach einer ewig dauernden Fahrt endlich am Bahnhof in Edinburgh ankamen, begrüßte uns ein Dudelsackspieler..

»Ist das Klischee, oder was?«, feixte ich.

»Ich würde an seiner Stelle auch hier spielen«, meinte Sabine, »wo sonst kannst du Touristen so zufriedenstellen, wie in schottischer Kluft vor einem internationalen Bahnhof?«

Wir zogen unsere Köfferchen hinter uns her.

Ich hätte dem Dudelsackspieler gerne etwas Geld gegeben, aber mit Euros konnte er sicher nicht viel anfangen.

»Mein Magen knurrt so laut wie das Gedudel. Wollen wir nicht erst etwas essen?« Tina legte zur Veranschaulichung eine Hand auf ihren Bauch.

Ich hatte in den vergangenen Tagen so wenig zu mir genommen, dass ich meine ständigen Bauchschmerzen kaum noch wahrnahm, aber ich hatte nichts gegen eine Mahlzeit einzuwenden. Ab jetzt brauchte ich ja nicht mehr auf meine Linie zu achten.

»Da hinten, das sieht aus wie eine Mall«, sagte ich. »Gehen wir doch da hin.«

Die Mall war größer als gedacht, denn sie war unterirdisch. Ein Geschäft reihte sich an das andere. Vor einem Whiskey-Shop hielten wir an und warteten auf Sabine, die unbedingt ein Probierset kaufen wollte.

»Mädels, habt ihr mal paar Pfund? Ich habe nur Euros!«, rief sie nach wenigen Minuten nach draußen. Warum überraschte es mich nicht, dass sie kein Geld gewechselt hatte?

Tina half ihr aus, und ich suchte derweil einen Geldautomaten.

»Wie lange bleiben wir eigentlich?«, fragte ich, als Tina und Sabine mir nachkamen.

»Bis übermorgen. Ich denke, hundert Pfund reichen.« Tina ließ ihren Blick über die Geschäfte schweifen. »Da vorne gibt es *Fish and Chips*. Die sind doch ein Muss hier, oder?«

»Guck mal, was da noch steht: *Fried Mars Bars*. Was ist das denn?« Sabine deutete auf ein Schild, das bei der Fish-and-Chips-Bude stand. Ich konnte mit dem Begriff nichts anfangen.

»Probieren wir es aus.«

Nie wieder würde ich etwas bestellen, was ich nicht kannte.

Dass den Engländern neben gutem Benehmen auch jegliche Esskultur fehlte, war mir bekannt, aber wer kam auf die perverse Idee, einen Schokoriegel in Teig zu tunken und zu frittieren? Angewidert blickte ich auf den Berg aus Fett und Schokolade, der auf Sabines Teller schwamm. Sie schien es zu genießen.

»Mm, fantastisch!«, schwärmte sie. »Einfach genial!«

Tina machte ein Foto von dem Essen und von Sabines schokoladenbeschmiertem Mund. Ich rührte von meinen *Fish and Chips* nur den Fisch an, obwohl mir selbst der zu fettig war. Zu allem Überfluss gab es statt Ketchup und Zitronen nur Essig. Essig! Mochte das tatsächlich jemand? Dieses Land wurde mir immer suspekter. Ein Gutes hatte die Reise aber: Ich war tatsächlich abgelenkt. Um kurz nach vier Uhr sah ich auf meine Armbanduhr. Eigentlich wäre ich jetzt verheiratet. Mein Seufzen war wohl zu laut gewesen, denn Tina sah mich mitfühlend an.

»Hey, alles okay?« Ihr lief Fett am Mundwinkel herunter.

»Klar, alles super.« Was Daniel wohl gerade machte?

Hätte ich gewusst, dass wir eine längere Reise unternehmen würden, hätte ich das Ladegerät meines Handys mitgenommen, denn der Akku verabschiedete sich gegen halb fünf. Allerdings musste ich diesen Gedanken sogleich revidieren, denn soweit ich wusste, hatten die Engländer andere Steckdosen und einen passenden Adapter hätte ich erst kaufen müssen. Tina weigerte sich, das Internet auf ihrem Handy einzuschalten, weil es so hohe Kosten verursachen würde (sagte sie zumindest), und Sabine besaß nur einen alten Knochen ohne Internetfunktion. Mit anderen Worten: Wir hatten kein Navigationsgerät, das uns den Weg zum Hotel erklärte, also entschlossen wir uns für die Steinzeitmethode und kauften einen Stadtplan.

»Wenn wir hier geradeaus gehen und da rechts, müsste es doch schon auf der linken Seite sein, oder?« Sabine fuhr mit dem Finger über die Straßen. Ich stimmte ihr zu.

»Versuchen wir es.«

Immer begleitet vom Klappern der Kofferräder auf den Steinen suchten wir unseren Weg. Ab und zu hielten wir an, und Tina und Sabine sahen im Stadtplan nach, wo wir waren. In diesen Sekunden sah ich mich genau um. Es war das erste Mal, dass ich Schottland bereiste und das Flair hier begeisterte mich auf Anhieb. Sogar meine schlechte Laune war wie weggeblasen. Die Gebäude, die für mich irgendwie gotisch aussahen, obwohl ich nicht wusste, ob das die richtige Bezeichnung war, wirkten mit ihrer Unveränderlichkeit ungemein beruhigend. Als könne ihnen die Hektik unserer Zeit nichts anhaben.

Als würde sich bei ihnen nie etwas ändern.

»Hier entlang, meine Damen!«, sagte Tina und lief ein Stück weiter.

Ich riss meinen Blick von dem riesigen Hotel

los, das mich an das House of Parliament in London erinnerte. Nur zehn Minuten, nachdem wir zwei aus schwarzem Eisen geformte Giraffen vor einem Kino passiert hatten, waren wir angekommen: »The Cairn Hotel« stand über einem unscheinbaren Hauseingang.

»Das kann nicht richtig sein«, meinte Tina entsetzt. »Das ist doch kein Hotel!«

»Hieß das wirklich so?«, fragte ich.

»Kommt, wir fragen mal.« Sabine öffnete die Tür. Wir folgten ihr.

Ein enger Gang leitete uns direkt zu einer Empfangsdame, die sich in einem Verschlag von etwa zwei mal drei Metern befand. Tina meldete uns an und die Dame nickte, als habe sie uns erwartet. Sie sagte etwas Unverständliches und zeigte nach oben, dann gab sie Tina einen Schlüssel.

»Zimmer 32, sagt sie. Erster Stock.«

Zimmer 32 im ersten Stock war ein Doppelzimmer. Der Raum war so groß, dass neben dem Doppelbett mit je einem Nachtschränken noch ein Wandschrank und ein kleiner Tisch Platz hatten. Zu dritt war das Zimmer so eng, dass man sich nicht frei bewegen konnte. Außerdem roch es irgendwie nach Schweißfüßen.

»Das kann nicht wahr sein!« Ich konnte Tina ansehen, dass sie tief enttäuscht war. Sie ließ sich auf das Bett sinken und stützte den Kopf in die Hände. Ich setzte mich neben sie.

»Ist doch alles gut«, meinte ich, auch wenn das nicht stimmte.

»Ich wollte dir einen unvergesslichen Kurztrip gönnen, damit du auf andere Gedanken kommst, aber alles geht schief!« Ihre Stimme war weinerlich. Ich nahm sie fest in den Arm.

»Unvergesslich wird der Trip ganz sicher«, grinste ich. »Weißt du was? Ich habe heute fast gar nicht an Daniel gedacht. Du hast dein Ziel erreicht. Jetzt fragen wir unten nach, ob das alles seine Richtigkeit hat mit dem Doppelzimmer, und dann machen wir uns einen schönen Abend. Gut?«

»In Ordnung.« Tina nickte.

»Oh, die haben hier ja sogar Tee und einen Wasserkocher!«, rief Sabine entzückt. Sie schien sich des Bettenproblems überhaupt nicht bewusst zu sein. Sicherlich hatte sie noch nie in einem Hotel übernachtet, das über eine Zwei-Sterne-Bewertung hinausgekommen war. Selbst in diesem Verschlag schien sie sich keineswegs unwohl zu fühlen. Sie ließ den Wasserkocher vollllaufen und stellte ihn an. Tina verschwand derweil, um mit der Dame an der Rezeption zu sprechen.

»Du, Sabine?«

»Hm?«

»Danke, dass du mitgefahren bist. Wirklich, das hätte ich von dir gar nicht erwartet. Es ist schön, dass meine Mutter bei mir ist.«

Sabine hörte auf, die Teesorten zu studieren, und nahm mich in den Arm. Sie drückte mir einen Kuss auf die Haare und hielt mich fest.

»Es tut mir leid, dass ich eine schlechte Mutter war.«

»Du hast noch genug Chancen, es wiedergutzumachen.«

Wir standen so lange in dieser Haltung, bis der kleine Hebel am Wasserkocher nach oben schoss. Als wäre dies ein vereinbartes Zeichen gewesen, ließ Sabine mich los und goss das kochende Wasser in zwei bereitstehende Becher.

»Du bist viel erwachsener, als ich es in deinem Alter war«, sagte sie dann.

Ich sah sie skeptisch an und verkniff mir meinen Kommentar.

»Inwiefern?«

»Als ich Mitte zwanzig war, hat alles in mir danach gestrebt, sich auszuleben, keine Verpflichtungen zu haben und den Augenblick zu leben. Nicht sehr erwachsen, oder?«

Ich dachte nach. »Du hattest ein Kind, dementsprechend warst du natürlich eingebunden. Vielleicht hätte ich mich an deiner Stelle auch nach Freiheit gesehnt. Wie dem auch sei: Du warst keine schlechte Mutter. Wir hatten doch ein gutes Leben.«

Sabine lächelte dankbar. »Ich habe dich so lieb, Emma, das glaubst du gar nicht.«

Ich nahm meine Mutter noch einmal in den Arm. »Ich dich auch, Mama.«

Sie lächelte.

In diesem Augenblick kam Tina wieder ins Zimmer. In ihren Händen hielt sie drei Sektgläser und eine Flasche.

»Wir haben ein falsches Zimmer gebucht, aber die Dame war so nett und hat uns ein Einzelzimmer dazu gebucht, das sogar auf dem gleichen Flur ist! Und als Krönung gab es Sekt auf Kosten des Hauses. Ist das nicht toll? Jetzt stoßen wir erstmal an.«

Sie öffnete die Flasche. Mit einem lauten Knall flog der Korken durch den Raum und schmetterte gegen das Fenster. Ich zuckte zusammen, aber es passierte nichts. Tina füllte die Sektflöten und drückte uns je eine in die Hand.

»Liebe Emma, wir hoffen, die Überraschung ist uns gelungen, und du wirst ein bisschen von allem abgelenkt, was dich zurzeit runterzieht. Ab heute beginnt ein neuer Lebensabschnitt, auch wenn du ihn dir anders vorgestellt hast. Wir sind immer an deiner Seite und du kannst stets zu uns kommen, wenn du ein offenes Ohr brauchst. Oder, Sabine?«

Sabine nickte. Ich war mir nicht sicher, aber mir war, als hätte sie Tränen in den Augen gehabt.

»Prost!«, rief Tina.

»Prost!«, stimmten wir mit ein.

Kapitel 20
-Daniel-

Tag X plus 6

Obwohl Daniel beim schlimmsten Kater seines Lebens wider Erwarten nicht gestorben war, fühlte er sich eine Woche nach der Trennung trotzdem wie tot. Die vergangenen Tage hatten ihn in keiner Weise stärker oder distanzierter gemacht. Der Schmerz war der gleiche wie vorher.

Daniel hatte Urlaub. Er mochte sich gar nicht vorstellen, dass er eigentlich jetzt in den Flitterwochen gewesen wäre. Um am heutigen Tag etwas Sinnvolles zu tun, hatte er einen Besuch bei Tom geplant. Sicherlich wusste er noch nichts von der Trennung, außer Emma hatte ihn darüber informiert. Eigentlich musste er Emma noch anrufen, damit sie ausstehenden Fragen klären konnten: Hatte das Schloss Stornierungskosten erhoben? Wo musste noch etwas gezahlt werden? Was würde mit der Wohnung passieren? Aber mit Emma zu sprechen stand auf seiner Prioritätenliste ganz unten, gleich hinter »Barfuß über Scherben laufen und anschließend ins Alkoholbad legen« und »Seiltanz ohne Sicherheitsnetz in 30 Meter Höhe«.

»Hey, Überraschungsbesuch!«, freute sich Tom, der geschlagene zwei Minuten gebraucht hatte, um den Türöffner zu betätigen.

»Hey.« Daniel hob die Hand, um Tom zu begrüßen, ohne dass er   seine   Krücken legen musste. »Tut mir leid, dass ich nicht angerufen habe. Emma hat deine Adresse an unseren Kühlschrank gehängt, und ich dachte, ich komme mal vorbei.«

»Ach, kein Ding. Komm rein.«

Die beiden gingen in die Küche. Auf der Arbeitsplatte lagen Karotten und Tomaten, auf dem Herd stand eine große Auflaufform. Eine Packung mit Nudeln lag neben einem Stück Gouda.

»Ich versuche gerade, meinen Hunger zu stillen«, erklärte Tom. »Willst du auch was?«

»Nee, lass mal.« Hunger war das Letzte, was Daniel hatte. »Aber ich helfe dir. Die Möhren hier in Scheiben?«

Tom nickte, lehnte seine Krücken an den Kühlschrank und schnitt die Tomaten.

»Ich muss dir was sagen, Tom«, begann Daniel.»Emma und ich haben uns getrennt.«

Tom blickte überrascht auf. »Oh, damit hätte ich jetzt nicht gerechnet. Ähm, die Messer sind übrigens in der obersten Schublade. Was ist passiert?«

Daniel öffnete die oberste Schublade, auf die Tom gezeigt hatte. Er suchte sich ein Messer heraus, das den Mohrrüben würdig war.

»Ich weiß es nicht genau. Emma hat sich total verändert. Diese Hochzeit hat ihr wahres Ich gezeigt, und ich habe festgestellt, dass ich sie so nicht heiraten kann. Ich versuche gerade, ein wenig Ordnung in das Chaos zu bringen. Hatte Emma mit dir schon über Geld gesprochen? Wir haben dir ja die Anzahlung überwiesen, und ich bin hier, um mit dir zu besprechen, ob wir etwas davon wiederbekommen können.«

Der Schmerz färbte seine Stimme traurig. Er konnte selbst hören, wie verletzt er klang. Wütend über seine Stimme schnitt er die Möhren mit einem Elan, als wollte er Stein zerschneiden. Tom löste sich von den Tomaten und schüttete die Nudeln in die Auflaufform. Er schien Daniel Mut zusprechen zu wollen, ohne zu wissen, was er sagen sollte.

»Das tut mir echt leid, Daniel. Wirklich. Ich mag euch beide echt gerne, das geht mir nicht bei jedem Pärchen so. Ach, ihr ward so ein schönes Paar.«

Daniel zuckte die Achseln. Was nützte es, wenn sie nach außen wie ein tolles Paar gewirkt hatten? Zwischen ihnen war zu diesem Zeitpunkt schon alles zerstört gewesen.

Tom zögerte, als habe er einen Gedanken und überlegte, ob er ihn aussprechen sollte. Dann entschloss er sich aber wohl, nichts zu sagen. Stattdessen hob er den Deckel einer unscheinbaren Dose ab und zauberte eine Zwiebel hervor.

»Hier, du bist doch gerade in Zwiebelschneidelaune.« Er warf sie Daniel zu, der sie auffing. Tom lächelte, aber Daniel erwiderte es nicht.

»Die Mohrrüben auf die Nudeln?«

»Ja, genau, schmeiß einfach alles mal rein. Ich improvisiere.«

Tom schob die Tomaten von seinem Schneidebrett herunter und ließ sie auf die Nudeln und Mohrrüben fallen. Er hüpfte auf einem Bein zum Kühlschrank und nahm eine Packung Milch heraus.

»Und du siehst keine Chance mehr für euch?«

»Du kanntest Emma ja nicht, wie sie früher mal war.« Daniel entblätterte die Zwiebel und begann zu schneiden. »Sie war früher ein Sonnenschein, ein wahrer Springbrunnen der guten Laune. Aber dann hat sie sich mit dieser Planung übernommen und verändert.«

Daniel sah Tom nicht an, während er sprach. Die blöde Zwiebel entfachte ihre Macht und seine Augen begannen zu tränen. Er versuchte, die Tränen wegzublinzeln, aber sie wurden nur schlimmer. Blind schnitt er nach Gefühl.

»Ich möchte dir mal etwas von mir erzählen«, sagte Tom, der jetzt eine Soße anrührte. »Ich hatte eine Freundin, die ich über alles geliebt habe. Leider war ich extrem eifersüchtig und habe sie auf Schritt und Tritt verfolgt, weil ich die Kontrolle haben wollte. Eines Tages hat sie mich verlassen. Ich dachte, sie würde sich wieder einkriegen und habe den Fehler bei ihr gesucht. Monatelang habe ich ihr Vorwürfe gemacht und sie beschimpft, weil sie mein Leben zerstört hat. Ich habe nicht um sie gekämpft. Und weißt du, was passiert ist?«

Daniel wischte sich die Tränen weg. Was für ein dämliches Bild er abgeben musste. Mehr blind als sehend schüttete er die Zwiebeln in die Auflaufform und wartete, dass Tom weitersprach.

»Sie hat einen anderen kennengelernt und mich vergessen. Nach einer Weile haben wir uns dann mal getroffen und miteinander gesprochen. Sie hat mir gesagt, dass wir noch zusammen wären, wenn ich wirklich um sie gekämpft hätte. Ich habe sie so geliebt, Daniel. Sie war die Richtige. Und nur weil ich es nicht rechtzeitig erkannt habe, haben wir uns voneinander entfernt.«

Toms Stimme zitterte, als er die letzten Worte

sprach. Offensichtlich ging ihm die Geschichte noch sehr nah.

»Das tut mir leid. Das klingt schwach, aber es tut mir wirklich leid.«

»Was ich damit sagen will …« Tom behielt die Fassung und befand sich nun wieder in der Realität. Er sah Daniel durchdringend an. »… ist, dass es sich lohnt, um seine Liebe zu kämpfen. Es kann so schnell vorbei sein, und dann bereust du dein Leben lang, nicht alles Menschenmögliche getan zu haben, um deine Freundin glücklich zu machen. Ich kenne die Details nicht, warum ihr nicht mehr zusammen seid, aber ich fand es wichtig, dir das zu sagen, Daniel. In guten wie in schlechten Tagen. Denk drüber nach.«

Daniel nickte geistesabwesend. Hatte Tom womöglich recht? Das würde bedeuten, Emma hätte eine zweite Chance verdient.

Unmöglich, dachte Daniel.

Er wollte nicht sein Leben aufgeben, um nach Emmas Pfeife zu tanzen, wie seine Mutter es ausgedrückt hatte. Vier Wochen hatten gereicht, um ihm zu beweisen, dass er »in guten wie in schlechten Tagen« nicht mit ihr leben konnte. Er konnte Emmas Perfektionismus nicht akzeptieren. Toms Geschichte war traurig und Tom tat Daniel leid, aber das war eine andere Situation. Oder?

»Ich glaube, ich brauche mal einen Spaziergang. Kann ich dich mit dem Essen alleine lassen?«

Daniel wusch sich die Hände. Tom lehnte an der Arbeitsplatte und rührte seine Soße an. Er nickte.

»Klar. Ich überweise euch den Betrag natürlich in voller Höhe zurück.«

Daniel nickte. »Danke.«

Eine Sekunde lang wollte Daniel Tom für alles Mögliche danken: für seinen schnellen Einsatz, für seine Freundlichkeit, für seine Worte, für seinen Glauben an ihre Beziehung, auch wenn Daniel selbst nicht mehr daran glaubte. Doch Daniel versuchte schlicht, diesen Dank in den Händedruck zu legen.

»Bis bald, Tom. Gute Besserung weiterhin.«

Die Sonne schien Daniel direkt ins Gesicht, als er aus Toms Wohnung trat. Da rund um das Wohnhaus keine Parkplätze frei waren, hatte er sein Auto zwei Straßen weiter nördlich abgestellt. Die frische Luft tat ihm gut, auch wenn es ein wenig zu warm war. Daniel überlegte. Er musste Toms Worte verdauen. War es ein Fehler gewesen, Emma nicht noch länger auszuhalten? Wäre nach der Hochzeit doch alles anders geworden? Aber es blieb die Frage, die Daniel sich in letzter Zeit immer wieder stellte: Und wenn die Hochzeit nicht die Ausnahme geblieben wäre? Vielleicht wäre Emma bei jedem neuen Projekt zu einem Planungsmonster geworden. Er vermochte sich gar nicht vorzustellen, wie Emma sich bei einem Hausbau oder in der Kindererziehung verhalten hätte. Seit so vielen Tagen dachte er nun immer wieder an die gleichen Fragen und bekam keine Antwort. Eine Sorge leitete zur nächsten über, und irgendwann stand er wieder am Anfang.

Daniel setzte sich ins Auto. Es würde nur zwei, drei Minuten dauern, bis er beim Schlossgarten ankäme. Dieser Park befand sich gegenüber dem Oldenburger Schloss. Dort waren Emma und Daniel gerade in ihrer Anfangszeit häufig gewesen, und dort hatte auch das Shooting vor zwei Wochen stattgefunden.

Und da habe ich Emma den Antrag gemacht, dachte Daniel bitter.

Nein, er würde nicht in den Park fahren, obwohl er ihn so liebte. Das würde er nicht aushalten. Er wollte sich lieber in die Arbeit stürzen. Wollte sein Vater nicht etwas im Garten machen? Körperliche Arbeit war genau das, wonach Daniel sich gerade sehnte. Er startete den Motor.

***

»Uff.«

Daniel ließ sich auf einen der Gartenstühle sinken. Drei Stunden lang hatte er in der sengenden Hitze mit seinem Vater zusammen die Lebensbaumhecke geschnitten, die Abfälle entsorgt und für seine Mutter Unkraut gejätet. Sein Vater entschuldigte sich und kam wenige Augenblicke später mit zwei kühlen Flaschen Bier wieder. Noch vor wenigen Tagen hatte Daniel sich geschworen, nie wieder einen Tropfen Alkohol zu trinken. Aber nach getaner Arbeit war das Bier eine willkommene Erfrischung.

»Alkoholfrei«, grunzte Olaf vielsagend.

Die beiden Männer saßen schweigend nebeneinander und betrachteten ihr Werk.

»Sag mal, wieso hast du Mama damals eigentlich geheiratet?«, fragte Daniel unvermittelt.

Er wusste nur, dass sie sich über ihre Anstellungen in der Bank kennengelernt und dann relativ schnell geheiratet hatten.

Olaf wandte seinen Blick von der Hecke ab und fixierte seinen Sohn. Die Frage musste ihm komisch vorkommen, da Daniel sich bisher nicht für sein früheres Leben interessiert hatte.

»Tja«, sagte er. Dann wandte er den Blick wieder zur Hecke. »Deine Mutter war mir das erste Mal aufgefallen, als sie sechzehn war und ihre Lehre gerade begonnen hatte. Ich war mit meiner Lehre seit ein paar Wochen durch. Ich weiß nicht, wie gut du Opa Willi einschätzen kannst, aber er hat immer mit harter Hand regiert, wenn man deiner Mutter Glauben schenken darf. Wusstest du, dass Mama eigentlich Kunst studieren wollte?«

Daniel schüttelte den Kopf. Das hatte seine Mutter ihm nie erzählt. Sie war kreativ, keine Frage, und er hatte es als Kind geliebt, ihre selbst geschriebenen Geschichten zu hören und mit ihr zu malen, aber ihm war nie klar gewesen, dass das eine echte Leidenschaft von ihr war.

»Opa Willi wollte, dass sie etwas Handfestes lernt, also hat er sie in die Bank geschickt. Ich habe mich um sie gekümmert, habe ihr zugehört und sie konnte sich bei mir immer sicher fühlen. Darin hatte ich ja Übung.«

Olaf hätte es mit einem Lächeln sagen können, aber stattdessen klangen seine Sätze bitter. Als er zwölf Jahre alt gewesen war, hatte sein Vater die Familie verlassen, das wusste Daniel. Olaf musste für seine Familie sorgen, so gut es ging und hatte schon früh die Rolle des Ersatzvaters eingenommen.

»Aber Oma hat doch wieder geheiratet.«

»Ja, da war ich achtzehn. Ich bin dann ausgezogen, war schließlich alt genug, und habe mein eigenes Geld verdient. Als deine Mutter achtzehn wurde, haben wir unsere Beziehung dann mit einer Hochzeit besiegelt, wie das eben so üblich war. Ohne die Hochzeit hätten wir ja gar nicht zusammenwohnen dürfen.«

Daniel versuchte, zu deuten, was sein Vater gesagt hatte. Er hatte jahrelang die Verantwortung für seine Geschwister übernommen und sich um seine Mutter gekümmert. Sicherlich hatte er auf vieles verzichten müssen. Als der neue Mann dann ins Haus kam, musste sein Vater sich überflüssig vorgekommen sein. Da passte es gut, dass er seine spätere Frau kennengelernt hatte. Er hatte wieder eine Aufgabe und eine Verantwortung. Und seine Mutter?

»Wie sah Mamas Leben denn früher aus?«

»Ach«, Olaf machte eine wegwerfende Handbewegung, »das ist doch nicht wichtig. Es ist alles gekommen, wie es gekommen ist, und das ist gut so. Was machst du dir überhaupt so viele Gedanken? Ist das wegen Emma?«

»Ich weiß einfach nicht, wie es weitergehen soll.«

Olaf nickte und trank einen Schluck. »Ja, das kommt vor. Wenn ich dir einen Tipp geben darf: Erwarte nicht zu viel vom Leben. Das Leben ist ein Schurke und stiehlt dir ab und an wertvolle Zeit. Was ist denn mit Sophie?«

»Hör endlich auf, mich immer mit Sophie verkuppeln zu wollen.«

»Ich frage ja nur.«

Schweigend starrten Vater und Sohn auf die Hecke, bis Daniel es nicht mehr aushielt. Ihn drängte eine Frage, die ihm bis zum heutigen Tag noch nie gekommen war. Er nahm seine Flasche und ging hinein, wo er seine Mutter suchte. Zuerst sah er im Wohnzimmer nach, dann in der Küche. Da sie nicht zu finden war, vermutete er sie in ihrem Büro. Warum war ihm früher nie aufgefallen, wie viel freie Zeit sie mit dem Schreiben, Lesen und Malen verbrachte? Schmerzlich wurde Daniel bewusst, dass er seine Eltern lange nicht so gut kannte, wie er gedacht hatte. Petra saß in der Bücherecke im Büro und las.

»Mama, hast du kurz Zeit?«

Petra blickte auf. Ihr Blick erhellte sich, als Daniel auf sie zukam.

»Für dich doch immer, mein Schatz. Was ist denn?«

Sollte er ihr die Frage wirklich stellen oder gehörte sich das nicht? Was erhoffte Daniel sich überhaupt von der Antwort?

»Ich habe eine ungewöhnliche Frage«, begann er. Mit allem Mut, den er hatte, fragte er: »Papa und du ... liebt ihr euch eigentlich?«

Das Gefühlschaos, das sich auf Petras Gesicht abzeichnete, hätte nicht ehrlicher sein können. Im ersten Moment erschrocken, dann beschämt und schließlich verschlossen.

»Was für eine Frage!«, lachte sie, als sie ihren kleinen Schock verarbeitet hatte.

»Und?«

Sie zierte sich. »Weißt du, Schatz, wenn man lange verheiratet ist, ist die Liebe nicht mehr das Wichtigste. Vielleicht siehst du das im Moment nicht so, aber für mich sind Sicherheit und ein geregeltes Leben bedeutsamer.«

Klang das nur in Daniels Ohren wie eine Ausrede, oder merkte Petra selbst, dass sie die Frage nicht zufriedenstellend beantwortet hatte?

»Warum wollte Opa Willi eigentlich nicht, dass du studierst?«

»Ach, er meinte, das sei kein sicherer Beruf.« Seine Mutter schien froh zu sein, nicht mehr über ihre Gefühle sprechen zu müssen. »Gerade damals war das Bankwesen eine Lehre, mit der man nichts falsch machen konnte. Er wollte für mich Sicherheit und ein ordentliches Leben – wie du siehst, hat das funktioniert.«

»Bereust du es?«

Daniel wunderte sich selbst über seine Frage. Ursprünglich hatte er die Unterhaltung in eine andere Richtung führen wollen. Seine Mutter sah ihn skeptisch an. Sie ließ sich lange Zeit für ihre Antwort.

»Vielleicht hätte ich mir damals etwas mehr Verständnis von meinem Vater gewünscht. Das war auch der Grund, warum ich immer versucht habe, euch alle Wünsche zu erfüllen, die ihr hattet.«

»Bitte?« Daniel wurde hellhörig. Das Gegenteil war der Fall gewesen! »Du hast mich gegen meinen Willen zum Gitarrenunterricht geschleppt! Ich wollte nicht Tischtennis spielen, sondern Fußball. Und die Beziehung zu meiner Traumfrau wolltest du auch kaputtmachen.«

Dachte seine Mutter tatsächlich, sie hätte in seinem Sinne gehandelt? Plötzlich wurde Daniel vieles klar.

»Schatz, du wolltest gerne Gitarre spielen!«

»Ja, am Anfang, als ich noch nicht wusste, wie schwer das ist. Ihr habt mich jahrelang gezwungen, als ich schon längst aufhören wollte.«

»Außerdem ist Tischtennis ein ungefährlicherer und anspruchsvoller Sport, das war nur in deinem Interesse. Und über Emma haben wir uns doch häufig genug unterhalten. Sie war nicht die beste Partie für dich. Wenn du mit Sophie ...«

»Mama, ich liebe Emma! Immer noch! Also irgendwie jedenfalls ... Und die Frage ist nicht, wen *du* für die beste Partie hältst, sondern mit wem *ich* am glücklichsten bin. Mein tiefster Wunsch war immer, mit Emma alt zu werden.«

Petra schwieg. Sie schien über seine Worte nachzudenken, als höre sie sie zum ersten Mal. Daniel ging zur Tür. Er wollte sich nicht weiter über Emma und seine Träume unterhalten.

»Vielleicht denkst du zur Abwechslung mal darüber nach, was deine Kinder wollen, anstatt darüber, was du willst.«

Daniel ließ seine Mutter sitzen. Er verschwand in sein Zimmer und legte sich aufs Bett. Warum hatte er vorher nie wirklich über die Motive seiner Eltern nachgedacht? Sie waren irgendwie traurige Gestalten. Verheiratet, um ihren Familien zu entfliehen. Und trotzdem waren sie noch immer verheiratet. Warum konnten Daniel und Emma, die sich wirklich geliebt hatten, nicht heiraten und glücklich sein? Sein Vater hatte recht: Das Leben war wirklich ein Schuft.

Kapitel 21
-Emma-

Tag X plus 6

Obwohl die Sonne schien, war es in meiner Welt seit einer Woche stockdunkel. Bisher hatte ich nicht gewusst, dass Liebeskummer so weh tun und man den Sinn seines ganzen Lebens infrage stellen konnte. Ich war eigentlich ein positiver Mensch, aber ohne Daniel an meiner Seite würde ich nie wieder lachen können.

Die zwei Tage in Schottland hatten die gewünschte Langzeitwirkung verfehlt. Während unseres Aufenthaltes dort hatte ich kaum an Daniel gedacht. Das lag in erster Linie an Tinas Erlebnisplan, der uns von einer Sightseeingtour zur nächsten geschickt und zum Shoppen gezwungen hatte. Die beiden hatten sich so viel Mühe gegeben, mir schöne Erlebnisse zu bereiten, aber sobald ich wieder in meiner Wohnung angekommen war, waren der Schmerz, die Verzweiflung und die Trauer wieder über mich hereingebrochen.

Tina hatte gemeint, dass die Welt ein paar Tage oder Wochen später anders aussehen würde, aber das stimmte nicht. Die Leere in meinem Körper dehnte sich immer weiter aus, statt kleiner zu werden.

»Gib dir Zeit, Süße, das geht nicht von heute auf morgen.« Tina drückte mir eine Tasse Tee in die Hand.

Seit sie mir am Wochenende erzählt hatte, dass sie Markus eine zweite   Chance   gegeben hatte, war ich noch tiefer in mein schwarzes Loch gefallen. Warum bekam Markus eine zweite Chance, nachdem er fremdgegangen war, und ich nicht, obwohl ich nichts getan hatte? Natürlich freute es mich für Tina, auch wenn ich es nicht zeigen konnte. Tina und Markus gehörten einfach zusammen. Aber das hatte ich von Daniel und mir auch geglaubt.

»Könntest du Daniel für mich anrufen und ein paar Dinge abklären?« Ich nippte am heißen Tee. Es war sogenannter Turteltauben-Tee, eines der Hochzeitsgeschenke, die per Post angekommen waren.

»Was denn?«

»Wir müssen noch ein paar Hochzeitsdinge besprechen. Außerdem muss ich wissen, was mit der Wohnung ist. Daniel wird ja demnächst mal seine Sachen holen wollen, denke ich. Und ich muss mich nach einer neuen Wohnung umsehen.«

»Ich frage ihn mal. Wenn du willst, kannst du ja in der Übergangszeit bei mir einziehen. Dann kann Daniel hier wieder wohnen.«

»Und Markus?«

»Wir wollen es langsam angehen lassen. Bis du eine neue Wohnung hast, kann er auch bei seinen Eltern wohnen. Komm schon, wie in alten Zeiten!«

Ich musste tatsächlich kurz auflachen. »Unsere WG-Zeit war schon echt legendär.«

»Kann man wohl sagen«, pflichtete Tina mir bei. Dann wurde sie ernster. »Ich bin noch immer schockiert, wie sich alles entwickelt hat.«

Ich sah sie traurig an. »Habe ich mich so verändert, Tina? Sei ehrlich. Bin ich ein schlechterer Mensch geworden?«

Tina trank einen Schluck Tee. Sie schien nachzudenken, wie sie ihre Gedanken formulieren sollte. »Ja, du hast dich schon ganz schön verändert.«

»Zum Negativen?«

»Soll ich wirklich ehrlich sein?« Wenn Tina schon so fragte, konnte die Antwort gar nicht positiv ausfallen. Trotzdem nickte ich. Ich wollte es von ihr hören.

»Du bist geradezu unausstehlich geworden. Tut mir leid, dass ich das so sagen muss, aber diese ganze Planung und dein Perfektionismus haben nicht gerade das Beste aus dir herausgeholt.«

Ich ließ das Gesagte auf mich wirken. Daniel und Tina stimmten also über ein, dass ich mich negativ verändert hatte.

»Kannst du mir ein Beispiel sagen?« Vielleicht würde ich dann besser verstehen, was sie meinte.

»Zum Beispiel wolltest du sieben Kilo in zwei Wochen abnehmen, statt dir ein Kleid zu suchen, das passt.«

»Das hätte doch wohl jeder versucht! Das ist eben so, wenn man sein Traumkleid gefunden hat. Da kannst du jede andere Braut fragen.«

»Gut, ein anderes Beispiel. Daniel hat Markus erzählt, dass du förmlich ausgerastet bist, weil er deine Hochzeitssachen weggeräumt hat.«

»Weggeräumt? Er hat alles durcheinandergebracht!«

»Siehst du, genau das meine ich.« Tina sah mich eindringlich an. »Du wirst schon aggressiv, wenn du nur daran denkst, jemand könnte sich in deine Planung einmischen. So warst du früher eben nicht. Dein Perfektionismus bezog sich nur auf eure Wohnung und vielleicht auf deine Arbeit, aber du warst ein umgänglicher Mensch. Seit einiger Zeit bist du wirklich schrecklich, weil du bei jeder Kleinigkeit an die Decke gehst und meinst, alles besser zu wissen. Alleine diese Gravur in euren Ringen ...«

»Was ist damit?«

»Das ist alles zu viel! Du hast einfach nicht bemerkt, wo die Grenze war.«

Ich hatte das Gefühl, Tina tat es gut, all das endlich auszusprechen, gleichzeitig sah sie mich aber auch sehr aufmerksam an, so, als würde ich gleich zu schreien beginnen. Hatte sie recht? War ich so ein Mensch geworden? Besserwisserisch war ich schon immer gewesen, aber meine Einwände hatten doch immer gestimmt. Ich hatte die ganzen Hochzeitssachen strategisch geordnet, damit sie am nächsten Tag mit dem geringsten Aufwand ausgepackt werden konnten – war das denn niemandem klar? Es steckte ein System hinter dieser Ordnung. Genau, wie es ein System gab, wie der Sitzplan auszusehen hatte.

»Ich werde darüber nachdenken«, antwortete ich.

»Ich rufe dann mal Daniel an, wenn das okay für dich ist. Dann können wir besprechen, wie alles weitergehen soll.«

Ich nickte. Tinas Sätze schwirrten weiter in meinem Kopf umher. Sie schnappte sich ihr Handy und verließ mein Wohnzimmer. Ich ging zum Laptop. Seit ich unsere Trennung bei meinen Mädels bekannt gegeben hatte, hatte ich nicht mehr ins Forum gesehen. Ich kannte keine von ihnen persönlich, also hatten sie vielleicht genug Distanz, um mein Verhalten objektiv zu bewerten.

Willkommen im Hochzeitsforum!

__Emma:__ Liebe Bräute und Schon-Ehefrauen,
letzte Woche habe ich euch von unserer Trennung berichtet. Vielen Dank an dieser Stelle an alle, die mir gut zugesprochen und mir aufmunternde Nachrichten geschickt haben.
Der Hauptgrund, warum wir uns getrennt haben, war, dass ich mich angeblich extrem verändert habe. Meine Trauzeugin meint, ich sei richtig aggressiv gewesen, wenn sich jemand in meine Hochzeitsplanung eingemischt hat.
Bitte, bitte, bitte seid ehrlich zu mir: Haben sie recht? Komme ich euch wie ein kontrollsüchtiges Monster vor, mit dem man nicht leben will?
Emma.

Während ich auf Antworten wartete, räumte ich auf. Ich hörte Tina draußen sprechen. Mein Herz zog sich zusammen. Am anderen Ende musste Daniels Stimme sein. So lange hatte ich ihn jetzt nicht mehr gehört. Am liebsten hätte ich in seiner Stimme gebadet, sie sollte mich einhüllen und ausfüllen. Stattdessen sprach er mit Tina. Ich konnte mir einfach nicht vorstellen, dass diese Stimme kein Teil meines Lebens mehr sein sollte!

Tina kam nach wenigen Augenblicken zurück. Ihr Gesicht sah aus, als hätte man sie auf frischer Tat beim Klauen erwischt.

»Daniel kommt gleich vorbei.«

Mein Herz sackte dreißig Zentimeter ab. Daniel war auf dem Weg hierher?

»Wie sehe ich aus?«

Eigentlich hatte ich fragen wollen, warum Daniel herkam, aber die Frage war aus mir herausgeplatzt. Tina sah mich skeptisch an.

»Wie Amy Winehouse mit Locken.«

»Oh Gott! Wann ist er hier?« Mein Herz pochte in meinem Bauch.

Wenn er mich so sah, würde er wissen, wie schlecht es mir tatsächlich ging. Aber ich wollte nicht wie die Verlassene aussehen – auch wenn ich es war.

»Du hast noch zehn Minuten.«

Automatisch sah ich auf die Uhr. Zehn Minuten. Ich sauste ins Badezimmer und stieß prompt meinen Zahnputzbecher um. Scheppernd landete er auf den grauen Fliesen. Ich hob ihn auf, stellte ihn außer Reichweite und betrachtete mich im Spiegel. Amy Winehouse war ein Kompliment. Ich sah viel schlimmer aus. Schnell raffte ich meine Haare zu einem ordentlich-unordentlichen Dutt, schmierte mein Gesicht mit Make-up ein und betonte meine Augen mit Kajal und Mascara. Das grenzte mein Unbehagen etwas ein. In meinem Kleiderschrank fand ich eine frische Jeans und ein grünes Top, von dem ich wusste, dass Daniel es an mir todschick fand. Als ich mich umgezogen hatte, überprüfte ich die Uhr: Ich hatte sechs Minuten gebraucht.

»Ich lasse euch zwei lieber allein.« Tina stand in der Tür zum Schlafzimmer. Ein altbekanntes Panikgefühl kroch in mir hoch.

»Nein, bleib doch hier!«

Tina schüttelte den Kopf. »Nee, nee, macht

ihr das mal unter euch aus. Du bist aber gerne eingeladen, heute Abend zu mir zu kommen.«

Tina umarmte mich und ging. Die Tür fiel ins Schloss. Draußen hörte ich sie jemanden begrüßen. Sekunden später hörte ich einen Schlüssel in der Tür.

»Emma?«

Daniels Stimme jagte mir einen Schauer durch den Körper. Ich überprüfte ein letztes Mal mein Aussehen, nickte mir aufmunternd zu und ging in den Flur.

»Hey.«

Er sah grauenvoll aus. Seine Brille kaschierte die Augenringe nicht genug, die wie dunkle Abgründe unter seinen Augen lagen. Er war um Jahre gealtert. Einerseits beruhigte es mich, dass die Trennung auch an ihm nicht spurlos vorüberging, aber andererseits machte mich seine Anwesenheit unglaublich nervös. Wo sollte ich nur meine Hände hinstecken? Ich knetete sie zuerst, dann verschränkte ich meine Arme vor der Brust. Daniels Hände steckten in seinen Hosentaschen. Sein Blick mied mich.

»Ich war bei Tom. Er zahlt uns die Anzahlung zurück«, sagte er.

»Oh. Gut.« Es war so endgültig, wie er es sagte. Ein Teil in mir hoffte noch immer auf eine Wiedervereinigung. Der größte Teil, um ehrlich zu sein. Aber meine Hoffnung schwand.

»Die Standesbeamtin war ziemlich überrascht, als ich sie angerufen habe«, sagte ich. »Und der Juwelier war so verwirrt, dass er uns sogar noch alles Gute gewünscht hat.«

»Das war echt ein komischer Kauz«, meinte Daniel.

Ich wusste nicht, was ich tun sollte. Am liebsten hätte ich auf ihn eingeredet, ihm erzählt, wie sinnlos mein Leben ohne ihn war und wie sehr ich ihn vermisste. Aber er schien nicht an meinem Befinden interessiert.

»Wohnst du gerade bei deinen Eltern?«

»Meine Sachen sind bei Sophie, aber langfristig werde ich zu meinen Eltern gehen. Ich wollte nur meine restlichen Sachen holen.«

Sophie also. Hätte ich noch ein intaktes Herz gehabt, wäre es in diesem Moment gebrochen worden. Stattdessen spürte ich nur einen Stich in meinem Inneren. Er hatte also jemanden, der ihn tröstete. Ich wurde wütend.

Daniel ging an mir vorbei ins Schlafzimmer. Ich hörte, wie er unseren großen Koffer unter dem Bett hervorzog und ihn auf das Bett hievte. Dann begann er, seine restlichen Klamotten einzupacken.

»Du kannst so lange hier wohnen, bis du was Neues gefunden hast. Ich zahle meine Miete weiter«, rief er mir zu.

Ich stand weiterhin im Flur, unfähig, mich zu bewegen. In meinem ganzen Leben hatte ich kein derartiges Gefühlschaos erlebt. Warum war er zu Sophie gegangen? Warum nicht zu seinen Eltern? Hatte sie ihn eingelullt? Das konnte ich nicht einfach hinnehmen. Ich wollte nicht zusehen, wie Daniel seine Sachen packte. Ich wollte Klarheit haben: War Sophie seine Wahl?

»Schläfst du mit ihr?«

Die Worte hatten meinen Mund verlassen, ehe ich sie hindern konnte. Daniel stolperte aus dem Schlafzimmer.

»Spinnst du jetzt völlig? Ich will nichts von Sophie! Sie ist nur eine Freundin! Wann geht das endlich in deinen behämmerten Dickschädel?«

Bevor er richtig Fahrt aufnehmen konnte, stoppte er sich selbst. »Ach, ist mir doch egal, was du denkst! Wir sind nicht mehr zusammen.«

Mit diesen Worten drehte er sich um und verschwand wieder im Schlafzimmer. Es brodelte in mir. So hatte Sophie ihm also schon den Kopf gewaschen. Das würde ein Nachspiel haben. Ich musste sie zur Rede stellen.

Mein geliebter Fiat raste durch die Stadt. Ob sie überhaupt zu Hause war? Einen Versuch war es wert. Daniel hatte vermutlich nicht mal gemerkt, dass ich gegangen war. Wie konnte sie uns das nur antun? Seit er sich wieder mit Sophie getroffen hatte, hatte er sich verändert. Er, nicht ich! Oder hatte ich mich tatsächlich verändert? Tinas Worte hallten noch in meinem Kopf nach. *Du bist unausstehlich geworden.* War das so? Ich wusste nicht mal mehr, wer oder was ich war und sein wollte.

Ich klingelte Sturm. Ein furchtbarer Türsummer ließ mich ein. Es fühlte sich komisch an, wieder hier zu sein, nach zwei Jahren. In dieser Wohnung hatte ich Daniel kennengelernt, als wir ihren Geburtstag gefeiert hatten. Tina hatte mich mitgeschleppt, obwohl ich niemand anderen kannte, und dann hatte ich ihn getroffen. Es tat mir leid, dass ich Sophie und Daniel auseinandergebracht hatte, aber er sagte selbst, ihre Beziehung sei nicht die Erfüllung gewesen.

Sophie stand in der Tür und wartete auf ihren Besuch.

»Emma, was machst du …?«

»Ich muss mir dir reden«, knurrte ich.

Sophie ließ mich ein und schloss die Tür.

»Bitte.« Sie wies mir den Weg ins Wohnzimmer.

Ich setzte mich aber nicht, wie sie vorschlug, sondern lief mit verschränkten Armen auf und ab. War die Wohnung damals auch schon so klein gewesen? Es war, als würden sich die Wände immer weiter auf mich zubewegen.

Plötzlich war mein Kopf leer. Ich hatte mir im Auto so viele Gemeinheiten überlegt, die ich Sophie an den Kopf werfen wollte, aber jetzt fiel mir nichts mehr ein. Sophie stand mit ihren viel zu blauen Augen vor mir, die Augenbrauen besorgt hochgezogen. Selbst in ihrem Hoody und der Jogginghose sah sie makellos aus. Kein Wunder, dass Daniel sie mir vorzog. Ich war einfach immer die Nummer zwei. Statt Worte brachen Tränen aus mir hervor. Ich kannte das Brennen in den Augen schon gut. Es gehörte mittlerweile zu meiner täglichen Routine, Taschentücher einzupacken.

»Nimm mir Daniel bitte nicht weg«, schluchzte ich und sah durch den Tränenschleier Sophie auf mich zukommen.

»Hey, komm mal her, Emma. Ist doch gut.«

Sie nahm mich in den Arm, und obwohl ich mich wehren wollte, ließ ich es geschehen. Meine Wut auf sie war wie weggeblasen.

»Ich will Daniel doch gar nicht mehr«, flüsterte sie mir ins Ohr. »Ihr beide habt viel besser zusammengepasst.«

Wir standen ein paar Sekunden verschlungen ineinander, dann löste sich Sophie. Ich wischte schnell meine Tränen weg.

»Ich weiß, wie du dich fühlst. Niemand weiß es besser als ich«, sagte Sophie. »Es war damals auch ein Schock, als Daniel mit mir Schluss gemacht hat. Ich habe in der letzten Woche viel mit ihm gesprochen, Emma. Er hat dich wirklich sehr geliebt.«

»Wir lieben uns noch immer!«, beteuerte ich, dabei war ich mir nicht sicher, ob das stimmte.

»Ich weiß nicht, ob Daniel euch noch eine Chance gibt. Es hört sich ziemlich endgültig an. Vielleicht solltest du versuchen, es zu akzeptieren. Das sagt sich leicht, aber ich denke, je mehr du ihm hinterher läufst, desto weniger Zeit hat er, Abstand von allem zu gewinnen und in Ruhe nachzudenken.«

Ich seufzte laut. Was tat ich überhaupt hier? Konnte Sophie etwas dafür, dass ich mich wie eine Idiotin aufgeführt hatte, seit der Termin verschoben wurde? Vielleicht war sie gar nicht das Problem.

»Ich bin ganz schön blöd. Tut mir leid.«

»Ach, Quatsch.«

»Sag ihm bitte nicht, dass ich hier war.«

»Ist doch Ehrensache.« Sophie nahm mich noch einmal in den Arm. »Ich hoffe, dass er es sich noch anders überlegt. Kann ich dir irgendwas anbieten? Kaffee oder so? Du liebst doch Kaffee.«

»Nein, ich verschwinde lieber, bevor er hier wieder aufkreuzt. Eigentlich wollte ich dir Vorwürfe machen, dass du ihn mir wegnimmst, aber irgendwie hat das nicht geklappt.«

Sophie lächelte mitleidig. »Kann ich verstehen. Ging mir auch so.«

Mit einem gemischten Gefühl fuhr ich zu Tina. Wir machten es uns auf der Couch gemütlich.

»Wollen wir nicht mal wieder ein Spiel spielen?«, fragte Tina.

»Darf ich zuerst mal an deinen Laptop? Ich muss was im Forum gucken.«

»Das Forum ist passé. Was willst du da jetzt noch gucken?«

»Bitte, Tina. Das sind ganz liebe Mädels da, und ich muss etwas nachlesen. Such du lieber schon mal ein Spiel raus.«

Ich fuhr Tinas Laptop hoch und loggte mich im Forum ein. Drei meiner Mädels hatten auf meinen Beitrag geantwortet.

Willkommen im Hochzeitsforum!

Lara_87: Liebe Emma,

es ist schwierig, ein Urteil über deine Persönlichkeit zu fällen, ohne dich je gesehen zu haben. Ich schildere dir trotzdem meinen Eindruck.

Als du zu planen begonnen hast, hast du ja für nächstes Jahr geplant. Ich habe dich als eine gut organisierte, fröhliche Frau kennengelernt, die gern den Überblick über alles hat (wenn ich beispielsweise an deine immense Checkliste denke, wird mir immer noch ganz schlecht!). Ab dem Zeitpunkt der Terminverlegung kamst du mir extrem gestresst vor. Du hast hier nicht mehr so viel geschrieben, und jedes deiner Postings war wenig gefühlvoll. Mir persönlich kamst du schon mit der Zeit veränderter vor. Inwieweit das negativer als vorher ist, weiß ich natürlich nicht, da dich niemand kurz vor der Hochzeit in der Realität erlebt hat. Deine Lara

231

Lulu: Emma, ich habe dich wirklich lieb gewonnen in den letzten Wochen, deshalb möchte ich dir lieber eine Nachricht schreiben, statt öffentlich eine Meinung über dich abzugeben.
Lu

Beste_Braut: Ich verstehe, dass wir von unserer Umwelt manchmal als »verrückt« abgestempelt werden, weil wir so ausführlich planen. Ich denke auch, dass du eine der »ganz großen Planerinnen« hier bist, also sehr wohl perfektionistischer bist als manch ein anderer hier. Vielleicht hast du es tatsächlich übertrieben, ohne es zu merken? Das mit der Trennung tut mir jedenfalls wirklich sehr leid. Ich hoffe, ihr könnt euch mal in Ruhe aussprechen.

Emma öffnete die Nachricht von Lulu, die in ihrem Postfach lag.

Hallo Emma,
ich werde dir jetzt ein paar harte, aber ehrliche Worte sagen, aber du wolltest die Wahrheit hören. Vielleicht hilft es dir, zu verstehen, warum eure Beziehung kaputt gegangen ist.
Wie Lara schon geschrieben hat, habe auch ich dich als fröhlichen Menschen kennengelernt. Geändert hat sich deine Schreibweise, nachdem sich euer Termin verschoben hat. In meinen Augen war der Fehler, dass du trotzdem eine Hochzeit planen wolltest, als hättest du ein Jahr Zeit. Deine Postings klangen immer gehetzt, und du hast die Ratschläge und Hilfen, die die Bräute dir gegeben haben, in den Wind geschlagen. Alle, die hier angemeldet sind, planen ausgiebiger als die Durchschnittsbraut, aber wenn ich so gelesen habe, was du alles vorhast und in welcher Zeit du das umsetzen wolltest, bekam ich selbst Panik.

Das konntest du doch gar nicht schaffen!

Warum hast du zum Beispiel Gastgeschenke gemacht? Da sind mindestens zwei Abende bei draufgegangen, die du dafür hättest nutzen können, um mit deinem Verlobten Zeit zu verbringen. Gastgeschenke sind völlig überflüssig, auch wenn sie die Gäste erfreuen. Das Gleiche gilt für Antennenschleifen und Notfallkörbchen. Mir scheint, die Planung der Hochzeit und das Drumherum waren dir viel wichtiger als der eigentliche Akt der Eheschließung. Jedenfalls ist es das, was bei mir ankam. Ich habe deine Beiträge noch einmal durchgelesen: Du hast nur am Anfang geschrieben, wie sehr du dich auf die Hochzeit freust und wie du dich danach sehnst, deinen Freund endlich deinen Mann nennen zu können. So etwas haben wir lange nicht mehr von dir gehört – lebt(e) es überhaupt noch in dir?

Natürlich ist das nur meine persönliche Meinung dazu, aber ich habe das Gefühl, ich liege damit gar nicht so falsch. Vielleicht solltest du lernen, Kompromisse einzugehen, sonst wirst du nie eine glückliche Beziehung führen können.

Es tut mir leid, falls ich dich verletzt haben sollte. Ich möchte nur das Beste für dich, denn du bist mir ans Herz gewachsen, trotz deiner manchmal etwas rauen Art. Ich hoffe, da draußen wartet ein Happy End auf dich.

Deine Emily alias Lulu

Die Nachricht traf mich tief. Wenn sogar fast fremde Menschen merkten, dass ich mich verändert hatte, dann lagen Daniel und Tina offenbar gar nicht so falsch. Vielleicht war ich tatsächlich unausstehlich gewesen.

Ich klappte den Deckel des Laptops herunter und ging zurück zu Tina.

»Ich bin echt ein schlechter Mensch, hm?«

»Wie kommst du denn jetzt da drauf? Du bist kein schlechter Mensch, du hast einfach die Grenzen nicht eingehalten.«

»Aber Daniel glaubt, dass ich jederzeit wieder so ein Monster werden könnte.«

»Dann versprichst du mir jetzt, dass du wieder die alte Emma wirst und auch mal auf deine Umwelt hörst.«

Ich versprach es.

Kapitel 22

Tag X plus 50

Herzlich willkommen im Hochzeitsforum!

Emma: *Meine lieben Bräute und Ehefrauen,*
es sind erst wenige Monate vergangen, seit ich mich in diesem Forum angemeldet habe. Himmelhochjauchzend habe ich mich in die Hochzeitsplanung gestürzt, sämtliche Threads dazu durchgelesen und alles aufgesaugt wie ein trockener Schwamm. In den letzten Monaten ist aber auch viel passiert. Mein Leben war nie turbulenter, schmerzhafter und schwärzer als in den vergangenen Wochen seit unserer Trennung.

Ich möchte einen neuen Lebensabschnitt beginnen und dazu gehört Abstand zum Hochzeitsforum. Das hat keineswegs mit euch persönlich zu tun, ihr wisst, dass ihr mir alle ans Herz gewachsen seid. Aber ich schaue hier regelmäßig rein, sehe eure Beiträge zu euren Hochzeiten und diesbezüglichen Planungen und werde jedes Mal tieftraurig, nicht mehr dazuzugehören. Deshalb habe ich beschlossen, meinen Account hier zu löschen.

Wenn die eine oder andere von euch privat mit mir in Kontakt bleiben will, dann habe ich natürlich nichts dagegen. Schreibt mir bitte eine private Nachricht mit euren Kontaktdaten.

Ich wünsche euch allen eine wunderbare Hochzeit und einen tollen Start in die Ehe! Macht es besser als ich.
Eure Emma

Kapitel 23

Tag X plus 64

Oktober, zwei Monate nach unserer Fast-Hochzeit. Ich war noch immer auf der Suche nach einer geeigneten Wohnung, obwohl ich mir bereits zwei vielversprechende angesehen hatte. Eine war sogar ganz in der Nähe meines geliebten Schlosses und des Schlossgartens. Noch lag der Brief mit der Kündigung auf dem Küchentisch. Ich traute mich noch nicht, ihn abzuschicken, aus Angst, am Ende der Kündigungsfrist keine geeignete Wohnung zu haben. Den Zuschlag für die Wohnung am Schlossgarten hatte ich noch nicht, also übte ich mich in Geduld.

Ich war mit dem Fahrrad in die Stadt gefahren, um an diesem Samstag mein Erspartes in neue Kleidung und Schuhe zu investieren. Der Liebeskummer war noch immer nicht abgeflaut, aber ich hatte mit dem Schmerz zu leben gelernt. Morgens ging ich wieder gerne zur Arbeit, aber mein Arbeitsstil hatte sich verändert. Ich hatte das Gefühl, lockerer geworden zu sein und weniger verkrampft. In der Wohnung kam es vor, dass ich das Geschirr auf die Spüle stellte, statt in die Spülmaschine hinein, und es fiel mir erst auf, wenn ich beim nächsten Mal daran vorbeikam. Ich hielt das für ein gutes Zeichen. Bedeutete es nicht, dass ich dabei war, meinen Perfektionismus zu ändern?

Ich kam an meinem Stammfrisör vorbei und

blieb stehen. Normalerweise ließ ich nur meine Spitzen schneiden.

»Beginnt im Leben ein neuer Schritt, braucht man als Frau 'nen neuen Schnitt«, dichtete ich und trat ein.

Eugen war gleich zur Stelle.

»Hey Eugen, ich habe leider keinen Termin.«

»Emma, Liebes, das macht doch nichts! Du kannst dich gleich hier hinsetzen.«

»Ich möchte etwas völlig Neues probieren.«

Eugens Augen leuchteten. »Was schwebt dir vor? Kurz?«

»Kürzer, ja. Und vielleicht etwas Farbe.«

Ich brauchte Eugen nichts von meinem Hochzeits-Desaster berichten, schließlich hätte er vor zwei Monaten meine Haare stecken sollen. Glücklicherweise war er taktvoll oder vergesslich genug, darauf nicht einzugehen.

Eugen nahm sich viel Zeit für mich. Meine langen und ungezähmten Haare sollten kürzer werden und geglättet, außerdem würde ich einen seitlichen Pony bekommen. Ich war bereit. Eugen ging ans Werk.

Ich wurde ein neuer Mensch. Obwohl Eugen mich nicht komplett anders aussehen ließ, fühlte ich mich wie neu geboren. Bereit, dem neuen Lebensabschnitt zu begegnen. Weniger perfektionistisch zu sein. Toleranter zu werden. Mehr auf meine Umwelt zu hören.

Ich betrachtete mich im Spiegel. Eine neue Frau lächelte mich an.

»Danke, Eugen!«

Nachdem ich bezahlt hatte, kleidete ich mich

neu ein, wie ich es ursprünglich geplant hatte. Zum ersten Mal seit Wochen war ich wieder gut gelaunt. Zwar konnte ich das Gute-Laune-Level, das ich vor der Trennung immer hatte, noch nicht erreichen, aber es war ein Anfang.

Bepackt mit neuen Klamotten gönnte ich mir noch einen Erdbeer-Banane-Smoothie und spazierte durch die Stadt. Wie schön es gewesen war, früher mit Daniel zusammen hier herumzuschlendern. Wir hatten uns regelmäßig samstags in die Stadt aufgemacht und waren immer im gleichen italienischen Restaurant gelandet. Mir fiel ein, dass wir das letzte Mal zusammen essen waren, als Daniel mich von der Arbeit abgeholt hatte. Warum war ich damals so verärgert gewesen? Ich dachte angestrengt nach. Es musste zwei Wochen vor dem Termin gewesen sein. Jetzt fiel es mir wieder ein: Ich hatte Daniel Vorwürfe gemacht, weil er sich noch nicht um seinen Anzug gekümmert hatte. Ich hatte das Gefühl gehabt, alles alleine machen zu müssen. Dabei hätte ich ihn vielleicht nur in Ruhe fragen müssen, welche Aufgaben er hätte übernehmen können. Ich hatte mich tatsächlich nicht sehr erwachsen benommen. Aber wie sollte ich das wieder gutmachen?

Das konnte ich nicht. Ich würde es nie wieder gutmachen können.

***

Daniel

Wahnsinn, wie schnell die Zeit vergangen war. Und Wahnsinn, wie wenig sich an seinen Gefühlen geändert hatte. Daniel war sich sicher gewesen, dass er nach zwei Monaten weniger Sehnsucht und Liebeskummer haben würde, aber der Schmerz war so groß wie eh und je. Daniel beschloss, etwas zu tun, das seinen Schmerz vielleicht sogar verstärken würde: Er wollte zum Schlossgarten, dem Ort, an dem er Emma den Antrag gemacht hatte. Warum er sich das antun wollte, konnte er sich selbst nicht beantworten. Vielleicht hoffte er, dann endlich mit allem abschließen zu können.

Und dann kann ich Emma endlich vergessen, dachte er.

Er hätte es niemandem gegenüber zugegeben, aber er hatte Angst vor dem Schlossgarten und den Gefühlen, die wieder hochkommen würden. Bisher hatte er in seinem Leben alles gemieden, was konfliktbehaftet war. Bei Streitereien mit Emma war er davongestürmt, bei Diskussionen hatte er nach einer Weile klein beigegeben. Aber jetzt würde er sich seinen Ängsten stellen.

Da die Sonne heute nicht gnädig war und es vor wenigen Stunden geregnet hatte, war der Schlossgarten fast menschenleer. Daniel ging durch das schmiedeeiserne schwarze Tor und folgte dem kleinen Pfad. Von den Blättern fielen einzelne Tropfen, die vom Regen übrig geblieben waren. Eine südländisch wirkende Frau mit einem schwarzen Pudel überholte ihn und bog rechts ab. Daniel hielt sich nach links, wo die Mühlenhunte durch den Park floss. Die angeketteten Tretboote schwammen unruhig hin und her und schlugen sachte aneinander. Daniel sah sich den Fluss ein paar Minuten an, doch dann zog es ihn weiter den Weg entlang. Früher war er hier so oft mit Emma gewesen. Auf der Wiese rechts hatten sie häufig gepicknickt. Wie sehr er sie vermisste. Daniel konnte das Gefühl, ihr Unrecht getan zu haben, noch immer nicht ablegen. Die Worte, die Tom ihm vor wenigen Wochen gesagt hatte, schwirrten in seinem Kopf umher wie Libellen. *Es lohnt sich, um seine Liebe zu kämpfen.* Frustriert kickte Daniel einen kleinen Kiesel aus dem Weg. *Meine Liebe hat unsere Beziehung nicht retten können,* dachte er bitter. *Es lohnt sich, um seine Liebe zu kämpfen,* echote Toms Stimme in seinem Kopf.

Obwohl er es nicht absichtlich getan hatte, stand Daniel plötzlich an dem kleinen Hofgärtnerhaus, das ihm gut bekannt war. Es war ein herrliches weißes Häuschen mit dunkelgrünen Fensterläden und entstammte dem 19. Jahrhundert. Daniel und Emma hatten sich oft vorgestellt, wie schön es wäre, in so einem Haus zu wohnen, mitten in einem grünen Park, umgeben von einem Fluss. Er ließ sich auf eine Bank sinken und betrachtete das Haus.

Vielleicht sollte er Emma doch noch eine Chance geben. Diese Überlegung kam in den letzten Tagen immer häufiger, wenn er an sie dachte. Mit etwas Abstand betrachtet, konnte er ihr Verhalten zwar noch immer nicht nachvollziehen, aber er hätte es ahnen können. Er kannte sie schließlich. Sie war in allem, was ihr wichtig war, derart verbissen, dass es fast manisch war. Aber meistens hatte sie nach einer Weile die Lust verloren und sich in ein neues Projekt gestürzt. Er hätte mehr mit ihr reden sollen. Stattdessen hatte er sie Hals über Kopf verlassen.

Andererseits hätte Reden in ihrem Zustand

ohnehin keinen Effekt gehabt. Das hatte er schon beim Italiener gemerkt, und auch die vielen Male später, als er versucht hatte, vernünftig mit ihr zu sprechen, waren gescheitert. Vielleicht sollte es einfach nicht sein. Daniel sah sich um. Es war niemand da. Er schaute in den Himmel.

Lieber Gott, ich weiß, unser Verhältnis war in der letzten Zeit nicht besonders gut, aber ich brauche deine Hilfe. Es tut mir leid, dass ich der Kirche den Rücken gekehrt habe. Ich hoffe, es gibt dich und du hörst mich trotzdem. Bitte zeige mir, wie ich meinen Lebensweg weitergehen soll und ob Emma noch eine Chance verdient.

Ob Gott Daniel überhaupt hören konnte? Eigentlich glaubte er ja nicht an einen Gott, aber falls es einen gab, konnte ein bisschen beten nicht schaden.

***

Emma

Ich ging an unserem Lieblingsitaliener vorbei und folgte der kleinen Kurve. Vor mir erhob sich der Schlossgarten. Bisher hatte ich gemieden, ihn zu betreten. Zu viele Erinnerungen an glückliche Zeiten würden sich in mir rühren und mir nur noch mehr Schmerzen bereiten. Aber ich war auf dem Weg, mich zu verändern, also wollte ich diese Episode abschließen. Wenn Daniel keine Chance mehr für uns sah, musste ich endlich beginnen, mein Leben ohne ihn zu akzeptieren.

Ich ging durch das schmiedeeiserne Tor und den Weg entlang zum Fluss. Als ich den Baum sah, von dem Tom gefallen war, bekam ich ein richtig schlechtes Gewissen. Er hatte seinen Krankenhausaufenthalt zwar gut überstanden, aber ich hatte trotzdem immer noch das Gefühl, an seinem Unglück schuld zu sein. Nein, ich *war* schuld, daran war nichts zu rütteln. Für ein interessantes Foto hatte ich den armen Mann auf einen Baum klettern lassen. Ich schüttelte den Kopf. Wenn ich an die Vorbereitungsphase zurückdachte, stieg mein Stresspegel automatisch. Sagte man nicht, Vorfreude sei die schönste Freude? Das konnte ich nicht bestätigen, jedenfalls nicht, wenn man eine Hochzeit in vier Wochen plante.

Es hätte alles so einfach sein können. Ich hätte von Anfang an nur passende Kleider anziehen sollen. Wir hätten nur mit unseren engsten Freunden feiern können, ohne ein mehrgängiges Menü und eine Band. Mein Traum von der Prinzessinnenhochzeit war geplatzt, aber wenn ich ernsthaft darüber nachdachte, verstand ich mehr und mehr, was Daniel, Tina und die Mädels aus dem Forum mir hatten sagen wollen: Was nützte mir Salz, wenn die Suppe fehlte?

Ich ging weiter. Der Weg machte eine Biegung und gabelte sich dann nach links und rechts. Früher waren wir immer den linken Weg gegangen, der über den Fluss führte, bis wir aus einer Laune heraus mal den rechten Weg genommen hatten und auf ein traumhaftes kleines Haus gestoßen waren. Wir hatten davon geträumt, hier zu wohnen, mitten im Park. Ich schlug den rechten Weg ein. Es zog mich zu »unserem« Haus, das ich schon so lange nicht mehr gesehen hatte. Der Park war menschenleer, vielleicht konnte ich dort ungestört die glücklichen Minuten nacherleben, die ich damals bei Daniels Heiratsantrag gefühlt hatte.

Es war ja erst etwas mehr als drei Monate her, dass Daniel mich in die Stadt gelockt hatte, um bei unserem Lieblingsitaliener zu essen. Ich schöpfte keinen Verdacht. Erst als er mit mir in den Schlossgarten gehen wollte, war ich irritiert. Es war draußen bereits dämmrig und der Park würde geschlossen sein. Seltsamerweise hatte Daniel einen Schlüssel für das Eingangstor und führte mich zu diesem Haus. Ein abgekartetes Spiel, wie ich später erfuhr. Der Weg war mit Windlichtern gesäumt, die warm die Richtung wiesen und Daniel bat mich, kurz zu warten. Er rannte in das Haus und war verschwunden. Es dauerte mir alles viel zu lange. Ich weiß noch, wie ich genervt Tina eine SMS schickte, und sie mich zu beruhigen versuchte. Dann kam Daniel wieder und raubte mir den Atem: Er trug einen Smoking und eine Fliege und strahlte über das ganze Gesicht. Auch jetzt rief ich mir diesen Gesichtsausdruck wieder vor Augen und musste lächeln. Die Überraschung war ihm wirklich geglückt. Nach einer kleinen Ansprache war er mitten auf dem Weg vor unserem Häuschen auf die Knie gegangen und hatte mich gefragt, ob ich ihn heiraten wolle.

Mir wurde warm ums Herz, als ich an diese Minuten zurückdachte. Für ein paar Sekunden waren die Traurigkeit und die Sinnlosigkeit meines Lebens verpufft und ich konnte wieder erahnen, wie sich Glück anfühlte.

Plötzlich blieb ich abrupt stehen. Vor mir auf der Bank saß Daniel.

Daniel

Daniel war in Gedanken versunken und bemerkte niemanden in seiner Nähe. Er betrachtete das Haus und ließ seinen Gedanken freien Lauf. Aber er spürte, dass jemand in seiner Nähe war. Neugierig riss er seinen Blick los und sah nach links.

Er erkannte sie erst beim zweiten Hinsehen.

Emmas Haare sahen ganz anders aus. Sie waren kürzer und glatt. In den letzten zwei Monaten schien sie weiter abgenommen zu haben. Trotzdem sah sie so aus, wie er sich fühlte: müde, geschafft und irgendwie ausgelaugt.

»Emma?« Daniel stand auf und ging ihr ein paar Schritte entgegen.

Sie lächelte und ging ebenfalls auf ihn zu. Er zögerte. Wie sollte er sie begrüßen? Ihr nur die Hand zu geben, erschien ihm unpassend, aber vielleicht wollte sie ihn nicht umarmen? Doch ehe er sich entscheiden konnte, umarmte sie ihn herzlich. Es war mehr als eine bloße Begrüßung. Sie drückte ihn an sich und hielt ihn fest, als wolle sie ihn nie wieder gehen lassen. Schließlich ließ sie ihn doch los.

»Deine Haare!«, sagte Daniel und nahm eine der glatten Strähnen in die Finger. »Du siehst klasse aus.«

»Danke. Ist ganz frisch, ich komme gerade vom Frisör und wollte mir noch mal unser Haus ansehen.«

»Unser Haus«, grinste Daniel. Wenn es doch ihr Haus hätte sein können!

Emma ging an ihm vorbei und setzte sich auf die Bank. Er nahm neben ihr Platz. Sie schwiegen lange. Daniel betrachtete abwechselnd Emma und das Haus.

Schließlich brach sie die Stille.

»Ich muss mich bei dir entschuldigen.«

Er blickte sie fragend an.

»Es tut mir leid, dass ich mit meinem Verhalten unsere Beziehung zerstört habe.«

Sie hatte Tränen in den Augen. Auch Daniel spürte den Kloß in seinem Hals merklich. Er fuhr sich durch die Haare.

»Was geschehen ist, können wir nicht rückgängig machen.«

»Das stimmt. Ich habe in den letzten Wochen so viel nachgedacht und erst jetzt erkannt, was für eine Belastung ich gewesen sein muss.«

Er musste lächeln. Diese späte Selbstreflexion sah ihr ähnlich.

»Ich weiß ja, dass dir das Drumherum der Hochzeit extrem wichtig war«, begann er, »aber ich fühlte mich überhaupt nicht einbezogen. Ich hatte wirklich das Gefühl, es wäre dir egal, wen du heiratest. Es kam mir gar nicht wie meine Hochzeit vor.«

Die Tränen liefen ihr stumm über die Wangen.

»Ich würde niemals einen anderen als dich heiraten wollen, Daniel. Ich liebe dich«, flüsterte sie.

Ihm lief ein Schauer über den Rücken. Emmas Gesicht verzog sich und sie weinte nun offensichtlicher. Daniel nahm ihre Hand, um sie zu trösten.

»Ich würde auch niemand anderen heiraten wollen«, gab er leise zu.

Er führte ihre Hand zu seinem Mund und küsste sie. Dabei sog er den zarten Duft ihrer Haut ein. Wie sehr er sie vermisst hatte. Warum hatte es nur so weit kommen müssen?

Daniel weinte. Er liebte sie noch immer, die alte Emma, das war ja das Problem! Er liebte sie mehr, als er es wollte. Hätte er sie weniger geliebt, wäre es leichter gewesen, über sie hinwegzukommen.

Emma

»Und ich liebe dich auch, Emma, aber ich liebe die alte Version von dir. Nicht die neue.«

Seine Tränen berührten mich tief. Ich wischte sie sanft mit meiner freien Hand fort.

»Ich weiß. Du wirst mir wahrscheinlich nicht glauben, dass ich endlich verstanden habe, was du damals meintest. Ich habe mich wirklich furchtbar aufgeführt.«

Ich dachte an die Szene beim Italiener zurück oder als ich den Sitzplan vorbereitet und mit Daniel gesprochen hatte, als ginge die Hochzeit ihn nichts an. Ich musste ihn so verletzt haben und hatte es nicht gemerkt.

»Es tut mir alles so leid. Ich wünschte, ich könnte es wiedergutmachen. Und ich wünschte, ich könnte dir beweisen, dass ich meine Lektion gelernt habe.«

»Versuche es.«

Daniel sah mich lächelnd an. Ein kleiner

Schimmer Hoffnung glitzerte in seinen Augen. Er kramte in seiner Tasche und zog ein Taschentuch hervor, mit dem er sich geräuschvoll die Nase putzte.

Ich fasste Mut. Wenn ich ihn jetzt nicht überzeugen konnte, würde ich es wohl nie schaffen.

»Ich habe alles, was mit der Hochzeit zu tun hatte, verkauft oder weggeworfen. Ich habe mich sogar aus dem Forum abgemeldet und bin in mich gegangen. Das Einzige, was mir wichtig ist, bist du. Ich würde dich auch heiraten, wenn wir in Jeans vor einem Standesbeamten stehen würden. Ohne Kleid, ohne Gäste. Nur du und ich.«

Mir kam ein verrückter Einfall. Aber was hatte ich zu verlieren? Ich *hatte* bereits alles verloren, also konnte ich jedes Risiko eingehen.

Ich stand von der Bank auf und kniete mich vor Daniel. Ich griff nach seiner Hand und streichelte sie mit beiden Händen.

»Schatz«, fing ich an. Mein Hals schnürte sich zu. Tränen liefen mir über die Wangen und ich begann zu schluchzen. Es war meine letzte Chance! Auch Daniel weinte bitterlich.

»Du bist die Liebe meines Lebens und ein Licht in meinem Leben. Ohne dich ist alles dunkel und ich kenne den Weg nicht mehr. Wenn ich hoffnungslos bin, bist du die Zuversicht, die mich am Leben hält. Ich kann und will nicht ohne dich leben, deshalb frage ich dich: Willst du mich heiraten? Nur du und ich, ohne Kleid und Gäste? Ich verzichte auf alles, was mir wichtig ist, wenn ich dafür mein Leben mit dir verbringen darf.«

Mein Herz klopfte so sehr, dass ich es in den Ohren pochen hörte. Meine Hände waren schwitzig, und das Adrenalin in meinem Körper pumpte sich durch meine Venen. Wenn er Nein sagte, war mein Leben hier beendet. Ich würde tatsächlich Asyl in Neukaledonien beantragen und auswandern, gezeichnet von Schmach und Schmerz.

Daniel ließ sich lange Zeit zum Antworten.

»Ich kann dir nicht beweisen, dass ich mich geändert habe, aber ich kann es dir versprechen. Wir werden trotzdem streiten, und es wird Situationen geben, in denen du zweifeln wirst, die richtige Entscheidung getroffen zu haben. Ich werde dir weiterhin auf die Nerven gehen mit meinen Ticks, und ich werde mich weiterhin über deine Faulheit ärgern. Aber über all dem steht, dass ich dich unendlich liebe und immer lieben werde. Ich bin überzeugt, dass unsere Liebe stark genug ist, alle Differenzen zu überbrücken.«

»Ja.«

»Ich kann dir nur versprechen, … hast du gerade Ja gesagt?«

»Ja, Emma, ich will dich heiraten! Jetzt gleich, wenn es geht, aber ohne jegliche Planung.«

Ich weinte noch mehr, doch dieses Mal vor Freude und Erleichterung. Noch nie hatte ich mich so frei und glücklich gefühlt, wie in diesen Sekunden. Ich warf mich Daniel um den Hals und wir küssten uns. Es war, als küssten wir uns zum ersten Mal. Mein Bauch kribbelte, ich schmeckte das Salz unserer Tränen. Daniel vergrub sein Gesicht in meinem Haar und schleuderte mich umher. Endlich waren wir wieder eins.

Kapitel 24

Tag X II

»Kommst du?«

»Ich muss noch die Bescheinigungen holen. Hast du deinen Ausweis?«

»Ja. Nun komm schon.«

Ich warf einen letzten Blick in den Spiegel: Mein Kleid saß gut, die neuen Haare waren frisiert und meine Schminke passte ebenfalls. Mehr brauchte es nicht. Daniel stand in Jeans, weißem Hemd und Sakko in der Tür.

»Willst du keinen Mantel?«, fragte ich. Schließlich war es Oktober, und gestern hatte er im Park ebenfalls einen Mantel angehabt.

»Okay, dann nehme ich eben einen Mantel. Nun aber los. Markus und Tina sind schon unten.«

Ich steckte mein Handy ein, nahm unsere Papiere und trippelte aus der Wohnung. Daniel verschloss die Tür und folgte mir. Tina und Markus standen Händchen haltend an ihrem Auto. Jetzt riss Tina sich los und umarmte mich.

»Ihr seid komplett verrückt – aber ich freue mich so sehr für euch!«

»Ich habe noch eine kleine Überraschung«, sagte Daniel dann.

Markus nickte ihm zu. Daniel öffnete den Kofferraum des BMWs, nahm etwas heraus und überreichte es mir.

Es war ein Blumenstrauß aus Chrysanthemen, Rosen, Schleierkraut und Gerbera.

Ich mochte keine Rosen.

Gleichzeitig spürte ich, dass es mir tatsächlich egal war. Ich hatte nicht mit einem Strauß gerechnet, und Daniel hatte daran gedacht. Er hatte ihn extra bestellt und von Markus abholen lassen.

Es war der schönste Strauß der Welt.

Ich strahlte und gab meinem Bräutigam einen Kuss. »Das war echt nicht nötig, aber danke, mein Schatz.«

»So ein bisschen nach Braut darfst du schon aussehen«, grinste er.

Wir stiegen in Markus' BMW ein, der uns sicher zum Standesamt brachte. Tina sah noch festlicher aus als ich. Sie trug ein knielanges marineblaues Kleid unter einem dazu passenden karierten Mantel. Ich hingegen hatte mich für mein Lieblingskleid entschieden, ein Sommerkleid in Weiß mit bunten Blumen.

Beim Standesamt angekommen meldeten wir uns an. Eine Beamtin nahm unsere Personalausweise an sich und verschwand. Ein älterer Herr erschien daraufhin und lächelte vielsagend.

»Ah, die Kurzentschlossenen! Folgen Sie mir bitte. Sind Ihre Personalien bereits aufgenommen?«

»Auf jeden Fall wurden unsere Ausweise eben entführt«, erklärte ich.

»Die kommen wieder.«

Der Standesbeamte geleitete uns in den gleichen Raum, in dem wir im August ebenfalls gesessen hatten. Ich bekam ein schlechtes Gewissen. Mein Verhalten der Standesbeamtin gegenüber war wirklich nicht sehr freundlich gewesen.

»Setzen Sie sich bitte. Die Braut nimmt bitte rechts Platz.«

Ich wollte protestieren. Nahm die Braut nicht

links Platz? Zumindest ging die Braut beim Einzug in die Kirche doch immer links vom Vater, der sie hineinführte, oder etwa nicht? Beinahe hätte ich meinen Zweifel ausgesprochen, doch ich biss mir auf die Zunge. Es war doch egal, wo ich saß! Also setzte ich mich rechts neben Daniel und griff nach seiner Hand.

»Heute ist ein sehr besonderer Tag. Zum ersten Mal in meiner Laufbahn als Standesbeamter bin ich völlig unvorbereitet. Ich bekam gestern am frühen Abend einen Anruf von einer jungen Frau, die mich fragte, wie spontan man eigentlich heiraten könne. Wir hatten ein sehr freundliches Gespräch, aber als mir klar wurde, dass mit *spontan* tatsächlich *so schnell wie möglich* gemeint war, war ich wirklich verwirrt. Sie können von Glück sprechen, dass alle Bedingungen gestimmt haben und wir im Oktober nur wenige Paare vermählen. Aber gerade weil Ihre Geschichte so außergewöhnlich ist, freue ich mich ganz besonders, heute Ihre Eheschließung durchführen zu dürfen.«

Daniel drückte meine Hand und lächelte mir zu.

»Oh, Gott, ich muss jetzt schon heulen«, flüsterte Tina, die rechts neben mir saß, und wir lachten. Ich sah aus den Augenwinkeln, dass sie ein Taschentuch aus ihrer Tasche zog. Der Standesbeamte fuhr fort.

»Frau Sperling hat mir Ihre Geschichte erzählt, und ich muss gestehen, sie hat mich tief berührt. Sie haben jeder für sich eine sehr dunkle Zeit hinter sich, in der Sie versucht haben, ohne den Partner zu leben. Sie haben beide tiefen Schmerz erlebt, und Ihr Vertrauen muss erst neu aufgebaut werden. Und dennoch – oder vielleicht gerade deswegen - haben Sie beschlossen, heute den Bund der Ehe einzugehen, ohne Rücksicht darauf, was Ihr Umfeld denken könnte. Für Sie beide zählt am heutigen Tag nur, dass Sie sich gegenseitig ein Versprechen geben, und dieses Versprechen sollten Sie immer zu halten versuchen, auch in dunklen Zeiten. Dass Sie nach Ihrer Trennung wieder zusammengefunden haben, zeigt, wie groß Ihre Liebe zueinander ist. Von heute an gehen Sie Ihren Weg zusammen. Seien Sie sich gegenseitig ein Licht, das dem anderen den Weg weist, wenn sein eigenes schwach ist.«

Ich musste grinsen. Kam mir alles sehr bekannt vor, was der Standesbeamte da sagte.

»Sie schreiben jetzt gemeinsam ein neues Kapitel in Ihrem Lebensbuch …«

Daniel und ich mussten gleichzeitig loslachen. Der Standesbeamte sah uns verwirrt an.

»Schon gut«, japste ich, »tut uns leid. Das war ein Insider.«

Daniel drückte mir einen Kuss auf die Hand. Ich grinste noch immer breit, als der Standesbeamte ebenfalls auflachte und weitersprach.

»Ihren Humor sollten Sie im Übrigen auch behalten, der macht das Lebenslicht noch ein bisschen heller. Gut, das gemeinsame Kapitel des Lebensbuches bereitet Ihnen offensichtlich besondere Freude, Sie wissen also, was es damit auf sich hat. Dann kommen wir nun zum offiziellen Teil. Frau Sperling, Sie haben angegeben, den Namen von Herrn Breitenbach anzunehmen, ist das korrekt?«

Emma Breitenbach. Ich musste grinsen.

»Ja, das stimmt.«

»Gut. Dann erheben Sie sich bitte alle.«

Wir standen auf. Markus zückte seine Kamera. Der Standesbeamte wandte sich zuerst an Daniel.

»Herr Daniel Breitenbach, sind Sie bereit und ist es Ihr freier Wille, mit der hier anwesenden Emma Sperling die Ehe einzugehen? Dann antworten Sie bitte mit Ja.«

Daniel sah mich an. »Ja.«

»Und sind Sie, Frau Emma Sperling, bereit und ist es Ihr freier Wille, mit dem hier anwesenden Daniel Breitenbach die Ehe einzugehen, so antworten auch Sie bitte mit Ja.«

Ich hatte Angst, dass meine Stimme versagen würde, als ich Daniel ansah. Er lächelte mich an. Das gab mir Zuversicht. Ich wollte nichts lieber, als diesen Mann hier und jetzt zu heiraten!

»Ja.«

Meine Stimme war fest.

»Dann darf ich Sie kraft des Gesetzes zu rechtmäßig verbundenen Eheleuten erklären.«

Daniel nahm mein Gesicht in seine Hände und küsste mich innig. »Ich liebe dich«, hauchte er.

Ich küsste ihn zur Antwort.

»Haben Sie Ringe, die Sie tauschen möchten?«, fragte der Standesbeamte, nachdem wir uns voneinander gelöst hatten. Ich schüttelte den Kopf. Die Ringe hatte ich nicht mitgenommen. Es wäre mir wie ein schlechtes Omen vorgekommen. Zurückgeben konnte ich sie wegen der Gravur nicht, aber ich wollte sie auch nicht tragen.

»Ja, haben sie«, meldete sich Tina vielsagend zu Wort.

Irritiert sah ich ihr dabei zu, wie sie dem Standesbeamten eine Ringschatulle in die Hand drückte. Er öffnete sie und gab sie an Daniel weiter.

»Nun, dann: Stecken Sie Ihrer Frau den Ring auf, Herr Breitenbach.«

Daniel schien ebenso überrascht zu sein wie ich.

»Das ist unser Hochzeitsgeschenk«, erklärte Tina.

Daniel nahm den kleineren Ring hervor. Ich streckte ihm meine Hand entgegen, und er steckte mir den Ring auf. Er war ein wenig zu groß.

Ich nahm den zweiten Ring aus der Schatulle. Tina hatte silberne Ringe besorgt, die sehr schlicht waren, aber ich liebte sie auf den ersten Blick. Der Ring steckte bei Daniels Fingerknöchel fest. Er war etwas eng geraten. Ich musste lachen.

»Jetzt kann er wenigstens nie wieder abgenommen werden«, grinste Markus.

Der Standesbeamte verlas anschließend unsere Eheschließungsurkunde und ließ uns unterschreiben. Auch Tina und Markus als unsere Trauzeugen durften unterschreiben.

»Herzlichen Glückwunsch, Frau Breitenbach. Ihnen auch, Herr Breitenbach.« Der Standesbeamte gab uns die Hand und überreichte uns das Stammbuch, das wir uns im August ausgesucht hatten. Ob das Zufall war? Ich hatte am Telefon gesagt, dass es uns egal war, welches wir bekamen.

Tina und Markus umarmten uns und sprachen uns ihre Glückwünsche aus. Als wir gerade gehen wollten, fiel mir der Brautstrauß ein.

»Würden Sie den bitte Ihrer Kollegin geben, die damals mit uns das Vorbereitungsgespräch geführt hat? So eine junge Frau mit einem blonden Bob.«

Der Standesbeamte wirkte überrascht. »Sehr gerne, danke. Dann feiern Sie noch schön und alles Gute für Sie beide!«

Ich dankte ihm. Wir gingen hinaus in die Oktobersonne. Draußen wartete eine weitere Überraschung.

»Herzlichen Glückwunsch, ihr beiden!«

»Tom!«

Ich fiel ihm um den Hals. Toms Bein war nicht mehr eingegipst. Es war gar nicht mehr erkennbar, dass er noch vor wenigen Wochen im Krankenhaus gelegen hatte.

Er schwenkte seine Kamera. »Ich hatte euch doch Hochzeitsfotos versprochen.«

Ich fragte mich, wie er von der Hochzeit erfahren hatte. Daniel trat von hinten an mich heran und umarmte mich. Er drückte mir einen Kuss auf die Wange.

»Alles Gute zur Hochzeit, Frau Breitenbach.«

Wer brauchte schon Salz bei dieser Suppe?

Ende

Kontaktmöglichkeiten

Liebe Leserin, lieber Leser,
ich hoffe sehr, dass dir mein Ausflug in die Welt aus Tüll und Torte gefallen hat. Dieser Roman ist in Zusammenarbeit mit der Verlagsgruppe DroemerKnaur entstanden; wenn dich das E-Book interessiert, dann bist du dort an der richtigen Adresse.

Ich veröffentliche zum Großteil als Self Publisherin meine Bücher, was bedeutet, dass ich sie ohne Mithilfe eines Verlages publiziere und in den Handel bringe. Da ich so selbst direkt in den gesamten Prozess integriert bin, ist es mir ein großes Anliegen, meine Leserinnen und Leser kennenzulernen und mich mit ihnen auszutauschen.

Wenn du dazu Lust hast, nutze gerne eine (oder mehrere) der folgenden Möglichkeiten:

Webseite: www.annikabuehnemann.de
Blog: www.vomschreibenleben.de
Facebook: www.facebook.de/AnnikaBuehnemann
Twitter: www.twitter.com/AnnikaBuhnemann
YouTube: www.youtube.de/user/AnnikaBuehnemann

Oder schreibe mir eine E-Mail an die Adresse
kontakt@annikabuehnemann.de

Deine Annika Bühnemann

Auf die Freundschaft!

Alles auf Anfang!

Das wünscht sich Claudia, als sie ihre Ehe mit Ken für gescheitert erklärt und aus den USA zurück in ihre alte Heimat nach Deutschland zieht. Zum Glück warten dort ihre alten Schulfreundinnen, und die vier Frauen meistern Schulter an Schulter die Herausfor-derungen des Lebens: Familie, Kinder, Job und Liebe.

Claudia gibt die Hoffnung nicht auf, den »Mann fürs Leben« noch zu finden.

Vielleicht ist es Lutz, ihr charmanter Chef?

Dann taucht Ken auf und bittet sie um eine zweite Chance.

Doch kann ihr Ex-Mann sich wirklich ändern?

Auf das Leben!

Vier Frauen - vier Lebensentscheidungen:
Geld oder Liebe?
Selbstlosigkeit oder Selbstverwirklichung?
Herzenswunsch oder Herzensmensch?
Neues probieren oder Altbewährtes hüten?
»Auf das Leben!« erzählt die berührende aber humor-volle Geschichte um die vier Freundinnen Claudia, Maria, Hannah und Karin und ihre Wege zum Glück. Vier völlig unterschiedliche Frauen im besten Alter und vier Fragen: Darf man eine Beziehung zerstören, wenn man sich verliebt hat? Bis zu welchem Punkt muss sich eine Mutter für ihre Kinder aufopfern? Wie entscheidet man, wenn man die Wahl zwischen seiner großen Liebe und seinem größten Lebenstraum hat? Und wann sollte man alten Prinzipien treu bleiben oder sich doch auf etwas Neues einlassen?

Traummann-Chaos

»Raus aus meiner Wohnung!«
Marietta hat ein Problem: Ihr neuer Freund hat sich innerhalb nur eines Tages von einem Traum-mann in einen Mistkerl verwandelt. Sie setzt alle He-bel in Bewegung, um ihn loszuwerden, doch dann findet sie heraus, dass Hannes kein gewöhnlicher Mann ist – er existiert nur in ihrem Kopf!

Über die Autorin

Annika Bühnemann braucht nicht viel, um glücklich zu sein: Einen Kaffee, einen Stift und ein Notizbuch reichen aus, um sie stundenlang das Leben um sie herum vergessen zu lassen.
Nach einem Einschnitt in ihrem Leben beschloss sie,  sich ihre angeborene Lebensfreude wieder ins Bewusstsein zu schreiben, indem sie eine humorvolle Geschichte über vier Frauen verfasste. So entstand der erste Roman, »Auf die Freundschaft!«.

Es ist ihr wichtig, ihren Leserinnen und Lesern Mut zu machen, Entscheidungen zu treffen, die ihr Leben beeinflussen können. Dies ist einer der Beweggründe, warum sie 2014 den Blog *Vom Schreiben leben* veröffentlichte, der täglich vielen Menschen hilft, ihre Träume umzusetzen und das eigene Buch zu schreiben.